JN124423

悪役令息の僕とツレない従者の、愛しい世界の歩き方

Character
人物紹介
ケイト
数年前からレーフクヴィスト家に
つとめる謎多き従者。
高度な闇魔法が使える。
エマニュエル・
レーフクヴィスト
神子への度重なるイタズラの結果、
国外追放となった公爵令息。
好物はメロン。

アルフレッド・ヴァールストレーム
ヴァールストレーム王国の第一王子で、
エマニュエルの元婚約者。
マシロ
『救世の神子』と呼ばれている少年。
アルフレッドに溺愛されている。
テオドール・セルジュ
著名な商会を営む一族の子息で、
平民ではあるが
エマニュエルと仲が良い。

僕の足が走り出した。

口からひぐっと音が出て、やっと意識が追いついて、僕は僕自身が走り出したことに気がついた。

信じられない。まさかあんなことが起きるだなんて。

踏み出したそばから、廊下が崩れてくような感覚がして、必死で走り続ける。

僕の後ろには、閉ざされた金縁の豪奢な扉があって、その中には僕のすべてが詰まっていた。

「ふびっ」

卒業舞踏会の行われているホールへ繋がる、長い廊下の天井には、この国の歴史を描いた美しい絵が掲げてある。

大きな窓にかかる青いカーテンには、寝ぼけたソルボン先生が魔法で焦がした跡がある。いつも通るたびに笑っちゃったその跡も、もう、見ることはない。

（……嘘）

そして、だんだんと、理解する。

ぐっと足を踏み込むと、僕のとうもろこし色の髪が靡いた。唇を噛みしめながら俯くと、海色の瞳から涙がこぼれた。

（婚約破棄――？）

さっきまで婚約者だったこの国の王子――アルフレッド。

自信たっぷりな彼の黄金色の髪と、彼が治めるきらきらしたこの国の未来が頭に浮かぶ。その隣には僕が立つんだとばっかり思ってたけど、どうやらそうじゃなくなったらしい。

僕に婚約破棄を告げたアルフレッドの腕には、ちょこんとたおやかな手が添えられていた。『救世の神子』として神殿が召喚した黒髪の少年――マシロ。突然異世界にやってきて戸惑う彼に、アルフレッドは優しくこの世界のことを教えてあげたのだ。

マシロに見せるような彼の笑顔を、最後に見たのはいつだろうと考えてみたら、それはとても遠い昔のことだった。恋人のように寄り添う二人を見ると、どっちが邪魔者かなんて明らかだ。

（……なんで、気がつかなかったんだろう）

てっきり一緒に国を支えていくんだと思ってた。

でも、今さら気づいたところでもう遅かった。

というか、僕はこの国に繁栄をもたらすと予言された神子に、子どもっぽい嫌がらせまでしてしまった。まずい。国を危険に晒した罪は国家反逆罪だろう。

アルフレッドの言葉が頭に浮かび、僕はぐっと奥歯を噛みしめた。

――エマニュエル・レーフクヴィスト。我が婚約者たるお前に与えていた特権を剥奪し、お前個人の財産は没収。国外追放にする！

国のために頑張ってきたのに、こんなことになるなんて。

ほんの少し前、僕はその場で倒れそうなのをぐっとこらえて一礼し、背筋を伸ばして卒業舞踏会をあとにした。だけど、会場の扉を閉めた途端に、そんな虚勢はぺしょっとつぶれた。

「っぐ」

走っているうちに、月明かりの差す廊下が、海の底みたいにゆらゆら揺れる。慣れ親しんだ学び舎を、いつもの感覚だけを頼りに走る。

青い絨毯の敷かれた階段を降り、校舎の外につながる大きな扉にぶつかって、転がるように飛び出した。中庭の芝生を走ってるせいで、新調した白い靴は一瞬で泥だらけだ。

足がもつれ、もう何度も転びそうになってる。誰かが今の僕を見たら、ワイルドボアが命からがら逃げてる姿を思い浮かべるかもしれない。

手入れの行き届いた庭木の間から、外界と学園を隔てる金細工の大きな柵が見えてきたとき、未練がましく振り返ってしまった。

夜の中に、白い建物が一つだけ、ぽわんと浮かびあがっている。

あのホールは、贅を尽くした豪華な作りをしている。天井に浮かぶ大きなシャンデリアは、光魔法によって夢のように輝いて、深い青色の絨毯は、まるで夜空みたいに広がる。僕はあの場所で踊るたび、星にでもなったような気持ちになったのだ。

「ひぐっ」

戸惑う学園の門兵の横を抜け、僕は街の石畳を踏みしめる。下ばっかり見てるから、王都の人たちの様子はわからない。

　でも明らかに貴族だってわかる白いフロックコートを着て、必死に走っている僕は、きっとすごく滑稽に見えているだろう。

　大通りを抜け狭い路地を通り、ただまっすぐに走る。目的地なんてない。

「つび」

　自分の泣き方がこんなに惨めったらしいものだったなんて、今日の今日まで知らなかった。それでも次から次へあふれる涙は、止まらない。

　――だって。

　――だって!!

　いつの間にか、目の前には水たまりがあった。ちゃんと視界には入ったが、僕の注意力なんてものは、もうとっくになくなってしまっていて、僕は水たまりを躊躇なく踏み、そのまま滑った。

　視界が傾き、体が宙に浮いた。僕の目は路地裏の汚い壁を映し、民家の軒下を映し、綺麗な星空を映した。

　ドンッと鈍い音を立てて、僕の背中が地面が打ちつけられるまでの間、いろいろなことが走馬灯のように、脳裏をかけ巡った。

　――だって、だって……

「ずぎだっだんだよおおおおお」

「また転んでるんですか?」

「――え?」

路地裏で夜空を仰(あお)いだままぐずぐずと泣いていた僕の前に、見知った顔が現れた。

気だるそうな、色っぽい夜空色の瞳と、男らしい厚みのある唇。無造作に流している黒髪は、額にかかる一筋まで屋敷の侍女の心を揺らす。仕事はなんでもそつなくこなし、いつも文句を言いながらも僕のそばにいる。

相変わらずつまらなそうな顔で見下ろしているのは、僕の従者だった。

「ケイト……」

「ほら、鼻水拭いて。行きますよ。どうせ国外追放とか言われたんでしょう? だから、あんな子どもっぽい嫌がらせ、やめとけって言ったのに」

ケイトが差し出したハンカチで、チーンと鼻をかむ。

たしかに、僕がマシロに嫌がらせをしようとしたときに、「やめといたほうがいいですよ」と何度かおざなりに注意されたのを思い出した。止めるならもっとちゃんと止めてくれればよかったのに。

でも、世界中が敵のような気がしていた今、こうして僕の前にいるケイトを見て、びっくりするほど安心していた。

「け、ケイト……ひぐっぐびっぃ、一緒に、ぎでぐれるのか？」

「……泣き方えげつないですね」

僕がずびずび鼻をすすっているのを見て、ケイトは牛乳を拭いた雑巾を部屋で見つけたときみたいな顔をした。そして、ため息をついた。

「オレがいないと困るでしょ？　夜トイレに行くのだって、怖がってるのに」

「そ、そんなわけあるか!!」

そんな子どもみたいなこと、と憤慨すると、水たまりがパシャンと音を立てる。なんだか自分が本当に駄々をこねている子どもみたいな気持ちになった。うっ、と動きを止めてしまった僕を見て、ケイトが肩をすくめる。

「ほら、どうするんですか？　行くの？　行かないの？」

答えなんてわかっていて、にやにや僕を見ているケイトを、キッと睨む。

それでも僕は、「行くよ」と言って差し出された手に、自分の手を重ねた。

本人の冷めきった表情とは裏腹に、あたたかく大きな手だ。ケイトの手は綺麗だな、といつも思っていた。

ぐいっと引かれて、起こされる。

ケイトは流れるような動作で、泥だらけの僕をブランケットでぐるぐる巻きにすると、そばにあった荷馬車の御者席に座らせた。

そんな場所に座ったことなんてなかったけれど、隣にいる男が余裕綽々な笑みを浮かべているのを見て、なんだか新しいなにかが始まるような気持ちになった。

だけど。

「芋虫みたいに転げ落ちないでくださいよ」

「お、落ちるわけないだろ！」

訂正。にやにやした顔で僕を見ている男に、イラッとした。

とにもかくにもこうして、いけすかない従者とともに、僕の国外追放生活は始まったのだった。


「だ、ダンジョンに挑む？」

ケイトがそう言い出したのは、馬車で数日揺られ、隣国との国境を越えたあとだった。

理由はよくわからないが「今はとにかく距離を稼ぎたいんで」と言われて、馬車で出せるであろう最大の速度で国境を越えた。

僕はこの国から出たことがなかったから、正直に言うと胸が高鳴っていた。だが、まさか荷馬車の御者席（ぎょしゃ）に座って出国することになるとは、思わなかった。

国境の兵士たちにはまだ婚約破棄のことは伝わっていないようで、ケイトが用意してくれた平民の格好をしている僕が「秘密の旅行なんだ」と言って貴族の身分証を見せても、にこやかに通してもらえてほっとした。

何百年も鎮座する石造りの国境の壁は分厚く、もうこの国に戻ることはできないという現実感が、急にのしかかってきた。

父や屋敷の者たち、お世話になった恩師たちの顔が浮かび、やるせない気持ちになってしまう。国境の壁の中に入ると、暗がりが永遠に続くような気がして不安が徐々に大きくなっていく。
思わず隣を見ると、相変わらず無愛想な顔をしているケイトが「見て」とでも言うように、指で上を示した。その途端、視界がひらけた。

「……わあ！」

――次の瞬間、煌めく世界に僕たちはいた。
無数に広がる星たちが、暗闇の中にいる僕のことを優しく照らしていた。キンと冷えた三月の空気は、美しい星の光をそのまま伝えてくれる。
目を輝かせて空を見ていると、ケイトが珍しく優しい声で呟いた。

「大丈夫。オレがいますから」

「ケイト……」

ケイトはすぐに前を向いてしまったけど、また涙があふれそうになった。
ガタゴトと揺れる馬車の音が響く。しばらくして、「邪魔なんで、後ろで寝ててもいいですよ」と言われムッとした僕は、意地を張ってケイトの隣でずっと、その魔法みたいな空を眺めていた。
そんなこんなで、連日の馬車移動で尻を痛め、ケイトに哀れむような目で見られたこと以外は何事もなく、順調に国外生活を始めていた。
そして、しばらく揺られたあと、僕の頭に一つの疑問が浮かんだ。

「ケイト。僕たちは一体どこに向かっているんだ？　当てはあるのか？」

「特にありませんね」

なんと、当てはないようだ。僕は困惑した。

僕は蝶よ花よと育てられてきた生粋の貴族――だった。

男でありながら、アルフレッドの婚約者に選出された僕は、王妃教育という名目で、ありとあらゆる教養を学ぶことに時間を費やしていた。

算術や歴史、語学といった学問はもちろんのこと、各国の作法、ダンス、社交。国内外の貴族の名前だけでなく、顔、役職、生い立ち、隣国のハゲた外相の頭の毛の数まで覚えさせられる勢いで、叩きこまれた。今やそれらはなんの役にも立ちそうにはないが、とにかく、僕は世俗的なことから遠ざけられてきた元貴族なのだ。

その僕が世界に丸裸で放り出されたというのに、唯一頼っている平民の従者が、まさかのノープランだなんて。

「か、金はあるのか」

「行き先を聞いた直後に金の話だなんて、意外とがめついですね。さすがは元貴族」

……そ、そんな言い方しなくていいと思う。

しかし、元貴族の僕にだって、当てもない旅なのだとすれば金が必要なことくらいわかる。

その心配は、現実的で建設的である、と讃えられるべきであって、『がめつい』だなんて悪徳商人のように言われるのは腑に落ちない。

僕がムッとしていると、「ダンジョンで金を稼ぎましょう」と、ケイトが言い出した。「は？」と思わず聞き返した僕の声は、心なしか弾んでいた。

――だが。

「エマ様は魔法使えますよね？　剣はへっぽこだけど」

「おい」

だから、そんな言い方しなくてもいいと思う。

ケイトに『馬車の揺れでお尻を痛めた、がめついへっぽこ』だと思われていることが判明したショックで、「金がないなら、ダンジョンに挑もう」という、とても晴れやかで前向きな気持ちが、萎んで消えた。

旅を始めてからというもの、このいけすかない従者がバカスカ投げてくる弾で、僕の心は穴だらけになっている。どうやら僕は打たれ弱いのかもしれない。

身体を丸くして拗ねていると、ケイトが棒つきの飴を差し出した。

「メロン味ですよ」

「本当か！」

萎んでいた「ダンジョンへ挑もう」という前向きな気持ちが、浮上する。

王妃教育でへこたれていたときから、亡くなった母上が大好きだったメロンには、いつも救われていた。人を幸せにできる果実だと思っている。

顔を緩ませてメロン味を堪能する僕を、ケイトが白い目で見ていることも、今はまったく気にならない。

――メロンは偉大である。

「へえー。じゃあ、あの男は本当に神子を選んだんですか」

早朝の爽やかな空気の中、ケイトがつまらなそうに呟いた。

僕たちは、隣国ペルケ王国のダンジョンを目指し、国境を越えてしばらく進んだ小さな湖で休んでいた。そこかしこから聞こえてくる鳥たちの囀りは、僕の心を穏やかにさせてくれる。

木々に囲まれた、見渡せるくらいの湖で、水の中からも木が生えていて幻想的だ。

洗濯した服を木の枝に丁寧に干している僕の従者をぼんやりと眺めながら、僕の尻は今、深刻な問題を抱えていた。

僕はなにも問題なんてありませんよといった顔で、ごくごく自然に木に寄りかかって立っている。

「座ってていいですよ？」という優しい従者の心づかいがつらい。

ちなみにケイトが『あの男』と言うときは、大抵がアルフレッドのことを指している。ケイトはアルフレッドのことを好きではないようで、名前を口にすることはない。

一国の王子であるのだから、本来は主人である僕なんかよりも、よっぽど敬わなくてはいけない相手である。だが、ケイトは僕の従者になったときからずっと、その姿勢を崩さないのだ。

思わず、最後に見たアルフレッドの様子を思い出し、幼いころから一緒に育ったのにな……と、胸の内にじわりと痛みが広がった。さすがにつらいと思いながら、そっと胸を撫でたとき、ふと気がついた。

先ほどから妙に上機嫌で、によによと妙な笑いを浮かべて、僕の白いフロックコートを干している従者を見て思う。

……というか。

「なんでお前はそんなに嬉しそうなんだ」

「え？」

僕の声を聞き、ケイトがきょとんとした顔で、僕を見た。

だが、すぐケイトの顔から笑顔が消え、嫌そうな声で言った。

「別に嬉しそうになんてしてませんよ。それより、そんなとこでぼけっとしてるなら、湖で頭でも冷やしたらどうですか」

そ、そんな言い方ないと思う。

まださほど暖かくないこの時期に、湖で水浴びをしろというのだろうか。ぽかんとケイトを見ていたら、急にいじわるそうな笑顔を浮かべて僕を湖の岸まで押す。

湖は近づくと底が見えるほどに、水が透き通っていた。

日の光を浴びて湖面がきらきらと光る。もしかしてケイトは、僕にこの景色を見せて元気を出させようとしてくれたのかもしれない。

それなら感想を言わなくては、と口をひらいた途端――後ろからにゅっとケイトの腕が伸びてきた。そして、器用な指がするすると僕のシャツのボタンを外していく。

「綺麗な景色だ——え⁉　……な、なんだケイト‼」

慌てているうちに、パサリとシャツが落ち、流れるようにズボンまで落とされた。

そして——湖に突きとばされた。

「うわっ……お、おい」

バシャンと大きな水音が響き、僕は浅瀬に手をついた。水の冷たさに驚きながら顔を上げると、いつの間にか服を脱いでいたケイトの綺麗な腹筋が目の前にあって、僕はぱちぱちと瞬きをした。

「服の次はエマ様の番ですよ。湖で丸ごと洗って差しあげます」

そう言うと、ケイトは僕の手をぐっと掴んでどんどん湖の中に進んでいった。比較的あたたかな天気とはいえ今はまだ三月だ。水温は低い。

「あはは。びしょびしょですね。さすがに冷たいな」

「……け、ケイトがやったんだろ！」

「えー？　昨日は風呂に入れなかったからいいでしょ」

はしゃいでいるケイトが珍しくて、それ以上文句は出てこなかった。振り返ったケイトがふんわりと微笑んだ。

「な、なに……」

正直に言うと、ケイトの半裸をはじめて見た僕は、目のやり場に困っていた。

ずっと僕に付いていたのに、まるで騎士のように鍛えぬかれたケイトの体と、自分の体の違いに驚いてしまう。直視できないでいると、ケイトが不思議そうに僕を見た。

「え、なんですか？」

「……あ、アルフレッドの肌だって見たことないんだ。あまり他人の体を見るのには慣れてな……」

そう言いかけたとき、不意に両頬が包まれた。え？　と顔をあげると、すぐ近くにケイトの顔があった。

自分の頬に重ねられたケイトの手の温度が伝わり、ぶわっと顔が熱くなる。思わずケイトの手首を掴むが、びくともしない。

自分のことを見つめる夜空色の瞳には、水色に輝く湖面と僕だけが映っていた。ケイトが、ゆっくりと話し出す。

「エマ様」

「な、なんだ！」

思わず眉間に皺を寄せた僕が次の言葉を待っていると、ケイトが無表情のまま呟いた。

「――あんな男のことなんて、早く忘れちゃえばいいのに」

「……え？」

目を瞬いた僕を見て、ケイトが、ふっと笑う。そして僕の耳元に口を近づけて、もう一度囁(ささや)いた。

「オレが――忘れさせてあげましょうか」

「……っっ」

その声の熱っぽさに、肩がビクッとして、胸の中がさざめいた。どっどっ、と心臓の音が速くなる。

少し屈んだまま目の前で止まっている、真剣な顔のケイトから目が離せなかった。

しかしすぐに、ケイトは意地悪そうに目を細め、口角を上げた。

「……なんて、冗談ですよ。エマ様、変な顔」

そこで僕は、はくはくと口を開閉しながら、ようやくからかわれたことを理解した。

「忘れたほうがいいと思うのはほんとですけどね」と言ってきたので、ムッとして文句を言おうと思った——そのときだった。

静寂の中にあった湖で大きな波音がした。

とてつもない音のしたほうへ目をやると、見たこともないほどの巨大な魚が跳びあがっていた。

陽の光に照らされ、キラキラと輝く鱗の一枚一枚が、僕の頭ほどの大きさに見える。突き出した下顎に並ぶ牙は、まるで天を刺す槍のように太く長い。ギョロリとした無機質な赤い瞳と目があったような気がして、僕は凍りついた。

「ま、まさか……！」

僕たちの前に姿を現したのは、湖で水浴びをする旅人を湖の中に引きずり込むという噂の、巨大魚モンスター、ゴライアスだった。

ヒヤリと悪寒が背筋を走りぬけた。僕たちはなんの武器も持っていない。魔法なら武器がなくても使えるが、僕もケイトもすっぽり湖に浸かってしまっている。今雷魔法を使ったら、自分たちにも被害が出てしまうだろう。

「た、大変だケイト……あれは！」

なにか魔法を準備しなければ、と焦っていると、隣にいる従者の低い声が聞こえた。

「やっと出たか……ゴライアス」

「へ？」

学園で講習を受けてないケイトは、きっとモンスターに怯えているはずだと心配した僕を、ケイトは振り返ることはなかった。そして、驚いたことに、ケイトははっきりこう言ったのだ。

「食べましょう」

――は？

「あれをやっつけたら、朝飯は焼き魚ですね。よかった」

「よかった⁉」

想像していた反応と違うケイトに驚いている間にも、ゴライアスは大きな水飛沫を立てて、ものすごいスピードで突進してきていた。

（まずい。水中で魚系のモンスターと戦うのは完全に不利だ……！）

ケイトがなにを考えているのかはわからないが、とにかくなにか魔法を打ってゴライアスを倒さねば、と身構えた瞬間だった。

ケイトの腕が僕を守るように、僕の前を遮った。同時に視界の端に、黒い靄のようなものを捉え、思わず僕はケイトの顔を凝視した。

「え！」

ケイトの左手の中に、ぐるぐると渦巻く黒球が出現したのは一瞬だった。シュウウウと鋭い風のような音を立てて黒い軌跡を描き、その黒球がどんどん収縮する。

その直後、ピンッと指先で弾かれるかのように、黒球が凄まじい速さでゴライアスへ向かって行った。黒球の勢いがとんでもなく速いせいで、黒球が通った跡に高い水飛沫が立つ。

少ししてドンッという音がしたかと思うと、ゴライアスが空中に投げ出された。

「ええッ!?」

放り出されたゴライアスは、突如現れた黒い雷に撃たれて、空中に浮いたまま痙攣する。

僕など見向きもせず、ケイトはまるで屋敷でくつろいでいるかのような口調で話しだした。

「レーフクヴィスト家の使用人は、みんな朝は忙しいんです」

「……は？」

「厨房の端にはパンのどっさり入ったバスケットが置いてあって」

淡々と語り続けるケイトを見て、僕はもしかして、遠い異世界にでも飛ばされてしまったのかもしれないと思い始めていた。

空中で黒い電撃に打たれているゴライアスと、パンの話を続けるケイトが、同じ世界にいるとは思えなかったからだ。

僕はぽかんとしたまま、ゴライアスとケイトを交互に見た。

「そのバスケットのパンを、作業の合間につまんで食べるんですよ」

「け、けい……」

ケイトが話している間にも、プスプスと魚の焼ける香ばしい匂いがしてくる。

雷撃を与えていた黒い球体が、ゴライアスごと僕たちのいるほうへふわふわと飛んできて、僕の服が干してある木の近くに着地した。

呆然とゴライアスを見つめていた僕に、にっこりとケイトが微笑んだ。

「ずっと、朝は焼き魚が食べたいなって思ってたんです。パンと一緒に」

「パンと、一緒に……」

混乱した僕は、オウムのように繰り返した。

「じゃ、食料も手に入ったし、朝ごはんにしましょ」と、ケイトは再度僕の手を引き、ざぶざぶと湖の中を進み、先ほどの場所へ戻った。

「お、お前……今の、魔法は……」

——一体なんだ？

そんな疑問を結局口に出すことはなかった。

「あ」と言ったケイトが、どこから取り出したのか石鹸を泡立て、わしゃわしゃと僕の髪を洗い始めたからだ。そして、洗い終えるとさっさと湖岸に上がってしまった。

石鹸を落とすために冷たい水を頭から浴びて、僕は少しだけ冷静になった。この雑な扱いには、思うところがあった。

（せっかくの魚が冷めるのが嫌で、急いでいる……）

もはや僕の中で、巨大魚モンスター・ゴライアスは『食用魚』という位置づけになっていた。

のそのそと岸に上がると、一体どこから調達したのかパンとサラダが大きな岩の上に用意されていた。僕は、白目を剥いて横たわる巨大な魚を見て、恐ろしくも思ってしまった。

――朝ごはんの準備ができたんだな、と。

ケイトが用意してくれた新しい服を着て、岩に腰を下ろす。

用意されたフォークを取り、ゴライアスの身をおそるおそる口に入れようとしたとき、ケイトが小さな声で言った。

「大丈夫。毒なんて入ってませんよ」

その一言で、「あ……」と思った。

アルフレッドの婚約者になってから、僕はあたたかな物を食べたことがなかった。いつも毒味され、冷めた物を食べていたのだ。

しかし今、目の前にあるのはあつあつの焼き魚で、さらにケイトがバターを乗せて、香辛料を振ってくれたおかげで、ふわりとおいしそうな匂いが漂い、ごくっと喉が鳴った。

僕は逡巡（しゅんじゅん）したのち、その身を口に放り込んだ。

「……おいしい」

あんなに恐ろしい見た目だったのに、口の中に入れるとふんわりと柔らくて、驚きを隠せなかった。

つい数日前まで公爵令息だった僕が、今は国外に追放され、ゴライアスを食べているだなんて、誰も知らないだろう。

そう思ったら、なんだか笑えてきてしまった。

卒業舞踏会の夜に、あんなに泣いていたのが信じられない。

（たしかに……こういうのは、ちょっと、楽しいかもしれない……）

僕は、もぐもぐと口を動かしながら、そう思った。

「なんてことをしてくれたんだ！」

ヴァールストレーム王国の第一王子、アルフレッド・ヴァールストレームは、朝早く玉座の間に呼び出されていた。

大声で叱りつけられ、アルフレッドはいつもは自信に満ちているエメラルド色の目を瞬かせた。

卒業舞踏会でエマニュエルに婚約破棄をつきつけ、これでようやく肩の荷が下りたと思った矢先のことだった。

てっきり卒業祝いの言葉か、あるいはマシロとの婚約についての話だろうと思い、晴れやかな気持ちで国王であり父でもある、ギルバート・ヴァールストレームに会いにきたのだ。

どうやらそれは違ったらしい、ということを、玉座の間に足を踏み入れた瞬間に理解した。開口一番、国王にそう怒鳴られたからだ。

いつもなら深く頭を下げているはずの貴族たちや兵士が一人もいないことに首をかしげながらも、

アルフレッドはおずおずと赤い絨毯を踏みしめ、玉座の前に向かった。

そびえ立つ白い円柱をいくつも通りすぎながら、その静けさにアルフレッドは眉を顰めた。

ちらりと壇上を見ると、国王は額に血管を浮きあがらせ、まるでオーガのような顔でアルフレッドを睨んでいた。アルフレッドと同じ、王者の風格ある黄金色の髪は逆立っているようにすら見える。

いつも余裕のある笑みを浮かべている姿からは想像もつかない怒りように、アルフレッドは目を丸くした。

「父上……いえ、へ、陛下、お顔がオーガのようですよ」

「オーガのようにもなるだろう！　お前はなぜ！　なぜ、第一王子でありながら、男の婚約者を与えられたのかと考えたことはなかったのか！」

はて、とアルフレッドは首をかしげた。

元婚約者であるエマニュエルは、レーフクヴィスト公爵家の長男で、幼いころは天使のようだと騒がれ、少し成長してからは月の女神のようだと称される美貌を持ち、王子の婚約者として不足のない存在であった。

王子の婚約者が男性であることは、歴史的に見れば異例かもしれなかった。

だが、この国では男性同士の結婚が認められており、特殊な実を使えば妊娠だって可能なことを考えれば、それほどおかしなことではない。

なにより、王都で一番と評されるほどの美貌のエマニュエルである。だからアルフレッドの婚約者として選出されたのだと、彼は思っていた。

「その様子では、考えたことはなかったのだな……その上、有力貴族令息の財産を没収し、国外追放だと？　そこまでしなくてはならないなど、エマニュエルは一体どんな罪を犯したというのだ」

失望した態度を隠すこともなく、国王は額に手を当て、がっくりと肩を落とした。

しかし、アルフレッドには、きちんとした理由があった。

たしかに、アルフレッドが言い渡した沙汰は厳しいものだったかもしれない。だが、周りの人間は知らないだろうが、あの虫も殺さぬような見た目に反して、エマニュエルは思いのほか図太い性格をしているということを、幼なじみであるアルフレッドは知っていた。

風に吹かれただけでよよと頽（くずお）れそうな雰囲気なのに、実は、鼻息で妖精を吹きとばすようなやつだと知っている者は少ない。

だから、徹底的に罪をわからせる必要がある、とアルフレッドは思ったのだ。それにどうしても許せないことがあった。

「父上！　エマニュエルは救世の神子であるマシロの靴に、ミミズを入れたんですよ！　神子（みこ）の心を乱すなど、国を危険に晒（さら）したも同然。国家反逆罪です！」

「み、みみず……」

国王は、肩をがっくりと落とした状態からさらに体を沈ませ、頭を抱え、うずくまる勢いだった。

マシロは、見ると失神するほどミミズが苦手なのだ。それを知ってか知らずか、靴に入れるなど、アルフレッドにしてみれば、想像を絶する悪事であった。

アルフレッドは、ようやく父に深刻さが伝わったのかと安堵した。それに、エマニュエルがしたことは、ミミズだけではないのだ。

アルフレッドが目撃したのはミミズだけだったが、マシロが言うには、さまざまな嫌がらせを日常的に受けていて、恐ろしくて眠れないのだという。

マシロはいつも元気にしているが、本当は繊細なことをアルフレッドは知っていた。小刻みに震えながらあの小さな手で縋りついてきたときには、守ってやらねば、と奮起したものだ。

「アルフレッド。救世の神子とはいっても、あれは神殿が言っていることだ。本当にどれほどの力があるのかは、私にはわからない。それでもエマニュエルを、あのように罰しなくてはいけないほどの事態だったのか？」

「はい、深刻な事態でした。とても大きなミミズでした」

「み――いや、聞きなさい。あれには幼いころより、ずっと王妃教育を施していたのだぞ。そのような人間を野に放ち、エマニュエルの持つ情報を悪用しようとする者が近づいたらどうするんだ。ただでさえ、あの美貌だ。路頭に迷っているエマニュエルを手に入れたいと思う輩は、星の数ほどいる。国を危険に晒しているのは、一体誰だ」

嘆くような国王の言葉に、アルフレッドはハッと動きを止めた。

エマニュエルに自分のしたことの非道さをわからせるため、最善の手段を選んだつもりだったが、野に放ったあとのエマニュエルのことをまったく考えていなかった。

どうせ図太く生きていくものだとばかり思って、周囲に与える影響まで考えが及ばなかった。

（しまった！　あんなやつを野に放ったら、さらに図太くなって、もはやゴブリンにでもなって、俺やマシロに復讐をしにくるやもしれん！　情けをかけてしまったが、やはり極刑にすべきだったか……いや、しかし……それはさすがに）

アルフレッドの体に震えが走った。

だが息子が青ざめる様子を見て、国王はほっと息をついた。ようやくアルフレッドが自分の過ちを理解してくれたと思ったのだろう。

「そうでなくてもエマニュエルには……いや、今のお前に伝えても仕方のないことだ。お前は、次の王としての自覚が足りない。もう少し冷静な判断ができるようになるまで、経験を積みなさい」

「そ、そんなことは！　ですが、父上！　私は魔法学園を首席で卒業しました。これを機に、マシロと結婚をしようと考えて……」

「アルフレッド！　その神子とやらとの関係を、認めるわけにはいかない。お前がどうしてもその者とやらと添いとげたいというのならば、なによりも先に、エマニュエルの件をどうにかしてこい」

国王はそう言い放ち、もう話は終わりだと言わんばかりに、首を振りながら眉間に手を当て、

「そんな！」と食い下がろうとするアルフレッドと目を合わせることはなかった。

アルフレッドはなす術もなく、退場させられた。

バタン、と玉座の間の大きな金縁の扉が、重々しく閉じる。

「ああ――本当に、なんていうことを……」

という国王の嘆きの声は、アルフレッドには、もう届かなかった。

「アルフレッド、陛下はなんだって?」

玉座の間から出てきたアルフレッドを見つけて、黒髪の少年、マシロが嬉しそうに駆け寄った。

いつもは癒されるはずの、可憐に咲く花のような笑顔を見て、アルフレッドの胸は痛んだ。

本当ならば今日、国王に婚姻を認めてもらおうと思っていたのだ。しかし、エマニュエルのことがあったせいで、彼にいい報告はできそうにない。

アルフレッドは重い口をひらき、そのことをマシロに告げた。

「……そうだったんだ」

マシロは少しだけ寂しそうな表情を浮かべたが、怒ることはなく、明るくアルフレッドを励ました。

悲しい思いをしたはずなのに、とアルフレッドは申し訳ない気持ちでいっぱいになった。エマニュエルという脅威が去り、マシロはようやく結ばれることを期待していただろうにと、アルフレッドは肩を落とした。

やるせない気持ちになりながらも、アルフレッドのためにおやつを持ってきたというマシロと共に、王城の中庭へ向かって歩き出した。

「え?　エマニュエルさんを捜しに行くの?」

「ああ――その件が片付かなければ、マシロと結婚はできないと言われてしまった。すまない」

「まだ王都にいるのかな？」

「いや、国境の兵士が、エマニュエルの出国を確認している」

たしかに国外追放を言い渡したが、卒業舞踏会から数日も経たぬ内に出国するなど、アルフレッドは想像していなかった。

実のところ、玉座の間を出る際に兵士に手渡された記録を見て、愕然としたのだ。

国外追放を言い渡されてすぐに向かわなければ、あのタイミングで出国できるはずがない。本当にふてぶてしいやつだ、とアルフレッドは苦虫を噛みつぶしたような顔になった。

しかし、国内にいるのならともかく、すでに出てしまったとなると、そこから先の足取りを追うにはかなりの労力と時間がかかる。

国内なら兵士を動かせるが、国外では、他国の目があってそうはいかない。少人数で向かうしかない。

（くそ。どうして俺は、アレを野に放ってしまったんだ！）

庭園へ出て、中庭の美しい花々が見え始めても、アルフレッドの心には暗雲が立ちこめていた。

学園生活が終わり、エマニュエルという障壁もなくなり、ようやく、四六時中マシロと過ごす甘い生活が始まると思っていたのに。

アルフレッドが悔しそうな表情をしているのを見て、マシロは口角を上げて話しかけた。

「ねえ、もしかして、僕、アルフレッドと旅に出られるのかな？」

「――――え？」

「だってエマニュエルさんを捜すのって、違う国に行くんでしょ？　僕も、行ってみたい！　アルフレッドと一緒に！」

マシロはなんて前向きで、いじらしい神子なんだろう、とアルフレッドは感極まった。

結婚相手がこんな前向きで素敵な人であれば、自分の人生は本当に素晴らしいものになるに違いない。

（なんとしてでも、エマニュエルがゴブリンになって復讐に来る前に！　きちんとあいつに引導を渡してやらねばなるまい！）

絶対にマシロを幸せにすると、アルフレッドは再度、心に誓った。そして、これからの旅のことをマシロと話した。

「そっか、だとしたら、一度エマニュエルさんの屋敷に行ってみない？　たしか、従者だった人がいたでしょ？　なにか知ってるかもしれないよ」

「ああ！　そうだな！」

マシロの聡明さに、アルフレッドは感心した。救世の神子と呼ばれるくらいだ。国だけでなく、その国の頂点に立つ自分も、救ってくれる。

王都での甘い生活は延期になってしまったが、一緒に旅ができるなら楽しいかもしれない。少人数で行くなら、あいつらに声をかけないわけにはいくまい、とアルフレッドは仲間たちの顔を思い浮かべた。

（マシロとの結婚のためにも、早々に旅の準備に取りかからなければ）

急いていたアルフレッドは、マシロがぽつりと呟いた言葉には気がつかなかった。

「……早く、会いたいな」

「ん？　今なんか言ったか？」

「ううん。ね、これ、一緒に食べよ」

二人は、花々が咲く庭園の一角のベンチに腰を下ろした。

おやつにとマシロが持ってきたバスケットの中には、焼き菓子と一緒に、丸くくりぬかれた果物が入っているのが見えた。ただの果実だというのに、マシロの手にかかれば、なんでもかわいらしい存在になるものだな、とアルフレッドは感心した。

その中に、薄緑色のメロンの玉を見つけて、アルフレッドはそれを見ながら内心で決意を固めた。

(首を洗って待っていろ。――エマニュエル)

◇　◇　◇

「――え!?　婚約、破棄……？」

テオドール・セルジュは、王都の商会ロビーで驚きの声を上げた。

目抜き通りに位置するその商会の中は、まるで貴族の集う応接室のようなしつらいだ。

朝だというのに薄暗い室内に、魔導灯の明かりがぽわんと浮かぶ。革張りのソファでくつろいでいた上品な身なりの紳士たちが、彼の大きな声に振り返った。

ハッとしたテオドールは、「申し訳ない」と美しく一礼し、振り返った人々に人好きのする笑顔でにこっと微笑んだ。

長めの髪を雑に結いあげ、服も着崩してはいるが、育ちの良さは一目瞭然だった。甘い顔立ちの男で、不思議な青紫色の瞳は、どことなく夜を想像させる。

話し相手の若い男は、商人らしい高さのある帽子を被り直しながら、らしいよ、と頷いた。

「アルフレッド殿下は神子（みこ）様と結婚するって噂で。ほら、王立魔法学園が卒業式だっただろ？　そのとき発表されたらしい」

「え？　え、ごめん。ちょっと待って、え？」

帽子の男の補足にテオドールの理解は追いつけないようで、混乱したままだ。

「いや、わかるよ。俺らもすごいびっくりしたし。でも一番驚きなのは、エマニュエル様が国外追放になったことだよ……」

「な……!?」

「あと、これは違う人かもしれないけど、泣きながら街を走ってた貴族がいたって噂もあるよ」

その言葉を聞いた瞬間、テオドールは目を見開いた。だが帽子の男は気がつかなかったようで、そのまま話し続けた。

「お前んち、レーフクヴィスト公爵家に出入りしてただろ？　エマニュエル様ってどんな感じの方なの？」

焦っていることに気がつかれなかったのをいいことに、テオドールはいつもの調子を装い、へらへらと笑った。商人は感情を悟られることや、不用意にプライベートな情報を知られることを、避けなくてはならないのだ。

「……え、あー、まあ、普通のお坊ちゃん。すっごい綺麗だから、いつもかわいいなあって思ってた……って、あれ。もしかして、今、オレにチャンス回ってきてる？」

「ぶっ。ほんと調子いいな～。傷心のお貴族様のこと慰めてあげる？　王都の門から、夜なのにペルケ王国の方角に抜けてった馬車がいるって聞いたから、それかもよ」

「うそ。オレ、これからペルケ王国のほうに商談なんだけど！」

「お前に慰められたら、エマニュエル様もほだされちゃうかもな」

あはは、と笑い声の響く中、なに食わぬ顔で会話を終えると、テオドールは商会を出た。

そして、大通りに出るや否や、テオドールは全力で走り出した。

風のような速さで、商会の裏に待たせていた自身の愛馬に跳び乗ると、旅支度もしないまま一目散に、国境を目指した。

商会の中での軽薄そうな様子とはうってかわって、テオドールが深刻な表情で、小さく呟いた言葉は、焦燥と不安にあふれていた。

「――エマ……」

「さ、さすがにかわいいですね」

白いローブをかぶり、腰に剣を差した僕を見て、ケイトは目を丸くした。なかなか人を褒めないケイトにそう言われると、僕も吝かではない。

ペルケ王国最大のダンジョンの近郊の街は、王都のように整備されているわけではないが、さまざまな店や宿屋が立ち並んでいる。

地下五十階層以上にも及ぶというダンジョンには、古の賢者の知恵が眠っているそうで、いまだ解明されていない階層へ挑む冒険者たちはあとを絶たない。

通りには、大きな武器を構えた猛者たちが練り歩き、行商人たちが大きく声をあげ、街は活気にあふれていた。山間にあるせいか、空気が澄んでいて気持ちがいい。

ダンジョンに挑むために、僕たちもダンジョン近くの街で装備を改めることにしたのだった。

立ち並ぶ店のうちの一つに入ったケイトが手渡してきたのは、美しい白いローブ。そんな汚れそうな色のものを着ていたら、ダンジョンで僕が転んだらおしまいだ。

僕の転ぶ頻度をケイトが知らないわけはないのに、どうしたんだろうか、と震えながら袖を通すと、理由はすぐにわかった。

これは、ユニラ、という非常に防御力の高い毛に覆われたレアモンスターの毛で編まれた、最高級品だ。僕がいくら転んだところで怪我をしないように、とケイトはこれを選んでくれたのだろう。

だが……

「この金は、どうやって調達したんだ？」

「また金の話ですか。かわいい顔して、金金金ですね」

「っ……！　し、しかし、このローブは、一介の従者が買える値段ではないだろう」

「細かいことはいいんですよ。大人は金を持ってるもんです」

大人というが、ケイトはまだ二十代半ばのはずだ。こんなにあけすけに話しているが、ケイトは僕の屋敷で働くようになって、まだ三年ほどしか経っていない。

屋敷の近くで、働き口がないのだと呆然としているのを見かけ、僕が雇ってからの付き合いだ。

本人は平民だと言っていたが、読み書き、礼儀作法もしっかりしていて頼りになるので、あそこで出会ってよかったな、と思っていた。

この旅の準備だってそうだ。

僕は、卒業舞踏会であんなことが起きるなんて予想だにしなかったが、ケイトはおそらく、なにか感じるものがあったのだろう。

僕が考えもしないようなことに、気が回る。だから、もしものために馬車を用意してくれていたのだと思う。

本当に頼りになる従者だ。あのとき出会えた偶然は、いまや僕の命を救う出会いとなった。

だから「荷馬車じゃなくて、せめて馬車にしてくれれば、僕の尻はこんなに痛むことにはならなかったのに」という文句は言うまい。

そして荷馬車には、僕がおじい様からいただいた年季の入ったトランクが積んであり、その中には、僕が大切にしていたものばかりが入っていた。

財産はすべて没収と言われていたから、本当はこんなこと許されないはずだが、母上の形見の指輪や、幼いころから大切にしていたクマのぬいぐるみを見たとき、僕は泣きそうになってしまった。

ケイトと国外追放生活を始めた直後のことを思い、目頭が熱くなったそのとき、ふと、僕は思い出した。

僕の大切なものは、大体トランクに詰められていたけれど、机に飾っていたピンク色のブタの置物が入っていない。

僕のお気に入りで、毎日ハンカチで磨いていたことは、ケイトだって知っているはずだ。

ケイトが「鼻毛の生(は)えた、大きな鼻の中年男性が、笑い泣きしながら、紫色のよだれをたらしているように見える」と言って、毛虫でも見るかのような顔をして嫌がって、ことあるごとに「売りましょう」と言ってきたあのブタ。

たしかにあれは、顔は趣(おもむき)のある顔をしているが、希少な宝石と鉱石でできた芸術品で、実は小さな家なら買えるほどの値段がつくのだ。

そのブタが見当たらない……って、ま、まさか！

「——お前、僕のブタを売ったわけではあるまいな」

「……」

なんということだ。

普段、「にやにやしている」か「嫌そうな顔」か、どちらかしかしないケイトが、明らかに「まずい」という顔をして、僕から目をそらした。

「そ、そんな……」

サアッと僕の体から熱が消え、指先に震えが走った。

あのブタはたしかに、おじい様にいただいただの、母上が嫁入りの際に持ってきただの、そういった僕に縁があるものというわけではなかった。

僕が単純に気に入って、うちに出入りしている商人から買い取っただけである。それにケイトは、僕の今後を考えていろいろ準備してくれたのだから、文句を言うのは傲慢だ。

それはわかる。

わかっている。

……頭ではわかっているのだが、涙がうるっと視界を揺らすのを感じた。

ケイトが一瞬慌てて、そして「あ！」となにかを思いついたような素ぶりをして、口をひらいた。

「あのブタは、エマ様のお命をお守りするために、身を挺してくれたのです」

「おい、美談にしてまとめようとしたって、そうはいかないからな」

「チッ」

明らかに舌打ちが聞こえた。

たしかに、僕はもう貴族ではないけれど、そんな態度を取らなくたっていいと思う。ケイトがあのブタを嫌いなことは知っていたが、僕はあれを大切にしていたのだ。

僕の背中はだんだん丸くなり、膝が曲がり、最終的に、地面にうずくまった。ブタを売られたという喪失感よりも、ケイトに舌打ちをされたという事実が、僕の胃をじわじわと痛めつけていた。

剥き出しの地面から土の匂いがする。地面につきそうなほど小さく丸くなっている僕の前に、ケイトは例の物を取り出して言った。

「メロンプリン味です」

「め、メロンプリンだと！」

なんということだ。

僕の好物の二大巨頭である『メロン』と『プリン』のコンビネーションだと。そんな夢のような食べ物が存在していいのだろうか。いや、いい。いいに決まっている。僕が許す。いや、許すだなんておこがましい。

存在してくれてありがとう。ありがとう。

「扱いが楽な人でよかった」と、ケイトが呆れた顔でため息をついていたが、そんなことはまったく気にならなかった。

――メロンとプリンは、偉大である。

◇　◇　◇

「こ、これが、有名なペルケ王国のダンジョン」

翌朝、僕とケイトは、ついにダンジョンの前に立っていた。

崖下にぽっかりと空いた岩肌がむき出しの入り口は、一見なんの変哲もない洞穴だ。

看板にそう書かれていなければ、大きな洞穴だな、と思い、通りすぎてしまうほどにありふれた外観だった。かなり早朝に訪れたので、人影も見当たらない。

僕のダンジョン歴は、魔法学園の実習で一度行ったくらいで、ほぼゼロと言っていい。ケイトだって、朝から晩まで毎日僕につきっきりで従者をしていたことを考えると、ダンジョン経験が豊富であるとは思えなかった。

装備を整えるには整えたが、僕とケイトはこうして、ほぼダンジョン初体験同士で、巨大ダンジョンに挑むことになってしまった。

一歩、ダンジョンの土を踏みしめてふと思う。

「ケイト。よく考えてみれば、三階層程度のものから試したほうが、よかったのではないか」

「まだ一歩しか進んでないですよ。エマ様は、とんだ腰ぬけですね」

……そ、そんな言い方しなくていいと思う。

ケイトの中での僕の評価がどんどん下がっていく。下がりに下がった僕の評価は、いまや、『尻を痛めたがめついへっぽこ』の上に、腰ぬけである。

まだ、美しい朝の光が木々を照らしているというのに、僕の心は、月のない夜の闇のように真っ黒に染まった。

もしかして、また棒つきの飴を手渡されるのではないか、とちらりとケイトを覗き見ると、呆れた顔で言われた。

「食べながら歩くと怪我するんで、飴はあげませんよ」

彼の言いようは子どもに対する注意でしかなかった。

僕はもう王立魔法学園を卒業した十八歳である。決して、棒つき飴などで喜ぶこともなければ、それがほしいと従者のことを覗き見ることも、まして、その棒つき飴を食べながら歩き、すっ転んで怪我をするなんてこともないはずである。

あまりの情けなさに僕の視界が涙で滲んだ。

ハアというため息とともに、ケイトが、ガシガシと髪の刈り上げられた部分をかく。

「エマ様。とにかく行きますよ。宿屋に戻ったら飴あげますから」

「僕は子どもじゃ……」

「メロン『ショート』プリン味ですよ」

なななななんということだ！

僕の好物の二大巨頭『メロン』と『プリン』だけでは飽き足らず、それに『ショートケーキ』まで足したというのか。そんな想像を絶する食べ物が、この世に存在していただなんて……

僕は十八年間、一体なにをしていたというのだ。

（い、一体、どんな味がするのだろうか……）

恐ろしい。もはや、その食べ物は恐ろしい食べ物に違いない。

一口食べたら、僕はもう、その棒つき飴を口から離すことができないのではあるまいか。他の食べ物が食べられなくなったらどうしよう。

「どうして青ざめてるんですか。もう、いい加減、一歩目を踏み出してください」

心底呆れたような声でそう言ったケイトが、「飴は溶けてなくなるから大丈夫ですよ」と僕の心を読んだかのようなことを続けたので、僕はようやく三歩目を踏み出した。

ひんやりとした洞窟の空気。

少し湿っているような気がするのは、壁面を水が滴っているからだろう。ぼんやりとヒカリゴケが岩肌を照らす中を進むと、大きな石造りの重厚な扉が現れた。

僕が、ごくっと喉を鳴らすと、ギギギと低い音をたてて、扉がひらいたのだった。


「よおっし！」

僕は、スライムにファイアを打ち込み、高らかに勝利の雄叫びをあげた。

このダンジョンはただの洞穴に見えた外側の印象に反して、重い扉の奥は石畳と煉瓦の壁で作られた迷路のようになっている。

この階層はスライムやゴブリンといった弱い敵が多く、初心者の僕たちには、安心できる階層なのだ。

そんな中を、僕たちは魔法を使い、次々と敵を倒しながら進んでいた。

この世界の魔法は、火・水・雷・風・土・光・闇の七元素からできている。練習すれば使えるようになる、火・水・雷・風・土とは違い、光魔法と闇魔法は生まれつきの適性が大きく関係し、使える者は限られている。

特段珍しいというわけではないが、使える者は一目置かれたりする。

僕は隣を歩くケイトを見ながら、ふと口にした。

「ケイトはどうして、そんなに高度な闇魔法が使えるんだ？」

「え？」

魔法学園を卒業した生徒だとしても、ゴライアスのような大型のモンスターをあっさり討伐できるのは、かなりの魔法の使い手に限られる。

僕の従者になるまでは市井で暮らしていたのだろうから、魔法を勉強していたとも思えず、僕は不思議に思っていた。

ケイトの答えを待っていると、じっと見つめられて、僕は目を瞬く。

ケイトは考えるような素ぶりをして、それから、不敵な笑みを浮かべた。

「――秘密」

「……っ」

僕はなぜか顔に熱が集まっていくのを感じながら、ぷいっと顔を背けた。

なぜ魔法のことを質問しただけで、僕の胸はどきどきとしているのだろうか。腑に落ちないまま頬を膨らませていると、ケイトが困ったように笑いながら話し始める。

「ま、オレもよくわかってないんですよ」

ケイトがそう言うのを聞き、僕は首をかしげた。

（よくわかっていない、とはどういうことだ？）

たしかに、突然僕の従者になってしまったケイトである。

適性があるといえども、きちんと勉強する機会に恵まれなかったのかもしれない。僕は王立魔法学園の卒業生として、そんなケイトを応援してあげたいというあたたかい気持ちになった。

「そうか。まあ、これから慣れていけばいいだろう」

「さっきからファイアしか打ってないのに、ずいぶんと先輩風吹かせますね」

そ、そんな言い方ないいと思う。

僕だって、魔法学園を卒業しているんだ。

剣が下手すぎるせいで、首席はアルフレッドに譲ってしまったが、剣術の授業さえなければ、それなりの成績を取っている。

僕の背中は曲がり、膝が曲がり、気づけば僕は、いつもの丸まった姿勢になっていた。

しかしその先はいつもと違った。

丸まった拍子によろけて、ダンジョンの壁の煉瓦に手をついてしまったのだ。

――そのとき。

（……ん？）

僕が手をついた煉瓦が、薄緑色に光ったような気がして、それに目をやる。

「あれ？　そこ、なんかっ」

ケイトが慌てたような声をあげ僕に腕を伸ばしたときには、そこにあったはずの壁がなくなり、ぽっかりと、黒い闇があるだけだった。

すでに、よろけている僕は、体重を支えてくれるはずの壁が消失したことで、必然的にその闇の中に放り出された。

「……へ？」

目を丸くして固まる僕の手を、ケイトがガシッと握ってくれた。

本当になんて頼りになる従者なんだ、と思った瞬間、僕の体重が重すぎたのか、なんとケイトは逆に僕に引き寄せられた。

「ええ!?」

僕が驚きの声をあげる中、ケイトもさすがに焦った顔をしていた。

「あ、ケイトでも焦ることあるんだな」なんて、驚きすぎてよくわからなくなった僕の頭が、現在起きている事象を処理するのを諦めるのを感じながら、僕たちは、その闇に吸い込まれるように落ちていったのだった。

「ぎゃあああああああああ」

「いってえ、なんだここ……」
ケイトが痛がっている声を聞きながら、僕は青い空を仰（あお）いでいた。なぜなら、ケイトと同じく僕も倒れていたからだ。起き上がれないほど全身が痛い。
あの暗闇の中は、暗すぎて全容はわからなかった。だが、滑り台のような、人がちょうど一人入れるくらいの細い管になっており、僕とケイトはその中をひたすら、ぐるぐると滑り落ちてきた。

その管が曲がるたびに、僕とケイトは頭を打ち、肩を打ち、全身のありとあらゆる箇所を打ちつけながら、文字どおり転がり落ちた。

最終的に、この空間に放り出された……という訳だ。

(空が綺麗だな。今までは王妃教育が忙しすぎて、ゆっくりする時間なんてなかったからな……。こうして、青空の下、花畑で横になるなんていつぶり……ん？　あれ？)

「――え、空？」

「空ですね。ここどこですか」

驚きのあまり僕は勢いよく体を起こし、全身を走り抜けた痛みに硬直した。もしかしたら服の下は痣だらけかもしれないと思いながら、痛む体にむち打って、僕はきょろきょろと辺りを見渡す。

まるで雨上がりの朝のような澄んだ空気の中、目の前に広がっているのは、永遠に続いているかのように見える花畑だった。

一面に、淡い色の花が咲き乱れ、ちらちらと舞う蝶の羽が見えた。まるで春の穏やかな景色のように、青空が広がっている。

「綺麗なところだな……」

「ええ」

ぼんやりと、その美しい景色に見蕩れている僕とは違い、ケイトの声はピリピリとした緊張感を孕んでいた。辺りを見渡す眼光は、鋭い。

おそらく僕たちは、地下五十階層以上あると言われるダンジョンの、未解明の部分に足を踏み入れてしまったのだろう。

しかし、あんなにモンスターたちが蔓延っていた一階層の奥に、こんなに美しい場所が隠されているなんて思いもしなかった。

僕は夢見心地で辺りを見渡した。そして、ぽやんとした思考のまま、ケイトに声をかけた。

「お昼に、しよっか」

「ほんと図太いですね。神経どこいったんですか」

そ、そんな言い方ないと思う。

ついに『お尻を痛めたがめつい腰ぬけのへっぽこ』という僕の評価に、図太いまで増えてしまった。

この図太いという言葉の、本当に太く、たくましい感じが伝わるだろうか。太った平民のおばさんを連想してしまう『図太い』という言葉が、この気高く美しい僕を形容する言葉として、適切であるはずがない。

むしろ、今までの旅を経て、僕は自分のことを打たれ弱いとすら思い始めているのだ。

こんなに繊細な僕に『図太い』という評価は受け入れられない。僕が恨みがましい目で見ていることに気がついたのか、ケイトがすべてを悟ったように口をひらいた。

「こう、すべてをまるっと含めて、最終的に図太いにたどり着くんですよ」

一体なにがまるっと含まれて、最終的にその結論に至るのか定かではないが、ケイトがそう思っているなら、もしかするとそうなのかもしれない。

よくわからないけれども。もしかしたら、僕も、ケイトのように二十五歳になれば、わかるのかもしれないなあなんて、半ば現実逃避をしながら、僕はうきうきと弁当を広げた。

「……そういうところですよ」

呆れた声を出すケイトを見ながら、「え？　どういうところ？」と、首をかしげたら、もう、もはや話してもくれなかった。

あれ、僕はもしかして、ケイトに嫌われてるんだろうか。

もし今の状況で、ケイトに嫌われてしまったら、僕はもう生きていける気がしない。

現実的にも、経済的にも、物理的にも、経験的にも、僕は今、完全にケイトに依存している。そこまで考えて、ハッとした。

(僕は幼なじみのアルフレッドにすら、あんな風に嫌われて……)

もしゃもしゃとサンドイッチを食べながら、僕は幼いころ、まだアルフレッドと仲睦まじかったときを思い出した。

きっかけがなんだったのかは、思い出せない。だがある日ケンカをして、そのまま僕とアルフレッドの関係は、戻ることはなかった。

あのときの僕には、なにが悪かったのか、なにをしてしまったのか、とアルフレッドに尋ね、歩み寄る勇気がなかった。

ただ、時間が解決してくれると思っている間に、王妃教育が多忙すぎて、一緒に遊ぶ時間はどんどんなくなり、そのまま気まずい想いだけを抱え、婚約破棄という結末を迎えてしまった。

(だめだ。また同じことを繰り返しては……)

なぜか緊張して、とくとくと心臓の音が速くなった。

大切な人には、自分にとってその人が大切な人であるということを、きちんと伝えなければならないのだ。もう僕は、同じ失敗は繰り返したくない。

僕は拳を握りしめ、意を決して、ケイトに言った。

「ケイト、僕はお前が好きだ」

「――は?」

「なにか僕に悪いところがあるのなら、遠慮なく言ってくれ」

「……はあ。じゃあ言いますけど、鼻に、サンドイッチのタマゴついてますよ」

僕はゆっくりと、慌てることなく、お弁当の包みに入っていたナプキンを取り出した。そして、気品ある優雅な仕草で、そっと鼻をぬぐった。ちらりとナプキンに目をやると、たしかにそこには黄色いタマゴがついていて、僕はふっと笑みを漏らした。

――って!!

「そういうんじゃ、ないんだけど!」

僕がキレ気味にそう言うと、ケイトは、ぶっと吹き出した。

あはは、とケイトがあまりにも無邪気に笑うから、僕はぽかんと口を開けて固まってしまった。

それから、ひとしきり笑い終えたケイトが爽やかに言った。

「オレも弁当、食べることにします」

なんだよ、結局ケイトだってお昼じゃないか、という文句は言わなかった。ごはんは一緒に食べたほうがおいしいと思うから。

いつになくケイトがにこにこしているのは、もしかすると、この穏やかな景色のおかげかもしれない。僕とケイトは、その花畑の中で向かいあって、ゆっくりとサンドイッチを堪能したのだった。

お昼を食べ終わった僕たちは、花畑を散策し始めた。

いくら綺麗なところとはいえ、帰り道がわからない以上、僕たちはダンジョンで遭難したに過ぎない。

花畑には、食べられそうな植物や実もちらほらあったが、こんなところで一生を過ごしたら、僕はいつしか妖精にでもなってしまいそうだ。

そんなことを考えていたとき、遠くの花々の間で、小さななにかがキラッと光ったような気がした。目を凝らすと、大きな硝子(ガラス)細工のようなものがあった。

「あれはなんだろう?」

僕がそう言ってその方向を指差すと、ケイトがつられて視線をやった。

少しの間相談し、見に行ってみようということになり、僕はケイトの背中に隠れながら、ゆっくりとその透明ななにかに近づいていった。

　近くで見るとそれは硝子細工ではなく、クリスタルでできた灯籠のようだった。明かりを灯すであろう場所には、手のひらに乗りそうなサイズの、羽の生えた女の子が眠っていた。

　僕は口を押さえて感嘆の声を上げた。

「うわあ、もしかしてこれが妖精か？　すごい。本当に？」

「すごいですね。オレもはじめて見ました」

　シンプルな白いドレスから突き出ている、薄く透けた羽は、光を反射してさまざまな色に輝いているように見えた。すよすよと、丸まった背中が、ふくらみ、しぼみ、ふくらみ、しぼみ、と呼吸している様子は、僕を幸せな気持ちにしてくれた。

　ケイトも興味津々で妖精を見ていたが、心なしか目元が優しげに和らいでいる。ケイトが僕のほうを見たので、僕は、起こさないようにしないとね、という顔でケイトに微笑んだ。

　そのとき、優しい風が辺りをそよぎ、僕たちのもとにふわりふわりと花びらを運んできた。その一枚が僕の鼻先をかすめて――と思ったときにはもう遅かった。

「へ、へぐ、ぶ、ぶあっくしょ!!」

「……」

「わああ！　人間!?　どうやってこんなところに??」

　僕のくしゃみで、妖精を起こしてしまった。

　申し訳ないと思ったが、生理現象なのでできれば許してほしい。隣でケイトが、白い目をしているような気がしたが、そちらは見ないように心がけた。

大慌てで飛び起きた妖精は、ピューッと上に飛び、僕たちと距離を取った。そういえば、妖精を誘きだして捕まえて売ろうとする人間がいると聞いたことがある。だとすれば妖精はきっと、僕たちがいてすごく驚いたはずだ。

現に、その妖精は信じられないものを見るように、僕とケイトの顔を交互に見ていた。あまりにも驚いた表情をしているから、僕は再び、ものすごく申し訳ない気持ちになった。

「起こしてしまって、すまない。その、くしゃみが出てしまって……」

悪いことをしたときは、すぐに謝る。

それはとても大切なことだと、僕は学んだのだ。

妖精はいまだ驚いているようで、微動だにしない。僕はだんだん心配になってきて、「大丈夫か？」と尋ねた。

次第に状況を理解したのか、僕たちが害をなすつもりがないとわかったのか、妖精は少しだけ近づいてきてくれた。

だが、なぜか疑うような視線でケイトのことをじっと見ていて、それにつられるように、ケイトも妙に鋭い瞳で妖精を見つめ返していた。

二人の間に走る緊張感が漂ってきて、僕は首をかしげた。このかわいい妖精は、どうしてこんなにケイトのことを警戒しているんだろう。

そう考えたとき、僕は先日のゴライアスの一件を思い出し、ハッとした。

（ま……まさか、ケイトは妖精をも食べようとしているのか……？）

そんな恐ろしい考えが頭を過ったが、いくらケイトが食いしん坊だとはいえ、さすがにそんなことはないだろうと僕は首を横に振った。

しかし現実として、妖精はケイトに怯えているように見える。僕は慌てて、ケイトの前で手を広げ、念のため注意喚起をしておくことにした。

「け、ケイト。妖精は……食べちゃだめだぞ」

「は？」

「は？」

ケイトと妖精と両方ともが、ぽかんとした顔で僕のことを見た。

だが、今、この状況を把握しているのは僕しかいないはずだ。この切迫した危機的状況を、僕の俊敏な判断と、叡智によって華麗に回避できたことに、ほっと胸を撫で下ろした。

ケイトはなぜかいつもの死んだ魚のような目で僕のことを見ていたが、僕はくるりと妖精に向き直った。

近くで見ると、小さな顔に、つんとした鼻と小麦色の大きな瞳がついていて、本当にかわいらしい顔立ちだ。僕が好奇心を抱いていることがわかったのか、ムッと気合をいれるような素ぶりをして、妖精は僕に話しかけた。

「な、なにものなのかしら！　こんなところにたどり着くだなんて」

「ここは一体どこなんだい？　僕たちも気づいたらここにいて、困っているところだったんだ」

妖精はそのかわいらしい顔に似合わず、眉根を寄せながら、「気づいたらここにー？」とケイトをキッと睨み、訝しげに僕を見た。

だが、断じて僕は嘘などついていない。僕が壁の中の滑り台のようなものでここに来た、と説明すると妖精は驚いた顔をした。

「あの通路はよっぽど心の綺麗な人間じゃないと……って、な、なんて綺麗な魂なの!?」

「え、僕？」

僕の周りをくるくると忙しなく飛び回りながら、妖精は僕のことを観察していた。だが、綺麗な魂とは……なんだろうか、と首をかしげる。

現に僕は、婚約者だった幼なじみに故国を追放されるという、要約すれば、野たれ死んでほしいとまで思われている存在だ。そんなことを言ってもらえるほど、僕の魂が綺麗だとは思えなかった。

しゅん、と萎んでいると、妖精は首をかしげた。

「え、なんかあったの？」

僕は泣きそうになりながら、「幼なじみだった婚約者に、野たれ死ねと言われて国外追放になったんだ」と言うと、妖精は若干引いたようで、「それは悲惨ね」と、顔を引き攣らせた。こんなにかわいらしい見た目からは想像できないほど、妖精が顔を引き攣らせているのを見て、ふと僕の中に考えが浮かんだ。

幼なじみだった婚約者に野たれ死ねと言われて、国外追放になるという事象はかなり悲惨だな、と。

僕がもし、幼なじみだった婚約者にそう言われて、国外追放になった人に会ったら、たしかに顔を引き攣らせて「それは悲惨だな」と思うに違いない。

今のところ、そんな可哀想な人に出会ったことはない。そんな可哀想な人がいたら、その人はもう生きる希望を持てないかもしれない、と思ったところで気がついた。

――僕のことだった。

僕の目の中から、湧き出る温泉のようにぶわあと涙が広がって、そしてだーっと滝のように流れ落ちた。

たしかに今の僕は自分が子供のころに願ったような状態ではない。

しかし、他人が引くほど悲惨な状況にあるんだという事実を客観的に知ってしまったことで、僕の中にあった悲しみが、さらなる質量をもってズンとのしかかってくる。

これは、ごはんを食べているときに、鏡を見ながら食べると倍の満腹感を得られる、と小太りなコックのジョンが言っていた事象に似ているかもしれない。

「わあああ！　え⁉　え！　ごめん！　なんか、ごめんって‼」

「え、エマ様⁉」

妖精とケイトが慌てている声が聞こえたが、僕の視界はとぷとぷとあふれ出す涙によって遮られていて、二人の顔はまったく見えない。

その間にも「うっうっ」という僕の嗚咽（おえつ）にあわせて肩が上下し、涙が止まらなかった。

「か、可哀想！　あなた……可哀想だわ！」

泣きやまない僕を見かねて、ケイトがハンカチらしき物を取りだしたようで、涙は徐々にそのハンカチに吸い取られていった。

少し見えるようになった視界の中、心配そうな顔をしたケイトと「あわわ」といった顔で焦りながら飛び回っている妖精が見えた。

僕は悲惨な状態にあって、いまだにその悲しみの中にあるけど、こうして心配してくれる従者がいることや、僕が泣くのを見て慌てる妖精がいることは、それでもやっぱり幸せなことかもしれない、と少し思った。

そして、いまだ慌てている妖精は、滝ではなく小川くらいの涙の流れになった僕に言った。

「か、加護あげるから。ね、泣きやみなさい。私の加護すごいから！　ね！　すごいやつだから！」

必死で伝えてくる彼女には悪いが、加護というものがなんなのかわからずに、僕は首をかしげた。

彼女は小さく笑うと、僕にふうっと優しく息を吹きかける。すると、僕の周りがキラキラと細かい白い光で覆われ、ふわりと優しい花の香りに包まれた。

目を凝らすと、まるで夢でもみているかのように、僕の周りを光でできた小さな花たちが囲んでいた。

「わあ、綺麗だ……」

僕の涙はいつしか止まっていた。

それを見た妖精とケイトが、ふう、と安心したような息を吐くのがわかった。加護がなんなのかはわからなかったが、なんだか心が軽くなったような、なにかに守られているような、そんな不思議な感覚だ。

そして、妖精はその小さな腕を、僕とケイトに向けて、ふわっと広げた。

「私は妖精王なのよ。加護くらいならあげられるわ！　あなたは大変な目にあったみたいだけど、これからの旅路に幸が多からんことを、ここから祈っているわ」

まさに妖精王の名を感じさせる、慈愛のこもった微笑みだと思った。

妖精王は、包みこむような笑顔でそう言って、ふと、ケイトに視線を移した。

ほんの一瞬前まであんなに優しい顔をしていたのに、突然スンと真顔になって、妖精王はケイトを睨んだ。

「――あなたの魂は、普通」

「……そうですか」

その次の瞬間、視界が真っ白になった。ケイトは慌てて僕の手を握り胸の中に引き寄せ、ぎゅっと強く抱きしめた。

僕は目をつぶっていたので、なにが起きているのかわからなかった。それでも、あのかわいらしく優しい妖精王のすることだから、怖いことではないような気がしていた。

そして、目を開けるとそこは――

「だ、ダンジョンの入り口？」

「……みたいですね」

僕たちは、無事、ダンジョンから出ることに成功したようだった。

◇　◇　◇

「エマ様。どうしても確認したいことがあるんで、ちょっとだけ待っていてもらえますか？」

ケイトがそう言い出したのは、ダンジョンで泥だらけになった服を着替えようと、宿屋に戻ってきたあとだった。

ぽかんとしている僕に向かって、「結界を張っておきますから、絶対に部屋から出ないでください。いいですね」と、オーガのような顔で確認し、闇魔法らしき煙を左手からぶわっと出すと、そそくさと部屋から出ていってしまった。

しきりに「なんか嫌な予感がする」とブツブツぼやきながら出ていったケイトを思い出し、一体なにを確認しに行ったんだろうと考えていると、トントンと窓を叩く音がした。

「エ～マ～ちゃん」

「……え？」

次いで甘い声色で名前を呼ばれて、僕は振り返った。

宿の窓から、見覚えのある赤茶色の髪が覗き、その不思議な青紫色の瞳と視線が交わった。僕の中にぶわっと喜びが込みあげ、衝動とともに名前が口をついて出た。

「テオ！」

「やっぱりエマニュエル様だった」

よっ、と言いながら、テオは軽々と窓枠を飛び越えて、ふわりと中に入ってきた。テオが降りたつときにトンと床が鳴る音を、幼いころから、僕は何度も聞いたことがあった。

「お前はいつも窓から忍び込んでばっかりだな」

一瞬、ケイトのオーガのような顔が頭を過ったが、僕は部屋から出ていないわけなのだから大丈夫だろうと思い直した。

それに、相手はテオドールである。王妃教育でなかなか外出がままならなかった僕は、商家の息子であるテオがうちに訪れるたびに教えてくれる外国の話を、いつも楽しみにしていた。

身分差もあったが、二人だけのときは敬語も使わずに話す仲だ。アルフレッドとはまた違う、僕の大切な幼なじみなのだ。

「まさかペルケ王国でも忍び込むことになるなんて、思わなかったよ」

いつもと変わらない軽口に、ほっとしてしまう。

テオに限ってそんなことはないと思っていたが、やっぱり婚約破棄されてしまった自分のことをどう思うかは、少し気になっていた。

テオがにこっと微笑んで、僕も自然と笑っていた。

だけど、僕を見たテオの顔が、だんだんと真剣なものになる。じっと綺麗な瞳で見つめられて、ドキッと心臓が跳ねた。テオはそっと僕の手を取り、尋ねた。

「――大丈夫？」

「え？」

「無理してるでしょ。辛かったとき、一緒にいられなくて……ごめん」

切なげに細められたテオの瞳を見て、僕は息を呑んだ。

だけど婚約破棄だなんて、普通は想像だにしないはずだ。

用意周到なケイトはなにかを察知していていろいろと用意してくれたが、テオが気がつかないのは当たり前のことで、謝る必要などどこにもない。

テオは母上が亡くなられたとき、僕のことを心配して、夜に僕の屋敷に忍び込んできたことがある。あの頃は、「大丈夫だ」とテオに言えるまで、僕はとても長い時間を費やした。テオの中で、僕はまだあの頃のように、幼く、頼りないままかもしれない。

でも、今は違う。

僕はきゅっとテオの指先を握り返しながら、言葉を返す。

「追放されてまだそんなに経っていないというのに、王都のことなんて忘れてしまうくらい、いろんなことがあったんだ……」

今までの人生はなんだったんだと思うくらい、目まぐるしい数日間を思い出して、僕は一瞬遠い目になった。でも、国外追放になったときよりも、ずっと心が和(やわ)らいでいた。

だから目の前で心配そうな顔をしているテオにだって、僕はちゃんと言えるはずだった。

「でも僕は大丈夫だよ、テオ。そこそこ元気でやってる」

「エマニュエル様……」

幼なじみに国外追放を宣告されたことは悲しかったけど、僕が本当に悲しかったのは、今まで国のためにと思って頑張ってきたことを否定された気がしたからだったように思う。

微笑みながらテオを見ると、商人が品物を鑑定するときのように、鋭い眼光でじっと観察されて、少し怯む。

でも僕は別に嘘をついているわけではない。笑顔でテオをじっと見つめていると、ふっとテオも笑みをこぼした。

「そう……それならよかった。エマニュエル様……ううん、エマ、なにかおいしいものでも食べにいこっか？」

二人でいるときのような軽口に戻ったテオに、僕は嬉しくて胸の奥が熱くなった。……だが、ケイトのオーガのような顔が頭を過り、一瞬で期待は潰えた。

「い、いや、だめだ。ケイトに部屋から出るなと言われているんだ」

「やっぱりあいつか……ねえ、エマ。ケイトにはなにもされてないんだよね？」

急に怖い顔になったテオに、僕はビクッと体を震わせた。

なにも、とはなんだろうと考えたとき、湖でのケイトの熱っぽい視線を思い出しそうになり、その思考をかき消すように手をパタパタと扇いだ。

ケイトが屋敷で働くようになってから、テオは僕に対して事あるごとに「ケイトに注意しろ」と忠告してきた。

僕にとっては頼りになる従者でしかないが、テオはケイトのことを危険だと思っているようなのだ。「なにもされてないよ」と、くすくす笑いながら言うと、テオはじっと疑いの視線で僕のことを見つめてくる。

「そう？　でも、エマ……あいつは絶対になにか隠してると思う。今回のことだって、こんな速さでこの街までたどり着いてるだなんて、思ってもみなかったよ」

真剣な顔でそう言われて、僕は、うーんと首をかしげた。

旅の間、ケイトのことで気がついたことと言えば、ずいぶんと高度な闇魔法が使えることぐらいだった。

心優しいテオがこんなに怪しんでいるのだから、もしかしたら僕が知っていること以外に、なにかケイトは隠しているのだろうか。

僕はまだ屋敷にいたころのことに思いを馳(は)せる。

ケイトの屋敷での勤務態度は普通に真面目だった。というか、かなり真面目だ。

爺(じい)や侍女たちの信頼は厚く、覚えも早く、要領もいい。なぜか僕に当たりが強いという以外は変なところなんて思いつかない。

だがさっきテオは「なにもされてないか」と心配そうに僕に確認した。つまりテオは、ケイトが僕に対してなにかよからぬことを企んでいると思っているのだ。

だが、現状、僕は国を追われ財産も奪われた上に、お尻を痛めたへっぽこだと思われている。その僕に唯一残っているのは、「メロン農家になりたい」という誰にも言ったことのない夢くらいしかない。

（なにかを企むにしたって、僕から奪えるものなんてなにも……）

そこまで考えて、僕はハッとした。

僕はとある可能性に行き着いてしまった。ひやりと背筋を嫌な感覚が走る。

もしもこれがテオの危惧することだとしたら、それは由々しき事態であった。その考えに囚われてしまった僕は、どうしようどうしようと焦ってしまう。

じわりと手に汗が滲み、喉が鳴った。

（まさか……ケイトもメロン農家に――!?）

僕は思わず、バッと両手で口を押さえた。

脳内で雷が炸裂したかのような衝撃を受ける。

ずっと僕のことを助けてくれていると思っていたケイトが、将来のライバルになる可能性を秘めていたというのか。そう考え出したら、もう次々と考えがあふれて止まらなかった。

よく考えてみれば、ケイトはことあるごとに、ポケットからオリジナリティあふれるメロンキャンディーを出してきたではないか。あれはもしや、ケイトの創作だったのかもしれない。

僕は拳を握りしめ、がくっとうなだれた。

（好き……なんだ。ケイトも、メロンが……！）

メロンを愛する気持ちは誰にも負けない自信があったけれど、僕にはあんな深い愛とオリジナリティにあふれた、クリエイティブな発想はない。メロン農家になったあと、そんなケイトに勝てるだろうか。

もはや涙目の僕に、さらにテオの恐ろしい言葉が振りかかった。

「とにかく、エマ。もうちょっとあいつのことは警戒してよ。それに……あいつばっかりずるいし」

僕は目を見開いた。

ず、ずるい……とはどういうことだろう。

テオまでケイトを羨むようなことを言ってきたという事実に、僕は狼狽(うろた)えた。そして僕の頭の中に、恐ろしい考えが浮かんだ。

いやまさか、そんなはずはない。僕はその恐怖を断ちきるように、頭をブンブンと振った。だが、その恐怖は僕の中でどんどん大きくなる。嘘だ。信じたくない。まさか……

(――て……テオも⁉)

僕はバッと顔を上げ、びっくりするテオに、衝動のままに尋ねた。

「まさかテオも……好きなのか?」

「へ⁉ す、好きって……え‼」

た、大変だ……テオが動揺している。それどころか、普段はふわふわと爽やかに笑っている表情を崩さないというのに、明らかに頬が赤くなっていく。

突然思っていたことを言い当てられて、慌てている状態に他ならなかった。

僕は愕然とした。まだメロン農家を始めてもいないというのに、僕の周りにすでに二人もメロン農家を志している人間を見つけてしまうなんて。

国外追放されてから、僕の知り合いと言えるのはケイトとテオだけだというのに、その二人が僕の敵であることが判明してしまった。

こんなに高い確率でメロン農家を目指す人間がいるのだとすれば、もしかすると、宿屋の優しげなおじさんも、この街にいる冒険者たちも、もしやゴライアスまで、みんなそうだったかもしれない。

僕は恐ろしいことに気がつき、内心焦りが止まらなかった。メロンの丸っとした幸せなフォルムが、僕の頭の周りを泳ぎ出す。僕はぎゅっと目を瞑り、歯を食いしばった。

(そうだった……！　メロンはみんなを幸せにするから！)

メロンによって幸せになった人たちが、みんなメロンに報いようと、メロン農家を目指そうと思うのはごくごく自然な流れのはずだ。

どうしよう、と焦燥感が大きくなっていく。僕がぼんやり「メロン農家もいいな～」などと夢みている間にも、敵は動き出していたのだ。

そんな僕の心も知らず、テオは、言い当てられたことにまだ動揺しているらしく、「いや、別に違うし……」などとぼそぼそ言いながら、恥ずかしそうに横を向いている。

ケイトだって、テオだって、非常に優秀な人間だ。

きっと戦略的にメロンを育て、売りさばき、きっと他の人から抜きんでた、大きな農園を作りあげること間違いなしだった。

(ん……？　あれ？)

とそのとき、僕の頭の中にきらめく閃光が走った。

ケイトは僕の従者であるし、テオは僕の友達であるのだから、ライバル農家として三人争いながら存在しなくてもいい方法があるのではないだろうか。

僕は高鳴る胸に手を当てた。そして、自分の並外れた頭脳に感謝しながら、テオの両手を手繰りよせ、ぎゅっと握りしめた。

「大丈夫だ、テオ。ライバルになる前に、い、一緒に。一緒にすれば」

「へ!? ま、待って。なんの話？ い、一緒にって……なにを!?」

テオはいまだ動揺しているが、この協力体制が実現すれば、僕たちは仲違いをすることもなく、きっといつまでも幸せにメロンという幸福を世界中に届けることができる。

そうだ。この方法がいいはずだ。

否、これだけが最高の答えだとしか思えなかった。

僕は意を決して、テオに伝えることにした。僕たちの明るい未来を思うと、じわっと目に涙が浮かんでしまった。

僕は、うるうると滲む瞳でテオを見上げた。

「三人で……しよ？」

「…………は!?」

「な、テオも一緒に」

きゅっとテオの手をもう一度握った。

テオはいつだって商人として掴みどころのない雰囲気を貫いているというのに、今の彼はまったく動揺を隠せていないのだ。テオが困惑しているのは明らかだ。

公爵家に出入りするほどの商会の息子である。僕の想像が遠く及ばないほどの計画を、すでに立てていたのかもしれない。

それでも僕は、僕たちの友情に賭けた。

今はへっぽこかもしれない僕ではあるが、きっとテオの役にも立ってみせる。どうか、どうか頷いてくれと願わずにはいられなかった。

テオは真っ赤になったまま、僕に言い返した。

「さ、三人でって……そんなこと、お、オレは」

「ど、どうしてだ。僕はテオのことも、ケイトのことも……！」

テオはぱちぱちと目を瞬き、明らかに狼狽(うろた)えている様子だった。

女の子の前で爽やかに笑っているときからは想像もできない様子に、僕があと一押しだ、と思っていると、テオが真剣な表情を浮かべて口をひらいた。

「オレは三人とかじゃなくて、ちゃんと、エマのことを……」

繋いでいた両手をテオが自分の口元に持っていく。ふわっと手の甲に息がかかり、テオは切なげに目を細め、僕はハッと息を呑んだ。

部屋の温度が氷点下にでもなったかのように、ズンと沈む感覚があったのは、その瞬間だった。

そして、地を這うような声がすぐ後ろから聞こえた。

「なに、してるんですか……」

おや、と思い、振り返ると、やっぱりケイトが立っていた。

もう用事は終わったのかなと思い「おかえり」と言うと、ケイトは再びオーガのように憤怒の表情を浮かべた。

「で、出てない！　部屋からは出てないぞ！」

僕は、さっきケイトと約束したことを思い出し、すぐさま訴え始めた。

「……誰かが来ても悪い人かもしれないから扉を開けちゃいけないって、王妃教育では教わらなかったんですか」

「えッ」

「ええ、……わかってますよ。この男は、また窓から入ってきたんでしょ。わからないならまだしも、誰だかわかっている状態で招き入れるだなんて、コヤギ以下ですよ！」

「コヤギ以下……！」

僕の全身に衝撃が走った。

幼いころ、母上に読んでもらった絵本が頭を過る。オオカミを招き入れてしまったコヤギたちが、頭の中で逃げまどっていた。

ものすごく怒っているケイトを見て、僕もコヤギたちと一緒に柱時計の中に隠れてしまいたい気持ちになった。だが、肩にぎゅうっと重みがあり、僕の後ろに立ったテオが、僕の肩に顎を乗せながら言った。

「悪いオオカミじゃないから開けてくれただけだよね～？」

「そ、そうだ、悪いオオカミなんかじゃないぞ。お前も知っての通り、テオじゃないか」

腹にあたたかなテオの腕がまわされ、ちょっと強気になった僕もケイトに向かって口をとがらせた。だが、それに対するケイトの言葉は冷酷だった。

「それが悪いオオカミに見えてないなら、エマ様はとんだへちゃむくれですね」

そ、そんな言い方ないと思う。

なんということだろう。ついに僕の評価はへちゃむくれにまで下がってしまったというのか。

その上、正直に告白すると僕はその「へちゃむくれ」という言葉の意味を知らなかった。確実に悪口だということは、ひしひしと伝わってくる。

だが、その言葉を知らないという事実自体が、僕がへちゃむくれであることを、如実に表しているような気がしてならない。

ショックを受けて丸くなっていた僕の頭には、視界の端にいる二人が続けている話は、まったく入ってこなかった。ピリピリとした空気の中、ケイトの厳しい口調が部屋の中に響く。

「お前、どうやって追いかけてきたんだ」

「日ごろから情報網は万全にしてる。そっちこそどういうつもりだ。この速さでこの町までたどり着くなんて異常だ。お前、なにか知ってたな？」

「不穏な兆候はいくつもあった。いろんな可能性を考えて対処するのも従者の役目だ」

テオとケイトは怖い声でぼそぼそとなにかを話しあっているようだった。テオがいつもの雰囲気とは違う、険しい顔で尋ねた。

「なにを隠してる。エマをどうするつもりだ」

「別に、お前に言うことはなにもない」

そのケイトの声が聞こえた辺りで、僕はハッと意識が戻ってきた。そして、ケイトとテオの様子を見て、サアッと青ざめた。

(け、険悪……！)

このままでは仲よしメロン農家の夢が潰えてしまう！

「け、ケイト。無断でテオを招き入れて悪かった。テオも、大丈夫だ。そんなに心配しなくても、ケイトはよくしてくれているよ」

「でも！」

「僕は、ケイトとテオが仲よくしてくれたほうが嬉しい。テオはペルケ王国で商談か？　同じ方向なら一緒に行こう」

僕がそう言うと、テオはぐっと言葉を詰まらせた。おや？　と、思っていると、なぜか代わりにケイトがフンッと鼻で笑いながら答えた。

「エマ様。テオドールは王都のほうに戻るみたいですよ」

そうなのか、と僕はがっくりと肩を落とした。久しぶりにテオと会えて嬉しかったのに残念だった。

だが、ケイトがどうも高圧的な表情でテオを見ている気がして、僕は首をかしげた。その視線の先にいるテオはどうにも悔しそうな表情だった。

「なんで知ってんだよ」

「さあな」

「……くそ。お前、覚えとけよ」

二人の様子は明らかにおかしかったが、テオの行動まで把握しているケイトに僕は驚いた。もしかして、この二人は案外仲がよかったのかもしれないと、ほわっとあたたかい気持ちが広がった。

(それなら、本当に三人で、メロン農家ができるかもしれない……)

安心した僕は、二人の様子を見てくすくすと笑いながら、幸せな未来に思いを馳せた。

二人がぽかんとした顔で、笑っている僕のほうを見た。そしてすぐに、むむっと眉間に皺を寄せて、難しそうな顔になった。

なんでだろう、と思いながらも、にこにこしていたら、ケイトとテオは二人して僕に背を向けて、なにかぼそぼそと話しあっているようだった。

「お前、オレが戻ってくるまで、絶対にエマのこと……守れよ！」

「当たり前だ。ていうかエマって呼びすてるのやめろ」

「あと、絶対手出すなよ。絶対に！　……おい。返事しろ」

僕は二人がこそこそ話しているのを見て、僕こそ仲間はずれにされないようにしないと、と気を引きしめた。

結局、テオは王都の方向に戻るらしく、僕たちは町の入り口で手を振って別れたのだった。

「エマ、また来るからな！」

「うん。またな、テオ！」

「もう来んな」

僕は「ケンカするほど仲がいい」という言葉を思い浮かべながら、にこにことテオを見送ったのだった。

◇◇◇

「テオドールに、あんまり体を触らせないでください」

「え?」

夜、シャワーを浴びた僕の髪を、タオルでわしゃわしゃと拭きながら、ケイトが不機嫌そうな声でそう言った。振り返ろうとした僕を、そうさせまいとするように、タオルで押さえつけながら、ケイトは言葉を続ける。

「あいつ、手が早いんで」

タオルのせいで表情は見えないが、声から察するに、きっとぶすっとした顔をしているだろうことはわかる。手が早いとはなんの話だろうと、僕は目を瞬かせた。

「誰も手を出せなかった今までとは違うんですよ、エマ様。もう少し、警戒してください」

ケイトが一体なにを心配しているのかはわからないが、テオにも同じことを言われたなと思い、僕はふふっと笑ってしまった。

ぎゅっとタオルを押さえる手が強くなったので、おそらくケイトは腹を立てたのだろう。

二人とも警戒しあっているようだが、ケイトもテオも、僕になにか悪いことをしようとしているだなんて思えなかった。

僕が適当に「わかったよ」と相槌を打っていると、「なにもわかってないでしょ」と、嫌そうな声でケイトが呟いた。

二人はきっと似たもの同士なんだろうなと思いながら、僕は話題を変えようと、ケイトに話を振った。

「今日もいろいろあったな」

僕の長い髪についた水分を、ケイトがぽんぽんとタオルで吸い取っていくのを感じながら、僕はゆっくりと目を閉じた。

屋敷でもやってくれたこの優しい時間が好きだった。せっかくなら、ケイトも機嫌を直してほしい。それが伝わったのかはわからないが、ケイトも話題を合わせてくれたようだった。

「ダンジョン探索の初日から大冒険でしたね。なんていうか、エマ様の引きの強さを感じました」

僕たちはテオが帰ったあと、ゴブリンやスライムを倒して手に入れた魔石を金に換金し、街で夕食を食べてから宿屋に戻ってきたのだった。

はじめて換金した魔石の値段は驚くほどに低価値で、僕は思わず渡された銀貨を二度見してしまった。

午前中ずっと倒し続けたのに、これだけの値段にしかならないのだとすれば、今までのような生活をするためには、僕はどれだけのゴブリンとスライムを倒せばいいのだろう、と気が遠くなってしまう。

もしかすると、自分がゴブリンだったかもしれないと勘違いするほどに、ゴブリンと毎日顔を合わせねばいけないのかもしれない。部屋にあった鏡で、自分がゴブリンの顔になっていないことをそっと確認した。

あのブタが売られてしまったと聞いたときはとても悲しかったが、元手となる金がなければ、僕とケイトはすぐに野たれ死んでしまう運命だったかもしれなかった。そうだとすれば、あのブタの置物は、たしかに身を挺して僕を守ってくれているとも言える。

そういえば、ケイトと旅を始めてから、ずっと僕たちはシャワーや温水設備がついている宿屋を利用してきたが、もしかしてこれは高級宿に分類されるものなのではないだろうか。

当たり前だが、貴族の邸宅と比べればずいぶんと質素な作りであったから気がつかなかったが、もしや……

「ケイト、この宿はもしかして値段が高いのではないか？」

「また金の話ですか。今日稼いだから大丈夫ですよ」

僕は、息を呑んだ。

まさかケイトは、僕が金勘定もできないと思っているわけではあるまいな。換金するときに隣にいたのだから、自分がどれだけ稼いだかくらいは把握している。

……なんということだ。ケイトは僕のことを、金勘定ができないのに、がめついやつだと思っているんだろうか。

というか、ケイトは「大丈夫だ」と言うが、それがどんな根拠に基づいて、そう結論づけられているのかを言わない。むむむ、と唇を噛みしめる僕を見ながら、ケイトは約束した例のものをスッと出してきた。

「めろんショートぷりん味です」

「ゆ、夕食の後だぞ。いいのか？」

今日は特別ですよ、と言って、ケイトが頷くのを見て、嬉しさが込みあげる。いつもなら、夕食の前は「夕食の前ですよ」と言われ、夕食後は「寝る前ですよ」と言われて、禁止されているお菓子である。

今日は頑張った、とケイトに認められたような気になり、僕はうきうきとその棒つき飴を口にした。

（お、おいしい……こんな食べ物があったなんて……）

もそもそと口を動かしながら、ふと思う。

妖精王も加護なんて食べられないものではなくて、食べ物かお金をくれればよかったのにと考え、ケイトに『がめつい』と言われたことを思い出した。

大変だ。あんなにかわいらしい妖精王に、「綺麗な魂」とまで、言ってもらったのに、僕は「食べ物か金をよこせ」などという、綺麗な魂の持ち主が到底考えつくとは思えない、恐ろしい考えに囚（とら）われていた。

もしかして僕はもうゴブリンにでもなってしまったのではないかと思い、そっと部屋にあった鏡台で顔を確認した。大丈夫……まだ大丈夫。

だが、今こうして、自然に「まだ」大丈夫だった、と思っている時点で僕の未来は危うい。

「あ、そうだ。エマ様。明日からまた移動ですからね」

「え？　もうダンジョンは終わりなのか？」

「ええ。あんなにちまちま稼いでても、生活できそうにないですからね」

僕は驚きすぎたあまり、呼吸を忘れた。

ついさっき、「今日稼いだから大丈夫」って言ったのに、一体ケイトの思考回路はどうなっているんだろう。まさか僕が、今さっきしたばかりの会話を、忘れているとでも思っているのだろうか。

それはちょっと、いささか、僕のことをばかにしすぎている。

僕は文句を言おうとして、口をひらいた。しかしケイトがそれを遮った。

「明日は、海に行きましょう」

「う、海!?」

僕のテンションはぐりんと向きを変えて、一気に急上昇した。

幼いころに一度、おじい様に連れていってもらっただけで、僕はそれ以降、海になど行ったことがなかったのだ。あの青くて美しい水が、ずっとずっと遠くまで続いている風景を思い出した。

（すごい。海にも行けるのか……）

国外追放だなんて、それこそ信じられないほど悲惨な目にあってしまったけど、でもなぜだろう。

国外追放されたあとのほうが、僕の人生は輝いているような気がした。

安全な王都で煌びやかな生活をしてたときよりも、先も見えないケイトとの冒険の旅のほうが、ずっと楽しかった。

いまだにアルフレッドから婚約破棄を宣言された夢を見て、夜中にうなされて目を覚ますが、そのたびに、隣で寝ている従者が、ポンポンと背中を叩いてくれているのを僕は知っていた。

うとうとと夢見心地で感じるその手の温もりが、僕の従者が本当はとても優しい男なのだと、いつも僕に思い起こさせる。

こんなことになる前から、ケイトは面倒くさそうに僕の隣にいるけれど、本当はとても心があったかいのを知っている。

こうして僕が多少不安になりつつも、ごはんを食べ、冒険をして、飴を食べ、そして眠りにつくことができるのはケイトのおかげだった。海に行くのだってもしかすると、僕が忙しい王妃教育の中、「海に行きたい」とぼやいたことを覚えていてくれたのかもしれない。

口の中にメロンの甘い味が広がる。王妃教育でくじけそうなときに食べていたメロンの味とは違って、母上が生きていたころのような、あたたかな味がした。

すぐにメロン農家になるわけではなく、こんな風にいろんな場所を訪れ、いつか旅に疲れたら、メロン農家になるのもいいかもしれないなんて、そんなことを考える余裕もある。

僕は素直にその気持ちを伝えたいと思った。

「ケイト、ありがとう」

「ああ、飴、おいしかったんですね」

「……」

いや、違うけど。

でも僕は、ちゃんと言葉にして伝えていくんだ。

好きな人に、好きだっていうことを。

ありがとうっていう気持ちを。

今しがたは飴のことだと思われて流されてしまったが、これからの道は長そうだから、何度だってケイトに伝えればいいのだ。ありがとう、と。

――あと、ブタにも。

(……って、いい感じで眠りについたのに)
その夜、僕は夜中に目を覚ました。魔導灯の消えた室内は、窓からのすきま風のせいかひんやりとしていた。
そっとベッドから体を起こし、サイドテーブルに置かれた水差しからグラスに水を注ぎ、こくんと飲み干した。少しこぼれた水が喉を伝って、寝間着の大きなシャツに染み込んでいった。
ふと横に目を向けると、僕の従者がすやすやと眠っていた。目を閉じているケイトは、いつものように嫌な笑みを浮かべていないから幼く見える。日中は軽く流している前髪が、くたっとなっているせいかもしれない。

（まつ毛、長いんだな。目の幅が広い。鼻もスッとしてる……）

こんなにまじまじとケイトの顔を見たことはなかった。整っているとか、男前なことは知っていたけれど、一つ一つのパーツを見ていると、綺麗だと思った。

国外追放になってから、たびたび見かけるようになったケイトの優しい笑顔を思い出す。あんな風に、ケイトは恋人に微笑むんだろうかと考えていたら、とくとくと心臓の音が速くなった。

（ケイトは、恋人を作らないのだろうか……）

僕は、ケイトが一緒にいてくれてこの上なく安心だけど、ケイトは恋人を作る暇もないだろう。ケイトは一体どんな人を好きになるんだろう、一体どんな風に人を愛するんだろう、と考えながら、僕はポスンと再び横になった。

宿屋のカーテンはケイトが閉めていたから、夜空は見えない。ダンジョンで栄えている街だから、冒険者たちはまだ飲み明かしているかもしれない。

シンと静まり返った部屋に、すうすうと規則正しいケイトの寝息だけが響いて、なんだかあたたかい気持ちになる。

ケイトの恋人は、大人っぽい美人な気がする。そして案外、ケイトはその人のことを大切にしそうな気がする。そこまで考えたとき、突然思い出してしまった。

——オレが、忘れさせてあげましょうか——

僕は、息を呑んだ。いろんなことが目まぐるしく起きるものだから思い出さずにいたけど、あんな冗談を言うだなんて心臓に悪い。

両手をぺたぺたと頬に当て、顔に集まった熱を冷ましながらも、先日のケイトのことばかり考えてしまう。

ケイトは恋人に対して、あんな風に耳元で囁いて、指を絡ませて、この男らしい腕で抱きしめるのだろうか。

（頬を……撫でて、キス……したり）

この唇で愛の言葉を囁きながら、目を細めて笑うんだろう。

どき、どき、と僕の心臓が、走り出したときのように速くなった。

どうしてだろう。ケイトのことを考えるだけで、僕の頭はいっぱいになってしまう。そうして、なぞるようにケイトの顔や体を見ていたら、自分がなんだかおかしな気持ちになっていることに気がついた。

体が火照って、熱くなる。

（……まずい。よく考えてみたら、卒業舞踏会の前から、しばらく触っていなかった……）

しばらくおろおろしていたが、ちらっとケイトが寝ているのを確認し、用意されたちり紙が数枚置かれているのを見て、僕はこっそりとケイトに背を向けて下穿きをくつろげた。

ぶるん、と自分のペニスが元気よく外に出た。ぎゅっと握りしめ、気づかれないように注意しながら、こしこしと擦る。先端のぷっくりとした部分を、親指で撫でるとすぐに、つっと透明な液があふれた。

「……ッ、ん」

その液をぬるぬると塗り広げたら、うっかり声が出てしまって焦る。それでも、もう、手を止めることはできなかった。

――エマ様……

どうしてか、よく通るケイトの声が頭に響いた。

「ぁ……ッ」

自分の声にピクリと震える。湖で見たケイトの熱っぽい視線をつい思い出してしまった。

水の滴る黒髪、頬を包む優しい手、耳元に感じた吐息の熱さも。「はあ、はあ」と、小さく荒い息を吐きながら、手の動きがだんだんと速くなる。布がこすれる音が聞こえた気がしたけど、僕の右手は少しずつ大胆になってしまった。

隠れてやっているという背徳感が、頭を痺れさせる。

(……だめだ、お、起こさないように。起こさないようにしないと)

そう頭ではわかっているが、ぎゅっと握りしめた手は、動きをさらに速くした。手のひらが汗ばみ、体もどんどん熱くなっていき、もう限界が近そうだった。そう思ったとき――耳元で、低い声が聞こえた。

「お手伝い、しましょうか」

「わああッ」

ビクウウッと体が大きく跳ね、僕はベッドから転げ落ちてしまうかと思った。

「けけけけいとおっ、お、起きて!?」

「隣でオナってる人がいたら、そりゃ起きますよ」

冷や汗をかいている僕の肩の上に、ケイトは後ろから顎を乗せると、僕の手元をちらっと覗き込んだ。そして、僕のことを抱きしめるように、後ろから手をまわすと、ペニスを握ったまま固まっている僕の右手の上に、そっと自分の右手を重ねた。

「ちょっと！」と慌てる僕のことなんて気にもせずに、綺麗な指がそっと濡れた先端を撫で、僕のペニスは大喜びでさらに透明な液をあふれさせた。

「ゃ……やめッ」

「なんで？　気持ちよさそう」

あまりの羞恥に、体中が真っ赤に染まる。ふにふにと弄ぶように触られて、僕は必死でケイトの手をはがそうとした。

——でも。

(あったかい……)

その場所ではじめて人肌の温度を感じて、好奇心が顔を出す。

どきどきしているうちに、ケイトの大きな手は僕の手を握りしめたまま、上下に動き出してしまった。僕はあられもない声をあげてしまいそうで、慌てて左手で口を押さえた。

「んッ……んん」

適度な速さで刺激を与えられ、頭では止めなくちゃと思っているのに、人にしてもらうのは心地よくて制止の言葉が出てこない。

ケイトは下をじっと覗いていて、なにをそんなに見ることがあるのかと視線をやると、わっかにしたケイトの手の合間から、ぴょこぴょこと僕のペニスの先端が覗いては隠れ、覗いては隠れしていて、あまりの羞恥に叫び出したくなった。

「んぅ……ッ!?」

顔色ひとつ変えないで平然と観察する姿に、頭がおかしくなりそうだ。もしかして僕が知らないだけで、従者はこういったことまで世話をしてくれるものだったのだろうか。なにか言わなくてはと思い、なけなしの威厳を奮い立たせて、口にした。

「じゅ、従者とは、こ、こんなことまで手伝うものだったか」

「しませんよ」

へ？　と思いながら、そっとケイトを振り向くと、いじわるそうな瞳と目があった。

「オレがそう言ったら、エマ様、やめられる？」

じっと見つめる捕食者のような視線に、僕は罠にはまってしまった小動物のような気持ちになった。

「やめんの？　気持ちいいくせに」と声もなく雄弁に語るケイトの瞳は、僕のことなんてすべてお見通しな気がした。

ぶわわ、と全身が羞恥で熱く燃えあがる。

僕が思わず俯くと、後ろにいる補食者は、まるで、見つけた獲物に「逃がさない」とでも言うかのように、僕のうなじにちゅっと口づけた。ゆっくりと、ケイトの厚い唇が首筋を這っていく。

「ひぅっ」

変な声が出てしまう。ケイトの整った高い鼻が、僕の髪をかき分けながら、こすりつけられる。くんっと、匂いを嗅がれたような気がして、僕の体は跳ねた。

柔らかくうなじを噛まれ、洩れだす吐息と一緒に熱い舌の温度が伝わってくる。僕はこのまま食べられてしまうのかもしれない。

だがそのとき、密着した腰の部分に当たっている固いものの存在に気がついてしまい、僕の心臓がドクンッと強く脈打った。さすがに、それがなんであるかはわかる。

僕は後ろにいるケイトに震える声で尋ねた。

「け、けいと、そ、それ。せ、せなかに……」

「え？ ——ああ、これですか」

焦った僕がそう伝えると、悪びれもせずにケイトはそれを、おそらくケイトの中心だと思われるものを、ぐいっと僕の尻にこすりつけた。伝わってくる熱さに、僕は思わずビクウッと体を震わせた。

ふっとケイトの笑うような息が聞こえたかと思うと、まるでその存在を知らしめるみたいに、ケイトがぴたりと腰を押しつけた。

「っ!! 待っ、……ぁ、あっ」

「——声、かわいいですね」

「んぁッ」

ケイトの掠(かす)れた声に、耳を侵される。

触れ合った場所から、まるでじわじわと染められていくみたいに熱が伝わって、僕はひくりと震えた。自分がなにをされてるのかもよくわからなくて、だけど、その行為のやらしさだけははっきりとわかっていた。

「……オレも勃っちゃった。一緒にしても、いいですか？」

ケイトにそう尋ねられ、僕は焦った。

でも、ケイトは僕の返事なんて待っていなくて、すぐにころんとケイトのいるほうに転がされてしまった。

転がされるままに、視線を彼にやって、僕は目を丸くした。

薄くひらかれた唇。乱れた前髪から覗く、濡れた瞳。いつもみたいにいじわるそうな顔をしてるんだとばかり思っていたのに、ケイトからは淫靡(いんび)な空気が漂っていて、僕は目が離せなくなってしまった。

まるで囚(とら)われてしまったかのように動けないでいると、ふとケイトの視線が僕の唇にまっすぐ向けられた。切なげに、ケイトの目が細められる。

（——え、なに？　口……？）

そのなにかに耐えるような表情を見て、僕がきょとんとしていると、そっと大きな左手で頬を包まれた。

ケイトのほどよい厚みの唇から、はあ、と誘うように甘い息が洩れた。その様子に、ぎゅっと心臓を掴まれたように縮こまった。

体中の温度が上がり、だんだん僕も淫らな気持ちでいっぱいになる。ケイトにつられるように、僕も、はあっと息を吐いた。頭の中に、たぷん、と甘い欲望が満ちていく。

（……キス、してみたい）

ケイトの唇を見ていたら、したこともないのにそんなことを思った。

自分の瞳に欲情が滲んで、視界が揺れる。どうしてそう思ったのかは、よくわからなかった。でももっと、もっと深く、奥底まで、ただ、重なりたいと思った。

（……ケイトの熱を、分けてほしい）

だんだんと僕の唇が薄くひらいていく。頭の中がとろけそうな、強い誘惑の香りがした。

僕はとろんとしたまま、潤んだ瞳でじっとケイトのことを見上げた。ケイトがびっくりしたような顔をするのを見ながら、そっと、瞼を伏せた。指先が震える。

とろけそうな頭で、自分が欲しいものをひっそりと待った。体の中は、僕の中心から突きぬけた快感への期待に痺れていた。

ぷに、と唇を指で押されたような感覚がして、ゆっくりと瞼を開ける。

「……そんな顔――したらだめですよ」

困ったような顔のケイトを見て、僕は、今の今まで自分がなにを期待していたのかに気がついた。

一気にぶわわっと全身の体温が上がった。

あまりの羞恥(しゅうち)に耳まで赤くなりながら、それをなんとか隠そうとして、ケイトの胸に顔を埋(うず)めた。

(ぼ、僕は……な、なななにを⁉)

恥ずかしくて、頭の中で必死に言い訳を考える。

ちょっと雰囲気に流されてしまっただけだ、そもそも二人してこんなことしてるからいけないんだ、と思いながら、ケイトのシャツをぎゅっと握りしめる。羞恥(しゅうち)のせいで言葉が出てこず、ぐりぐりと頭をこすりつけていたら、上からケイトの声が降ってきた。

「こっちだけ、集中しててください」

「え？　あぁッ」

ケイトの手が動きを再開して、僕は思わず甘い声をあげた。

なんでキスはしないのにこっちは継続するんだろうと焦る。優しく撫(な)であげられて、そのもどかしい快感に小さく震えた僕は、思わずケイトにしがみついた。それでもケイトの手は止まらなくて、僕の中の、常識が崩れていく音がした。

「……ぁ、あッ！」

ぎゅっとケイトのシャツを握りしめる。涙をためながら下に目をやると、めくれたシャツの隙間からケイトの下腹が見えた。

その斜めに伸びた筋肉が綺麗で視線でなぞっていると、その先にケイトのペニスがあることに気がついてしまった。ぐっと下に引き下げられた服から、覗くように出ているその存在感の大きさに、思わず喉がごくっと鳴った。

ぎゅっと一緒に握られて、背中がひくっと反りかえった。柔らかくかけられた綺麗な中指が、僕のペニスを根本からするすると撫でてあげていった。体が、ビクビクッとみっともなく震える。

触れあったもっと熱い部分は、交わるように重なっていて、その視覚的ないやらしさに僕は卒倒しそうになった。

「は……ッ、あっ、け、けいと」

「……いいですねそれ。もっと名前、呼んでください」

獣みたいな眼光で見つめられながら、掠れた声でそう言われた。それからケイトは、僕の首筋に鼻をこすりつけて、くんっとまた匂いを嗅いだ。まるで、獲物の味を品定めするみたいで、『怖い気持ちいい』みたいなはじめての感覚が、しびびっと背筋を走る。

（た、食べられてしまいそうだ……）

はあ、はあ、と湿った息が交ざりあう。ケイトが顔を離しながら、言った。

「顔、こっち見せて。エマ様のえっちな顔」

「け、ケイ……っ」

「あー……かわいい」

はあっと息を吐き出しながらそう言われて、頭までじんと痺れた。普段とはまったく違う、ケイトの熱っぽい声色に、僕は溶かされてしまいそうだった。

もしかして僕が知らないだけで、こういうことが流行っているんだろうか。従者とはしなくても、もしかして――

「も、もしかして、と、友達はこういうことを……？」

「しませんよ。恋人としか、しないです」

ひぐっ、と訳のわからない音が口からこぼれ、だとしたら一体これはどういうことなんだ、と思う。

恋人としかしないのに、ケイトはどうして僕とこんなことをするんだろう。だけどあまりの気持ちよさに、思考はどんどん押し流されて、僕はただ、ケイトのシャツをぎゅっと握りしめて頼りない声を洩らした。

「け、けいと、……」

「はー、かわいい。エマ様、オレのも触って」

そう言って、導かれた先にあったケイトのペニスは、僕のものよりもずっと大きかった。これがケイトの欲望の形だと思うと、きゅうっと胸がしめつけられた。

そして、じんわりと優越感みたいなものが広がっていく。

下のふくらみからゆっくりと撫(な)であげると、ケイトの眉間に皺がよって、「……ッ」と小さく、呻(うめ)くような声が聞こえた。

（……気持ちいいのかな）

色っぽいケイトの様子に、どき、どき、と心臓が高鳴った。少しずつ手を上下させながら、僕が気持ちいいと思うところを、親指の腹でこする。手からにじみでた汗が、二人分のやらしい液体と交ざりあって、くちゅりと湿った音を立てた。

心臓が破裂してしまいそうだった。僕の口からは、甘い声が休みなくこぼれ、ひらいた口からよだれが伝った。

僕のペニスを触っているケイトの手がどんどん速くなる。僕は必死に首を反らして、強すぎる快感を逃がそうとした。でも。

「け、けいと……っ、あっ……もう……ッ」

頭のてっぺんから足の先まで、気持ちよすぎて震える。やば、とケイトが呟いたような気がして、こっそりとケイトの顔を覗いたら、もう、だめだった。

今にも僕を食べてしまいそうな、濡れた夜空の色の瞳。僕は、甘い蜜に搦め捕られて、ケイトの前に差し出された獲物みたいだった。

（こんなの……抗えない……）

足の指先がきゅうっと丸まる。ケイトの手に押しつけるように浅ましく腰を突き出し、僕は甘えた声を洩らした。全身に力が入って、背中が反りかえった。

ケイトの手が激しくなる。僕は、もう限界だった。

「ぁ、……あッ……イっ」

目の前がチカチカする。ビクンと体を大きく痙攣させた僕は「ああッ」と淫らな声をあげた。

「かわいい。だして、いっぱい」

ケイトがそう言うのを聞きながら、僕は自分のペニスから、とぷっと白濁があふれるのを感じた。

「は……ぁッ。けい、と……けいと」

僕は、自分がもうなにを口にしてるのかもわからなかった。あふれた体液がケイトの手の中に滴り、同時に僕の目から涙がぼろぼろとこぼれた。

震え続ける僕の髪の一房に、ケイトがちゅ、と唇を落とすのを感じながら、僕は意識を手放した。

◇◇◇

「どうしたんですか？　またお尻が痛いんですか？」

次の街を目指し、荷馬車に揺られながら、御者席で丸くなる僕に向かって、ケイトが面倒くさそうに言った。そんないつもの面倒くさそうな口調にすら、なぜか、ぐさっとなにかが刺さったみたいな痛みを感じてしまう僕の繊細な心は、本日はいつにも増して、細やかな対応を求めている。

僕は、ふるふると首を横に振って、また丸まった体勢に戻った。

（なんで恥ずかしくないんだろう。ケイトは……！）

はじめて人に自慰を手伝ってもらった僕は、完全に動揺していた。ケイトの顔を直視できずに、先ほどから落ち着きなくそわそわとしてしまう。

こっそりとケイトの顔を覗くと、バチッと視線が合った。あわわ、と焦って、顔を真っ赤にして固まってしまった僕の顔を見て、ケイトは目を丸くした。

「え。まさか、もしかして、まだ恥ずかしがってるんですか？」

僕はその言葉にビクッと震えた。そして、人間がどこまで小さく丸まれるかという限界に再び挑戦しかかっている。そのまま動かない僕を見かねたのか、「えー」と面倒くさそうな声を出したケイトは、しばらく黙っていたが、ぽつりと僕に尋ねた。

「自慰するときは、やっぱりあの男のことを思い出すんですか？」

「へ!? あっ……あ、いや、そんなことはない。昨日は、ケイトがどんなふうに恋人に触るのかと考えていたら、妙な気持ちになってしまったのだ」

「え、オレ？」

「お前は恋人を作ったりしないのかと、考えてたんだ」

あの男、というのは、いつも通り、アルフレッドのことを言っているのだと思う。

しかし、なんてことを尋ねてくるんだろう。驚いて顔をあげてしまったが、そんな話を友達としたことのない僕は恥ずかしすぎて、体温が上がっていく。

男ならそれなりになにか想像したり、なにかを見たりするものかと思うが、よく考えてみたら、アルフレッドのことを想像したことなど一度もなかったことに気がついた。

だというのに、ケイトのことを考えただけで変な気持ちになってしまったのは、おかしい気がして、僕は首をかしげた。

ケイトのほうを見ていると、なぜかケイトからふわっと喜びのようなものが漂っている。不思議に思いながらも、早く顔から熱を引かせたくてぱたぱたと手で顔を扇いでいると、驚くべきことにケイトはその話題を掘り下げてきた。

「オレか……。それで触られてみたら、どうでした？」

「け、けいと！　そ、その、僕は、別に、ここ恋人ではないだろう」

その通りである。あくまでも僕は、ケイトがどんなふうに恋人に触るのかと考えていただけであって、ケイトが僕にどう触れるか、とか、そういうことを言ってるわけではないのだ。

だが、昨日の情欲に濡れたケイトの瞳や、僕の体を這う綺麗なケイトの手を思い出してしまって、僕は両手で顔を覆った。もはやトマトのように真っ赤になってしまったであろうこの顔は、どうあがいても隠せそうにない。

「かわいい……」とケイトが小さく呟く声が聞こえた。またどうせバカにしているんだろう。

顔を上げられない僕の片手がそっとずらされ、指の隙間からいじわるそうなケイトの顔が覗いた。うっそりと目を細め、不敵な笑みを浮かべながら、ケイトが言った。

「恋人じゃないなら、なんでしょうね」

「……えっ」

余裕のある笑顔を見たら、ドキッと鋭い衝撃が心臓に走った。ケイトはいつも通りだというのに、僕の反応は明らかにおかしかった。というか。

(な、な、なんでしょうって、僕のほうが聞きたい！　これは、一体、なんなんでしょう⁉)

友達も従者もしなくて普通は恋人としかしないことなのに、なんで僕とするのか、という疑問が、朝からぐるぐると頭の中で回っている。

僕は一体、ケイトのなんだというのか。だから、からかわれたとか、もしかして、哀れまれているのかもしれない――と、考えてハッとした。

（そうだ……僕は、あんなかわいらしい妖精王に引かれるほど、悲惨な状況にあるんだった）

そして、僕は気づいてしまった。

人に哀れに思われるほど悲惨な状況の人間が、夜中一人で自慰に耽っていたら、それは、「あの、お手伝いましょうか、ソレ……」といった気持ちになるかもしれない。そういうことだったのか。

僕は、くっと眉間に指を当て、皺を寄せた。

（……って、僕は、哀れまれすぎじゃなかろうか）

たしかに、つい先日まで、誰もが羨むアルフレッドの婚約者で公爵令息であった僕は、信じられないほどの都落ちをしたわけだ。

その転げ落ちっぷりは、言うなれば、ピレネー山の頂きから、クルソーの深海の底まで、でんぐり返しで一気に転がり続けたくらいのひどい落ちっぷりで、その上、でんぐり返しでたどり着いた深海で、足が海藻にからまって、カニに鼻を挟まれ、タコに墨を吐かれ、その上で、サメに噛まれて、そのサメごとリヴァイアサンに丸呑みにされたくらいの――

いや、そこまではひどくないかもしれないが、とにかく、ものすごい悲惨な状態にあるということは、僕だって知っているのだ。

というか、昨日知った。

でも、だからって、僕はこの状況に甘んじているわけにはいかない。

僕はもう公爵家の人間ではない。だが、おじい様も、母上も、おっしゃっていた。

「いつだって自分が誇れる道を生きなさい」と。

しかし、僕は失敗してしまった。

たとえ、僕の努力を見てほしかったとしても、マシロに嫌がらせをするのは、『誇れる道』ではなかった。

きっと天国のおじい様も母上も、マシロの靴の中にミミズを入れる僕を見て、さぞがっかりなさったことだろう。

多忙な父上は、僕とは会えないことも多かったから、どう思われたかはわからない。でも、僕はこのままでは、マシロの靴の中にミミズを入れるという外道なことをして、しかも婚約者に野たれ死ねと言われ、妖精王にも引かれ、従者など自慰を手伝うほど哀れんでいるのだ。

(それじゃ、だめだ！)

僕は、自分の力で、ちゃんと生活できるようにならなくてはならない。

今は僕一人じゃなくて、そばにケイトがいてくれる。でも、ケイトがいてくれてよかったと、安心しているだけではだめなんだ。

ケイトとブタに感謝しながら、その間にちゃんと、ちゃんと僕は、自分で新しい人生を歩いていけるようにならないといけない。

もう自慰を手伝わせたりしないぞという決意で、僕は晴れやかな笑顔でケイトに言った。

「ありがとう、ケイト」

「……はい？　本当に脈略がないですよね。エマ様の、その思いついたときの猪突猛進っぷりは、ワイルドボアもびっくりですよ」

そ、そんな言い方しなくていいと思う。

僕はもはや頭の中で処理できないほど増えてしまった、ケイトの僕に対するネガティブ評価を、すべてなかったことにした。

そして、僕は生まれ変わるぞという意味を込めて、頭の中で第二騎士団の筋骨隆々としたアームストロング団長を思い浮かべながら、「任せておけ」という頼れる兄貴的な顔でケイトに頷いた。

それを見たケイトはすごく嫌そうな顔をしていた。

そんなことをしている間に、僕たちが乗った小さな荷馬車は、小高い丘陵の上に差しかかろうとしていた。もしかすると登った先では海が見えるかもしれない、と期待に胸を高鳴らせる。

海にもうすぐ着くという事実が嬉しくて、さっきまで恥ずかしかったこともすっかり忘れ、着いたらなにをしようかと、そんなことを考え始めた。

そして、ふと思った。

「ケイト、僕たちは、海になにをしに行くんだ？」

「ああ。イカを食べようと思って」

——え。イカ？

「けけけけけいと!!　イカって——これええええ!?」

「はい。ちまちまゴブリン倒してても、まったく金にならないんで、大物いきます。丸ごとイカ飯にしましょう」

普通に会話することもままならない僕とは違い、ケイトはいたって冷静だった。

その瞳は海の上の巨大な、巨大なイカに向けられていて、右手に剣を構え、左手は闇魔法の発動を準備していた。

「イカの中に飯をつめて焼くと、すごくおいしいんですよ。タレを塗って」

僕には想像もつかない料理ではあったが、聞いたところおいしそうだな、と思ったのだ。

こんなことになる前に、ケイトはたしかにそう言っていた。

僕は平民の食べ物をあまり知らないから、僕も食べてみたいと、うきうきした気持ちで思ったのは本当なのだ。

しかし、たしかにイカかもしれないけど、これはいささか大きすぎだろう、というツッコミは今の状況でできそうにもなかった。

僕はさっきから、人生でこんなに「サンダー」と叫んだことはないくらいサンダーを連呼している。雷様だって、一日でこんなに雷を降らせたことはないだろう。僕はもはや、雷様をも超えた存在になろうとしていた。

昼間だというのに、どんよりとした黒い空、海は想像していたような平和な海とはまったく違い、荒れ狂う波が無遠慮に浜辺に打ちつけている。

「海へ行きたい」とぼやいていたのをケイトが覚えていてくれたのかなどと、まぬけなことを考えていた自分を消してしまいたい。もちろん、こんな荒れた浜辺には人影などまったくない。

それはおそらく、僕たちの前にいる巨大なイカのせいに違いなかった。巨大なイカ――そう、イカ。たしかにイカではあるのだ。だけど、これ！

（く、クラーケンなんだけどおおおお!?）

僕が一心不乱にサンダーを打ちまくっている傍ら、ケイトが見たこともないような高度そうな闇魔法を繰り出すのがわかった。

蔦のように伸びた真っ黒なもやもやは、クラーケンのぬるぬるした足に絡みつき、しっかりと巻きついた。僕も必死にサンダーを唱えているが、そんなもの、クラーケンにとってはかすり傷程度のダメージでしかない。

ケイトが一体どんな顔をしているのかはわからなかった。どうかいつもみたいに余裕のある笑顔を浮かべていてくれ、と思いながら、恐る恐るケイトを見た僕は、顔を引き攣らせた。

「――え？」

ケイトは、余裕のある笑みなど浮かべていなかった。僕の体からサアッと血の気が引いていく。

僕は、そのケイトの顔に見覚えがあった。

コックのジョンが、とある料理をまかないに出すと宣言している日、大好物である魚介類のアクアパッツァが食べられると知った日の昼どきに、ケイトはいつもこんな顔をしているのだ。記憶の中のおいしさがあふれてしまっているときの、空腹なケイトの顔である。

僕は気がついてしまった。

（す、すごい……食べる気!!）

ものすごく真剣な顔をしているということに間違いはないのだ。しかし、目が爛々と輝き、心なしかよだれをするような音も聞こえたような気がする。

クラーケンは「ふ、人間ごときに、この俺がやられるか。まるっと海に引きずり込んでくれるわ」と強大な足を振りまわしているのかと思いきや、よく見ると、さっきから必死に手足をばたつかせて、もがいているような気がしてきた。

僕はサンダーを唱えるのを――やめた。

そして、ケイトの様子を観察してみた。すると、ケイトが興奮した声で呟いているのに気がついた。

「あんなに大きいイカ……何日分……」

すごく、嬉しそうだった。

ケイトがこんなに嬉しそうな顔をしているなんて、まかないがアクアパッツァの日以外、僕は見たことがない。ケイトは無類の魚介好きなのだ。僕は思った。

（やっぱりー!!）

そして、ケイトは手を前に伸ばし、クラーケンにしっかりと巻きついた黒いもやもやを、ぐっと掴むような動作をしたかと思うと、ゆっくりと手繰りよせた。

黒いもやもやは鈍く低い音を立てながらクラーケンを浜辺に引きずり上げていた。

ついさっきまで、その長い手足を恐ろしく感じ、なんという脅威だと恐れていたのに、もはや必死で逃げようともがく、ちょっと大きめのイカにしか見えなくなっていた。

「イカは、地上だと呼吸できませんからね」

なるほどたしかに、クラーケンのことを『ただの大きいイカ』だと考えるならば、地上では生きていけないはずだった。

イカはえら呼吸だから。

人々はクラーケンのことを恐れ、誰もこの海岸には近寄らなかった。クラーケンも自分のことを強大な存在だと思っていただろう。

沖にいようが、浜辺に近づこうが、自分のことをどうこうできる人間などいないと確信していただろう。

だから僕たちが浜辺に現れたとき、うっかり近づいてしまったのだ。また愚かな人間がやってきたな、海に引きずり込んでやる、と。

だが、クラーケンは失念していた。いくら強大な力を持つモンスターであろうと、自分は『イカ』であったことを。そして、クラーケンが浜辺に打ち上げられたとき、ケイトは喜びに満ちた声で、高らかに叫んだ。

「イカ飯！」

捕獲されたクラーケンは、ケイトにとって、もはや生物ですらなかった。

僕自身がかなり悲惨な状況であることは重々承知していたが、それでも僕は、クラーケンを少し可哀想に思った。

そのあと、クラーケンは三日三晩、ありとあらゆるイカ料理に調理され、その内に秘めていた巨大な魔石は僕たちの旅の資金となり、討伐クエストの報奨金すらもたらし、文字どおり余すことなく、僕たちの血となり肉となった。

ちなみにイカ飯はとてもおいしかったが、想像していたものと形状が違うとケイトが悲しそうにしていたので、パエリアを提案してあげたら、ケイトのテンションは回復した。

そんなケイトの様子を見ながら、もしメロン農家として定住する日が来たら、海の近くにしようと僕は思った。

(魚介がたくさん取れたら……ケイトが喜ぶから)

僕はそんなことを思いながらこの地から旅立つ準備を進めるケイトに尋ねた。

「次はどこへ向かうんだ?」

「山に行きましょう」

——山?

◇　◇　◇

「エマニュエルのやつ、逃げ足が速すぎる」

静かな湖畔の森の影で、アルフレッドは大きな岩に腰かけ、苦々しく呟いた。

仲間と共に国境を越え、小さな湖で休憩しているときだった。てっきりこの辺りで追いつくだろうと高を括っていたが、エマニュエルの形どころか影すらも見えず、アルフレッドは苛立ちのため息をもらした。

　この湖からすぐに立ち去りたいとアルフレッドは思っていたが、仲間である騎士のウィリアムがちょっと用事があると言い残し、近くにある小さな町まで馬を走らせているのだ。こんな辺鄙な場所の町に、一体なんの用事があるというのだろう。

　アルフレッドは、今は一刻も早く先を急ぎたかった。

　アルフレッドの隣に立っていた神官のセフィーラが、困ったように微笑んだ。

「それにしても、追放された貴族が、こんなに順調に旅をすることができるものなんでしょうか」

「相手はエマニュエルだからな」

「え？　エマニュエル様ってそんなにたくましい方でしたか？」

「もう『様』をつけるな。不快だ。……多分、本能がそうさせるんだろ」

　アルフレッドは、もはやエマニュエルにはゴブリンの血が流れているとしか思えなかった。野に放たれたエマニュエルは、嬉々として叫びながら走り回っているに違いない。「本能？」と首をかしげたセフィーラは、しばらく考えたあと、話を続けた。

「誰かエマニュエル様……エマニュエルさんに協力者でもいるのでは……？」

「あいつに友達なんていないだろ」

　そう否定しながらも、アルフレッドは念のため考えてみたが、エマニュエルは学園でも教師とし か話しているところを見かけなかった。

幼いころは、アルフレッドのそばにいたから、それなりに付き合いもあったが、疎遠になってからは、いつ見ても一人だったように思う。

王妃教育が忙しいと言って、社交をおろそかにしていたのは知っている。アルフレッドとの不仲も、周りから距離を置かれる一因となっていただろう。

だというのに、陰でエマニュエルをひそかに推す人々がいたことは、アルフレッドには理解できなかった。

辺りをきょろきょろと見ながら、マシロが周辺探索から戻ってくるのが見えた。小さく手を振りながら駆け寄ってくる姿に、アルフレッドは愛しさを覚え、ふっと笑みをこぼした。

「エマニュエルさん、どんどん先の町に進んでるみたいだね。どっか目的地でもあるのかな？」

「目的地……？」

そう言われてみれば、とアルフレッドは首をかしげた。

ここまでは道なりに進んできたが、相手はエマニュエルなのである。普通の人間が考えもしないような、なにかを考えているに違いない。

アルフレッドは、野生に返ったエマニュエルの気持ちを想像してみた。

（俺はエマニュエル。俺は、エマニュエル。野に放たれ、自由を手にした……はっはっは、これで心おきなく、ぐうたら寝たり、お菓子を食べたりして過ごせるぞ。もう好きなメロンも食べ放題だ。どこにメロンがあるか。厨房、商店、いや、そんなのじゃ足りない。もっと、もっと際限なく……！）

アルフレッドはカッと目を見開き、そして立ち上がると大きな声で叫んだ。

「メロン畑か！」

「従者の人がいたら、なにかわかったかもしれないですけどね」

「ほんとだね、なんでいなかったんだろー」

おや？　と、アルフレッドは思った。なぜか、セフィーラとマシロに無視されたような気がしたが、気のせいだろうか。

もしかしたら、聞こえなかったのかもしれない。だが、セフィーラたちの話していることを聞き、アルフレッドは動きを止めた。

マシロの提案で訪れたレーフクヴィスト公爵家の使用人たちの態度を思い出すと、アルフレッドは腹を立てずにはいられなかったのだ。

一国の王子の訪問だというのに、誰一人笑顔を浮かべることはなかった。エマニュエルの所業を知りながらも、アルフレッドのことを恐れるような態度はなく、淡々とエマニュエルの不在を伝えるだけだった。

(なんてふてぶてしいやつらだ。主人が主人なら、使用人も使用人だ)

その様子を思い出し、アルフレッドは地面をぐりぐりと踏みしめた。

レーフクヴィスト公爵とも話したが、「存じません」のみで、公爵の威圧的な態度にアルフレッドは、それ以上言葉を紡ぐことはできなかった。

頼みの綱のエマニュエルの従者は忽然（こつぜん）と姿を消したらしい。使用人たちはなにも知らされていないようで、揃って首を横に振った。

　使用人が一人消えたと言うのに、あの執事長はなんとも思わないのだろうか。職務怠慢、監督不行届だ、とアルフレッドは憤っていた。

　ふつふつと沸いた怒りがおさまらず、アルフレッドは、ドスンと再び腰を下ろした。そんなアルフレッドをマシロが覗き込んだ。

「見て、アルフレッド。湖、すごく綺麗だね。泳げるかな？」

「ああ、マシロ。だけどこの湖にはゴライアスが住んでいるという噂だ。あまり近づいたらだめだ……って、ああ！」

　そう言っている間に、マシロは泳ぐつもりなのか、下穿きの裾を捲り始めた。アルフレッドは手で顔を覆いながら、セフィーラに「見るな」と指示を出した。指の間から、ちらっとマシロの白い足を覗き見ながら言った。

「マシロ、危ないからだめだと言ってるんだ」

「ちょっと水遊びするだけだよ」

　べっと小さく舌を出したマシロを見て、アルフレッドの胸は、きゅん、と変な音を立てた。仕方なくアルフレッドも、マシロと一緒に湖の岸まで歩いていくことにした。

「うわ、つめたっ」

　パシャパシャと水音を立て、マシロが湖岸で遊ぶのを見ながら、アルフレッドはふっと笑みをこぼした。

ゴライアスが出てくるかと思ったが、小さな魚モンスターが遠くで跳ねているのが見えただけだった。マシロは不思議そうにその様子を見て、「あれってモンスターかな？」とかわいらしく微笑んだ。マシロが尋ねた。

「ここから先は、どこへ向かうの？」

「メロン畑のことを考えると、ダンジョンのほうだろうな」

「ダンジョン？　へえ……僕はなんか、温泉でも行きたいなー」

「温泉。たしかに、ちょっと遠いがここからまっすぐ進めば湯町があったはずだな」

マシロと温泉に行けたら楽しいかもしれない、とアルフレッドは思った。

そのとき、遠くから騎士のウィリアムが戻ってくるのが見えた。その隣には、へらへらと笑う男が一人いて、アルフレッドは首をかしげた。

近くまで来たウィリアムが口をひらいた。

「アルフレッド。ペルケ王国は俺たちもそんなに知ってるわけじゃないから、よく行き来している商人を紹介してもらったんだ」

鈍感なウィリアムにしては、珍しく気の利いた行動だな、と感心した。そしてアルフレッドは、前に立つへらへらした男に目をやった。

「そいつが？　話せ」

「はじめまして、殿下」

甘い顔立ちをした柔和(にゅうわ)そうな男は、人好きのする笑顔でにっこりと笑って続けた。

「ヴァールストレーム王国で、父と一緒に商会を営んでおります。テオドール・セルジュと申します。どうぞよろしく」

「お前はペルケ王国によく来るのか」

「はい。毎週のように足を運んでおります。この国の王都にも拠点があります」

「そうか。それなら頼れそうだな。ではよろしく頼む」

セルジュという名前は聞いたことがある。王都でも有名な商会だろう。

こうして忍んできている身である。たしかにペルケ王国に精通した商人が一緒に行動するのは悪くない、とアルフレッドは思った。

——だが。仲間である騎士のウィリアムも、神官であるセフィーラも、みんな心の中ではマシロに恋焦がれていることをアルフレッドは知っていた。

正直なところ、卒業してすぐにマシロと婚約したかったのも、周りを牽制したかったという理由が大きい。

好奇心旺盛なマシロは、すでにテオドールと楽しそうに会話をしている。

(これ以上、ライバルが増えるのは……)

アルフレッドはぐっと拳を握りしめ、冷たい目でテオドールに言い放った。

「マシロは俺の婚約者になる予定だ。一介の商人が気安く話しかけるな」

「えー？　これから一緒に旅するのに、そういう言い方は失礼だよ。アルフレッド」

「なっ！　ええッ」

てっきり、男らしいと褒めたたえられると思っていたのに、アルフレッドは面食らった。

セフィーラも困ったように笑っているだけで、マシロのことを諭そうとはしない。アルフレッドはグッと奥歯を噛みしめた。

マシロは優しいのだ。こんな平民の商人にも優しくすること間違いなしだった。

(そうすれば、こんなやつ。すぐにマシロのことを好きになってしまう……)

それだけは避けねばなるまい、とアルフレッドは思った。そして再度、テオドールに釘を刺しておこうと口を開けたそのとき。テオドールが「そうだっ」と、その流れを断ちきるかのように声をあげた。

「先ほど、逃亡している元貴族の方を捜されてると、お聞きしたのですが、実はオレ、国から急いで出ていく貴族のような方を見かけたんですよ。平民のフリをしていましたが、様子がおかしかったので……」

「な、なんだと！」

アルフレッドは思わず大声を出した。

今、テオドールが話したことこそが、アルフレッドが探し求めている情報であった。忍びながらの捜索の旅であるため、ウィリアムが内容を伏せてくれたのだろうが、アルフレッドはもうそのことしか考えられなくなった。

これから共に行動するならば、情報を隠す必要などない。そもそも一商人であるテオドールが王子である自分に背く真似はしないだろう。そう思ったアルフレッドはすぐに要求した。

「そいつの行方を知りたい」

「……そうですか。きっとこれから向かう先にいると思うので、案内しますよ」

テオドールは両眉を上げ、驚いていたようだったが、すぐににっこりと穏やかな笑みを浮かべると、そう言った。

商人が見かけたというのであれば、追いつくのも時間の問題だろう。

へらへらしているが、目の前のテオドールとやらは使えないやつではなさそうだと、アルフレッドは鼻を鳴らした。どちらにしろこの旅が終われば、この商人はすぐに俺たちのもとを去るだろうし、マシロとの親交を心配する必要もないか、とアルフレッドは思い直す。

そして、威厳たっぷりに口にしたのだった。

「よし、じゃあ案内しろ」

テオドールはにっこりと笑う。

「はい、もちろんです」

テオドールの答えに満足していたアルフレッドは、マシロの呟きにも鋭い目つきにも、またしても気がつくことはなかった。

「ほんと、すごい逃げ足の速さ。なんか——おかしいな」

「わああ、すごい！　さすがに絶景だな！」

目の前に広がる壮大な景色に、僕は感嘆の声を上げた。

ケイトが宣言した通り、僕たちは山に来ていた。山——ペルケ王国最高峰のセルヴィ山である。

山肌一面に広がる真っ白な雪に、僕は目を輝かせた。つい数日前まで海にいたというのに、今度は雪山である。晴れ渡った空の美しい青と、雪原の白の二色しかない世界は、絶景というにふさわしい。

僕の人生は、国外追放されてからのほうが、キラキラしているように思えてならなかった。アルフレッドに婚約破棄を言い渡されたときはつらかったが、ケイトと一緒に旅をして、いろんなことを経験して、日々新しい世界を経験していく。

王妃教育のある毎日は、僕から友達も遊ぶ時間ものんびり昼寝をする時間も奪ってしまうほど、とても忙しいものだった。王城の図書室で世界の本を読みながら、夢物語と思っていたことを、ケイトが現実にしてくれているような気がした。

(……本当はいろんなところに行ってみたかったのか。僕は)

それは僕自身が知らなかった、僕の本心だったように思う。

まさか国外追放された自分が、海でクラーケンのパエリアを食べることになるだなんて、誰が想像しただろう。

いや、クラーケンをパエリアにしようだなんて思う人間は、ケイトぐらいしかいないだろうから、それは別に僕ではなくても予測できなかったかもしれない。そして、もしそんなことが予測できていれば、恐ろしくて海には近づかなかっただろう。

だけど、悠然と広がる白銀の景色は、今までとても小さな世界で生きてきたということを、僕に感じさせた。『僕のすべて』は卒業式の日に、俯いた僕の後ろにあった扉の中に詰まっていたが、たった数週間で『僕のすべて』はすっかり塗り替えられてしまった。

（ケイトのおかげだ……）

泣きたくなるような気持ちが込みあげ、僕は、そっと瞬きで誤魔化した。

ぱちぱちと目を瞬かせながら、ふと、もう四月だというのに馬車でも来られる中腹が、いまだ雪溶けしていないことを不思議に思った。

先ほどから、誰も踏み荒らしていない真っ白な雪の上に、ばふっと転がりたくてうずうずしているのだが、隣の鋭い目線が気になってできずにいた。ちらっとケイトのほうを見ると、やはり言われた。

「だめですよ」

その理由はわかっている。ケイトは僕が風邪をひくのを心配しているのだ。

今朝、山の麓の宿屋を出発する前に、ケイトは僕に完全な防寒を施した。

まず、柔らかい素材の長い下着と、膝までの靴下を三枚穿かされ、毛糸の下着と腹巻きをつけ、その上から通常の羊毛でできた下穿きを履かされ、もこもこのブーツを渡された。上は上で、長袖の下着を二枚着せられたあと、シャツとセーターを着せられ、ユニラのローブを着せられ、手袋二枚とユニラの耳当てと、帽子とマフラー、ゴーグルまで渡され、僕は自分が雪だるまだったかもしれないと思うほどに、白くてもこもこした丸いなにかになっていた。

ここまでする必要はないだろうと思っていたが、御者席(ぎょしゃ)でじっと座りながら中腹を目指しているとき、ケイトが正しかったことを知った。凍える風の中、じっと座っているのはつらい。

ケイトはそこまで雪だるまになっていなかったので、「寒くないのか」と尋ねたら、「雪国出身なんで、耐性があります」と言っていた。僕はてっきり、ケイトは王都出身なのかと思っていたから驚いた。

しかし、王都出身の僕は、こんなにも美しいまっさらな雪を見たのははじめてなのだ。転がりたい、ばふっと埋まりたいと、そんな欲求ばかりが頭の中に浮かぶ。

僕がどうにかならないかと、ケイトに縋(すが)るような目を向けると、ケイトが呆れたようなため息まじりに言った。

「今からどうせ、たくさん転がることになります。ほら、来ましたよ」

「え?」

雪原がいきなり夜になったと錯覚するほど、巨大な黒い影が落ちたのはそのときだった。その大きな鳥のような影を見てなんだろうと思いながら、僕はケイトが指差した方向に目をやった。

ビュオオオという強い風が吹く音が聞こえたのが先だった。振り返った僕は、ピシッと石のように固まって動けなくなった。

真っ青な晴れ渡った空に、一点の白い大きな姿。広げられた翼は氷のように硬質で、宝石のようにキラキラと輝きながら、太陽の光を反射させていた。

そしてその長い首の先にある銀色の大きな瞳で僕らを捉え、大きな口を開け、そして、勢いよく息を吐いた。

吐いた息は白く、それは凍えるような吹雪となり、氷の礫（つぶて）とともに僕たちに降りそそいだ。

「けけけけいと!? あ、あれって、あ、あ、アイスドラゴン!?」

「はい。ちまちまゴブリン倒しても金にならないんで、大物いきましょう。あ、ドラゴンって食べられるんですか？」

ケイトがぶわっと真っ黒な盾を宙に出現させ、矢のように降ってくる氷塊（ひょうかい）を防ぎながら言う。その台詞は聞いたことがある、と僕はゾッとした。

だがすぐに、いやいやいや、と僕は手袋をした手を左右に振った。

クラーケンのおかげで、僕たちの旅の資金は潤沢にあるはずだった。まさかこの短期間で、ドラゴンに挑まなくてはいけないほど枯渇しているわけがない。

僕は混乱の中、先ほどまでの状況を整理した。

四月だというのに、いまだ雪の残る山の中腹は、誰にも踏み荒らされた跡がなかった。山の麓（ふもと）を出発してからこの場にたどり着くまで、誰ともすれ違わないことを、不思議に思っていた。

そして、明確な目的を持って行動する、僕の従者の性質をも思い出した。

ああ、よく考えてみると、さまざまなヒントがあった。なぜ気がつかなかったんだろう。

先ほどまで「僕は世界を旅してみたかったのか」なんて、ぼんやりと夢見ていた僕を消してしまいたい。

たしかに、僕の人生は、国外追放になってからいろんなことを経験してる。それは、王都にいては絶対にわからなかったことばかりで、正直に楽しいし、嬉しくもある。だけれども、『ドラゴン討伐に挑戦！』は、いささか難易度が高すぎないだろうか。

もしこれが、僕を主人公にした、なんらかの物語であったと考えたとき、僕が国外追放にあってからドラゴンと戦うまでには、少なくとも二百ページ、いや、三百ページほどの紆余曲折を必要とするはずだった。

僕の物語はゴライアスやクラーケンという異例のエピソードを挟んでしまったが、冷静に考えてまだ絶対に百十ページくらいだと思う。

僕はこうして、少なくとも、あともう二百ページ分は必要だった物語をすべてすっ飛ばし、ドラゴンと対峙することになった。

だが、後悔しても、もう遅い。僕は仕方なく、涙目でファイアの準備をしながら、一言だけ文句を言った。

「先に言ってよおおおお‼」

「大丈夫ですよ。あんなの空飛ぶアイスクリームみたいなもんです」

焦りすぎて、普通の文句しか言うことのできなかった僕は、明らかに物語の主人公ではなかった。

ケイトの言った言葉を僕は想像してみる。

アイスクリームがふわふわと空を飛んでいたら、それはとても幸せな光景だ。そのアイスクリームがメロン味で、そして、生クリームと本物のメロンが上に乗っていたら、もっともっと幸せな光景だ。

もしそんな大きなアイスクリームが、空を飛んでいたなら、僕は手を伸ばして掴まえて、食べてみたいなと願ったことだろう。

そして、今一度、空を仰いでみたのだ。

明らかに獲物の息の根を止めるための、つららのように尖った牙。明らかに獲物を引き裂くための、氷でできた刃のような爪。まるでクリスタルでできた装甲車のように、硬そうな外殻で覆われた肢体。大きく広げられた口は、僕をも丸呑みにしそうな大きさだ。

そして、それは、僕に向かって吠えた。

『ギョアアアアアアア』

先ほどまで晴天だった空は、どんよりと暗くなり、雪の混ざった強い風が吹き荒ぶ。耳をつんざくような咆哮とともに吹雪が舞い、鋭い氷の礫が打ちつける。あまりの寒さに体中を短剣でつき刺されているかのようだ。

(アイスクリームなわけあるかあああっ!!)

そして、アイスドラゴンが僕たちの近くをヒュオッと通りすぎた風圧によって、先ほどまでの僕の希望通り、僕はばふっと雪原に埋まり、転がることとなった。

「……食べられなさそうですね」

アイスドラゴンを討伐したケイトの第一声に、僕は凍りついた。

たしかにワイルドボアやホーンラビットのように、食用に用いられるモンスターもいるため、アイスドラゴンは食べられないと決めつけるのはよくないと思う。

だが、モンスターを倒したら、とりあえず食べられるか考えてみよう、という思考回路はちょっと理解しがたい。

そもそもクラーケンやゴライアスは、人間や船を襲うが人間を食べることはない。しかし、ドラゴン類は人間も食べる肉食であるため、それを食べるというのは避けたいことだと思うのだ、倫理的に。

そうでなければ、食物連鎖のカーストの一番上に『ケイト』と記さなければならなくなってしまう。

なんだかんだ僕は心の中でいろいろと叫んでいたが、結局のところ、アイスドラゴンはケイトの闇魔法で地面に落とされ、剣で心臓を貫かれて絶命した。そして絶命した途端、巨大な魔石だけを残して、雪になってしまったのだ。僕のファイアの援護が必要だったのかは、よくわからない。

あとで聞いた話によると、このセルヴィ山を通りかかる人間をたびたび襲い、食い散らかしていた凶暴なドラゴンだったそうで、ケイトは麓（ふもと）の町でクエストの情報を見たんだそうだ。

ということは、その強さや報奨金なども、きちんと把握していたということだ。

だというのに、アイスドラゴンを空飛ぶアイスクリームだと言ってのけるその意気は、素直にすごいなと思う。

だが、さすがに僕は、最後までアイスドラゴンを空飛ぶアイスクリームだとは思えなかった。本当に恐ろしいモンスターだった。

ただ一つ言えることは、アイスドラゴンは雪になってしまったので、食べることはできなそうだということだ。本当によかったと胸を撫で下ろしたが、ケイトが残念そうに言っていた言葉を、僕は聞き逃さなかった。

「アイスクリームみたいな感じかと、思ってたんですけどね」

なぜそう思ったのか。僕には、ケイトの感性はまったく理解できなかった。

しかしついさっきまでドラゴンであった雪の場所をケイトが未練がましく見ていたので、このままこの場にいるとイチゴシロップでも持ち出してかき氷にしかねない、と思った僕は、ただちに撤退を要求した。

実はこの雪原にたどり着くまでも、結構な時間がかかってしまっている。

ケイトと相談して、今日は山の中腹にある小屋で一晩泊まって、翌日、反対側の麓に下りようということになった。山の反対側の町でも同様のクエストが出ていることは確認済みなようで、換金はそっちでするらしい。

本当にケイトは用意周到だなあ、と僕は思わず感心してしまった。

名残惜しそうにアイスドラゴンが消えた場所を見やるケイトを荷馬車に促し、すぐに出すよう急かした。

荷馬車を少し走らせると、その小屋はあった。まさに『小屋』といった感じで、僕の屋敷のトイレよりも小さいかもしれなかった。それでも中には暖炉もあり、ありがたかった。

小屋に着いたあと、僕は荷馬車を引いている馬に人参をあげ、「よく逃げずに待っててくれたな」と褒めた。

もちろん手綱を木につないでいたのだが、もし僕が荷馬車の馬だったら、綱を食いちぎってでも、逃げたいと思ったはずだ。

馬も心なしか、「ほんとだよ」という顔をしているような気がして、少し笑ってしまった。


「アイスクリームがなくて残念ですね」

ケイトがそんなことを言いだしたのは、小屋で夕飯を終えたあとだった。

小屋には暖炉とテーブルと椅子くらいしかなかったが、器用なケイトがその暖炉の火でスープを調理してくれて、僕たちはしっかりと腹を満たすことができた。

今は暖炉の前で、ケイトが濡れてしまった僕の衣類を干して、明日に備えてくれている。僕はその前で丸まりながら、ホットミルクを飲んで、ぬくぬくとしているところだった。

まだアイスクリームの話を引きずっているのか、と僕は、ふっと笑いながら尋ねた。

「ケイトは、アイスクリームが好きなのか？」

「え、アイスクリームって嫌いな人いるんですか？」

そういう話ではない。僕はケイトが好きなのかを聞いたのだが、これだけこの話題を引きずるんだから、きっと好きなんだろうと、自分で納得した。

外が寒いときに、暖かい家の中で冷たいものを食べる、というのが至福なのだとケイトは教えてくれた。なかなかひねくれている。

ちなみに、アイスクリームというのは渡り人が昔もたらした食べ物で、物を冷やす魔法が少ないこの世界では贅沢品である。貴族の中でも好きな者は多い。

僕もメロンアイスクリームが大好きだ。しかし、今の僕にはアイスクリームよりも気になることがある。

「ケイトは、どうしてそんなに強いんだ？」

「えー？　エマ様だって、各属性一番初歩の魔法を唱える癖を直せば、強いと思うんですけど。なんで頑なにその戦法でいくんですか」

言われてみて、僕はなぜあんなに初歩の魔法を連発するという、数打てば当たる、のような戦法をとっているんだろう、と疑問に思った。よく考えてみると、授業ではもっと難しい魔法もたくさん習ったのに。

ケイトの言葉に僕は首をかしげた。

たしかに、ゴブリンとスライムを相手にしているときはよかったが、クラーケンやアイスドラゴンを相手にしているときは、もっと強い魔法を使うべきだったかもしれない。

なんというか、あの状況だと頭がきちんと働かず、人間とにかく一番安心なものに縋（すが）ってしまう、みたいなことなんじゃないかと思う。

そう相手が悪いのだ。

いや、この言い方だと相手のせいにしているように聞こえるが、そういう意味ではない。状況がおかしいということだ。

スライム相手にファイアを打ち込んだって、誰も文句は言わないだろう。

そんな状態の僕を、いきなりクラーケンやアイスドラゴンなんていう、僕が物語の主人公であれば最終章に出てきたっていいモンスターの目の前に、ぽいぽいっと放り出されるからおかしいのだ。

状況が――と、そこまで考えて気がついた。

（つまり、悪いのはケイトだな！）

僕だって、あらかじめ「アイスドラゴンを討伐に行きますよ」と、一言教えてもらえたら、「よし、じゃあ僕がファイアウォールで閉じこめるから、その間に……」といったやりとりをしたはずだ。

現地に連れてこられて、与えられる情報が「あんなの空飛ぶアイスクリームですよ」だけな場合、僕が焦ってファイアを連呼することしかできないとしても、それは僕のせいじゃないのではないだろうか。

なんで頑なにその戦法でいくのか、と問われれば、理由はこれに尽きる。

――戦法を練る暇がないからだ。

それを戦法だというのであれば、僕の戦法は『戦法を練る暇がない戦法』でしかなかった。

ただ現状、ケイトはクラーケンもアイスドラゴンも倒す力があり、僕は「アイスドラゴンを討伐に行きますよ」と言われたら、絶対に「行かない」という態度を死守するだろうから、ケイトのその『現場まで言わない戦法』は功を成していると言えた。なので、僕はケイトにどう返していいのかわからず、とりあえず笑ってごまかした。

そのとき、濡れた衣服を干し終えたケイトも、ホットミルクのカップを持って、僕の隣に腰を下ろした。僕は本当に不器用で、先ほども衣服を干すのを手伝おうとして、靴下を燃やしそうになった。

怖い顔をしたケイトに「エマ様はそこで座っててください」と言われて、しゅん、と丸まっていたのだった。もう僕は貴族ではないというのに、いまだケイトは従者としていろんなことをしてくれていて、感謝しかなかった。

隣に座ったケイトが僕のほうを見たので、「ありがとう」と伝えた。ケイトは一瞬きょとんとして、なんのことだろうと思った様子だったが、にこっと笑ってくれたので、伝わっているといいなと思った。

濡れた上着を干しているので、ケイトはちょっと薄着だ。毛布にはくるまっているが、寒そうに毛布をかけ直しているのを見て、ふと、僕はいいことを思いついた。

「ケイト。寒いとき、人はどうやってあたためあうか、知っているか」

「――――え」

なぜかケイトはビクッと体を震わせ、そしてピリリと緊張したような反応をした。それがなぜなのかは僕にはわからなかったが、しばらく考えていたケイトが「知りません」と言ったので、教えてあげようと思う。

毛布のすそから出ていたケイトの手を握りながら、僕はゆっくりと話し始めた。

「母上がおっしゃっていたのだ。人はこうやって、寒いときは手をとってあたためあうことができるから、『寒い』のだと」

「え」

「ケイトが寒いときは、こうして僕が隣にいて、その手をあたためてあげることができるから、ケイトは寒いのだ」

それが、ただのたとえだってことくらい、十八歳になった僕はもう知っていた。

ただ母上は、僕と一緒にいるのが幸せだよと、そうおっしゃりたかっただけなのだ。でもそれを聞いたあとから、寒さは僕に、母上の大切さを教えてくれているような気がした。

今でも僕は、寒い日が来るたびに、母上と過ごした日々を思い出す。

母上はそばにいなくても、僕はいつだって、あたためてもらっている気持ちになるのだ。僕もケイトに、一緒にいて幸せだよということを伝えたくて、きゅっと手を握りしめた。

「でもそれだと、エマ様がいないのに寒いときは、寒いままじゃないですか」

「ケイトは本当にひねくれているな。僕はいるじゃないか。ここに」

まるで子どものときの僕が質問しそうなことを尋ねてくるケイトが、少しおかしかった。僕がくすくす笑うと、ケイトは少し、ふてくされたような顔をした。

寒さはお互いの大切さを教えてくれる、と僕は思うのだけど、あまり伝わらなかったのかもしれない。ケイトにちょっと近づき、ぴとっと肩をくっつける。そして、僕は言いたい言葉を続けた。

「ケイトがいてくれて、本当によかった。国外追放になったあとの人生が、こんなにスリルと冒険に満ちた日々になるだなんて、思ってもみなかったよ。ケイトのおかげだ」

まぁ、本当に命の危険を感じるほどのスリルはできれば避けたい、という本音は、今は言わないでおこう。

『人生』などと言ってしまったが、これからの人生がどうなるかは、まだわからない。

それでもケイトがいるなら、きっと楽しいものになるような気がした。王都にいたときなんかよりも、アルフレッドのために勉強ばかりしていたときよりも、僕はずっとずっと、ケイトと旅をしている時間のほうが幸せだった。

しばらく、とくとくという自分の心臓の音と、ぱちぱちと薪が燃える音を聞きながら、その幸せを噛みしめた。

とくとく、ぱちぱち、とくとく、ぱちぱち、と、心音と薪が爆ぜる音が重なる。

そんなとき、ケイトが、ぽつりと呟いた。

「オレ、エマ様のこと、好きです」

「――へ？　な、なんだ唐突に」

「エマ様も言ってたじゃないですか。妖精王のところで」

突然そんなことを言われて、驚いた。だが、鼻にタマゴがついていると言われたときだな、と思い出した。

そうそう、僕は、ケイトのことが好きなのだ。王都ではじめて出会ったときから、あけすけな意見を言うケイトのことが好きだった。

僕のことをあんなに嫌そうな顔で見ながら、丁寧に甘やかす変な従者だ。にやにや笑ってからかって、仕方ないなとため息をつき、僕をひやひやさせて、それでも見放さない。僕はケイトといると、いいことも、悪いことも、今まで知らなかったいろんなことを感じるのだ。それがとても好きなのだ。

ケイトも僕のことを好きでいてくれるのかなと思ったら、あたたかな気持ちがじんわりと広がった。ほら、やっぱり寒さは、大切な人の大切さを伝えてくれるのだ。

「じゃあ、一緒だな」

「はい」

ケイトはなぜか一瞬考えていたけど、そのあと珍しく、嬉しそうに笑った。

その噛みしめるようなケイトの笑顔を見て、僕はもっと幸せな気持ちになった。そして、その幸せの中、うとうととしながら、ぽつりと言った。

「もしいつか、この冒険が終わったら……」

そう僕が口にしたとき、ケイトがハッと息を呑んだ。ちょっと不思議に思ったが、別に大したことを言うつもりもなかったので、僕はそのまま続けることにした。

しかし、だんだん眠くなってきて、もう瞼が重かった。寒さが、僕と大切な人をくっつけてくれているうちに、僕は言いたかったのだ。視界がゆっくりと暗くなっていく中、僕は続けた。

「海沿いに……住まないか……？」

「え？　海？　――オレとですか？」

「うん。だって、ケイトは魚介が、すき……だか……ら、いいと、思ったんだ……」

僕は昼間の緊張のせいかとても疲れていて、そのまま眠ってしまった。最後にケイトが僕の手をきゅっと握りしめたような気がして、僕も、きゅっとその大きな手を握り返して、ことん、と夢の世界へ旅立った。

「は……春がきたな、ケイト」

「本当、ですね……」

次の日の朝、僕たちは呆然と立ち尽くしていた。

麓（ふもと）の町へ向かい山を下り始めたころ、ぶわあっと辺りの景色は美しい緑色になっていったのだ。アイスドラゴンを倒す前は麓（ふもと）まで雪で覆われていたのだが、アイスドラゴンを倒したことでずっと冬のままだった気候が、いつも通りの気温に戻ったのだろう。

目の前に広がる光景は信じられないほど幻想的で、僕もケイトも荷馬車から降りて、ぽかんと立ち尽くしてしまった。

雪に覆われて、ずっと眠っていた大地が、お日さまの光で「ふわああ」とあくびをしながら、ゆっくりと体を起こしたかのようだ。

色とりどりの花の色が一面に広がり、その奥には高くそびえる山々が並ぶ。まさに絶景だった。

つい数時間前まで、「白銀の世界」と思っていたのに――

(世界には、不思議なことがたくさんなんだ……すごいな)

今日も今日とて、もこもこ雪だるまになっていた僕は、ケイトに巻きつけられた分厚いマフラーとユニラの耳当てを外し、ローブの下のセーターも脱ぎながら、ケイトに言った。

「ケイト、ここで休憩しよう！」

「いいですけど、固パンとチーズしかありませんよ」

それだけあればピクニックができる、と僕は胸を踊らせた。

どこに座ろうかなと辺りを見まわし、大きな木のそばに腰を下ろす。

木の下でケイトからもらった固パンをかじっていると、にこにこと頬が緩む。

「ごきげんですね。エマ様」

「だって信じられるか？　さっきまで冬だったのに」

ケイトも目を丸くして驚いていたことは知っているんだぞ、と内心思う。それにケイトだって、本人が気づかないだけで、口元がゆるんでいる。

その顔を見て、おや？　と僕は思った。いつも不敵な笑みを浮かべてにやにやしているケイトが、なぜか今日は優しく微笑んでいるような気がしたのだ。

そして、昨日の『寒い日』が、僕とケイトを近づけてくれたからかもしれないな、とすぐに思い当たった。寒い日というのは本当に寒いが、その寒さは、とてもあたたかいものを与えてくれるのだ。

（母上は、偉大だ）

そう思ったとき、茶色いなにかが動いたのを目の端に捉えた。

目を凝らすと、それはワイルドボアだった。だけど、その大きなワイルドボアの後ろに、小さい丸が三つ、ぴょこぴょこと列をなして歩いているのが見えた。

「……ワイルドボアの子どもなんて、はじめて見た。ちょっと近くで見てくる」

「え、あ、でもワイルドボアは子育て中、かなり凶暴なんで気をつけ――」

「うわあああ!?」

ワイルドボアに近づいた次の瞬間にはもう、僕はワイルドボアに追いかけられていた。

僕がすごい勢いで追いかけられている中、ケイトは白い目で僕を見て、座ったまま動かない。

（え、助けてくれないのか……!?）

内心でそう叫びながら、ワイルドボアから逃げるため、僕は走り続けた。

そういえば最近も、全力で走ったなと思った。いつだったかなと考えて、それが卒業舞踏会の日で、僕は命からがら逃げ回っている、ワイルドボアに見えるかもしれないと思ったことも思い出した。

あのときは、必死で泣きながら走っていたが、今、僕はペルケ王国のセルヴィ山の裾野でワイルドボアに追いかけられていた。

後ろを振り返ると、僕にまっしぐらに向かってくる母親の後ろから、ぴょこぴょこと夢中で追いかけている小さい影が見える。顔は母親と同じで目を三角にして、すごく怒っている。

「ぷっ」

あの卒業舞踏会から数週間の時間が流れていた。絶望の淵にいるはずの僕がこんなところでワイルドボアの親子に追いかけまわされてるだなんて、誰が想像しただろう。

あのとき僕は、自分自身が逃げる様子をワイルドボアのようだと思ったけど、実際のワイルドボアは、もっと生きることに前向きだった。

敵がいれば、逃げることなどせずに、立ち向かっていく。

そして、諦めない。

(強いな。それにやっぱり、母親は偉大だ……)

追いかけまわされているうちに、僕はなんだか楽しくなって、声をあげて笑ってしまった。

「あはははは っ」

それを見た母親のワイルドボアは、僕に敵意がないことを感じたのか、それともただ疲れたのか、僕のことを追いかけるのをやめて、ころんと草原に転がった。

ワイルドボアの子どもたちは突然すぎる母親の行動の変化にびっくりしていたが、それでも僕を追いかけるのをやめなかった。

僕は小さな三匹に追いかけられて、それがまたおかしくて、ただ笑って走って、それで「あれ、今日、僕はなかなか転ばずに走れているな」と思った瞬間にずるっと滑って転んだ。

いまだ！　と、ばかりに突進してきた子どものワイルドボアが、どすっどすっどすっと、腹や背中に突撃してきて、僕は負傷した。そのあとも子どもたちは、少し引き返しては僕に突進してくるのだ。そして、やっぱり諦めない。

「ふふふっ　あははは　痛い、痛いって！」

僕の体に登ったり、髪を引っ張ったり、子どもたちは、僕をやっつけるのに忙しい。本当に前向きなモンスターだな。はじめて見たワイルドボアの子どもたちは、毛がふわっふわで、まだ茶色になりきっていない、薄いベージュのような色に白の水玉模様だ。

一匹を両手で抱えて、目線の高さまであげると、ぽっこりとしたお腹が見えて、ふふっと笑ってしまった。「ピギィ」と、明らかに怒った声を出して僕の手から逃げようとしているので、僕はそっと地面に下ろしてあげた。

それから、遠くで相変わらず座っているケイトに目をやった。そして、なんだかケイトが少し、寂しそうな顔をしているような気がした。

たまにケイトは僕の知らない遠くを見ているような、そんな顔をしてるときがある。だけど、本人がなにも言ってこないので、尋ねたことはない。

僕は何事もなかったように、ケイトのもとにゆっくりと歩いて戻った。

「ワイルドボアが、あんなにかわいいなんて知らなかった。もう食べられないな」

「――オレ、ずっと子どもは苦手だと思ってたんですけど、三人くらい欲しくなりました」

「え？　そうなのか？」

ワイルドボアを見て動物を飼いたくなった、とかならわかるけど、なんで今そう思ったんだろう。

ケイトはやっぱり感性が面白いな。

ケイトは三人も子どものいるお父さんになるのかと考えてみたけど、子どもに囲まれているケイトを、うまく想像できなかった。

サッと差し出された水筒の水を飲みながら、そういえば今日はこれからどこに向かうんだったかな、とふと思う。麓でアイスドラゴン討伐の換金をして、それから、どこかへ移動するのだろうか。

「ケイト、麓の村に行ったあとは、どこに向かうつもりなんだ？」

「温泉に行きましょう！」

「本当か！」

海と山の次が温泉だなんて、と僕は胸がいっぱいになった。

視察で源泉を見たことはあるが、実際に温泉に入ったことはない。温泉に入れるのだなんて、僕の追放生活は、たまに恐ろしいことがあるものの、楽しいことばかりだ。

ケイトのテンションがいつもより高いところを見ると、もしかすると、ケイトも楽しみなのかもしれないな、と思い、僕は温泉に思いを馳せた。

「あれ？　もしかして、エマニュエルさんの従者の方じゃありませんか？」

年季の入った木造の店内に、鈴を転がすような声が響いた。ケイトがそう話しかけられたのは、僕たちが雪山から下りて、湯町をぶらついていたときだった。

この湯町ユフーイは、ペルケ王国の中でも有数の観光地である。

ヴァールストレーム王国のクサトゥに並ぶ温泉地として有名で、大通りには宿屋が立ち並び、ペルケ王国に来たら必ず訪れたい町と言われている。

温泉に入るのがはじめてだった僕は、あんなにも心休まるものがあるだなんて、とすっかり気に入ってしまった。

部屋には小さな外風呂がついていて、出たり入ったりしながら、ゆっくりじんわりと温まっていた。

硝子(ガラス)窓でつながっている部屋の中から視線を感じたので、多分ケイトが、僕が転ばないよう見はっていたんだと思う。

工芸品屋のちょうど奥の棚の陰にいた僕に向けて、ケイトが後ろ手に右手の人差し指をスッと立てたのが見え、僕は咄嗟(とっさ)に身を隠した。

右手の人差し指を一つ立てる。

これは、レーフクヴィスト家で長く働く者なら全員知っている手合図である。

レーフクヴィスト家では、もしもなにかの緊急事態に巻き込まれ、お互いに意思疎通がとれなくなった場合は、簡単なサインで最低限の行動を指示できるようになっているのだ。

ケイトが伝えてきたのは『動くな』という手合図だった。

ケイトに話しかけてきた誰かの姿は、ちょうど棚に隠れていたせいでわからなかった。だけど、ケイトが一目見てその合図を出すということは、おそらく王都の知り合いなんだろう。

国外追放になった今、王都の知り合いに会うことはとても危険だからだ。

「あっ、す、すみません。僕のことなんて、知らないですよね。神殿に召喚された神子で、マシロといいます！」

「存じております、マシロ様。私のほうこそ、覚えていただいているとは思いませんでした。こんなところでお会いするなんて。マシロ様はご旅行ですか？」

ケイトの前にいる相手が名乗るのを聞いて驚いた。たしかにこの元気いっぱいな声は、よく聞いていたマシロの声だ。

ユフーイは、ヴァールストレーム王国の国境から馬車で最低一週間はかかる位置にある。

ケイトと僕は、いろいろなところに寄りながら進んでいて、まっすぐに来たわけではない。一ヶ月の旅を経てこの町にたどり着いたわけだが、そもそもどうしてマシロはこんなところにいるのだろうか。

僕は棚の陰にしゃがみ込んで、商品の隙間からこっそり様子を窺おうとしたところで、背後からグイッと暗がりに引き込まれた。

「ッ!?」

あまりの驚きに、声を上げそうになったが、後ろから伸びてきた手に口元を押さえられてしまった。

マシロがいる以上、叫び声を上げるのはまずいが、ケイトが動けないときにトラブルに巻き込まれてしまうのもまずい。

しかし、耳元で囁いた甘い声には、聞き覚えがあった。

「静かにして」

背後にいる男を振り返ると、案の定、不思議な青紫色の瞳があって、僕は固まった。

その綺麗なまなじりがにやっと弧を描き、反対の手の人差し指をスッと唇に当てた。それから、

（え……？　テオ？）

テオは悔しそうな声色で言った。

「ごめんな、もっと時間稼げると思ったんだけど……」

どうしてテオがここにいるのか、時間稼ぎってなんのことだろう、と僕が疑問符を浮かべながら目を瞬かせていると、棚の向こうにいるマシロの明るい声が店内に響いた。

「ケイトさん！　僕、アルフレッドたちと一緒に、エマニュエルさんを捜しているんです。なにか知りませんか？」

「そうでしたか……すみません。私、今は所用でこちらに来ておりまして、お力になれそうなことはなにもなくて……。ところで、どうしてエマニュエル様をお捜しに？」

「僕を捜している」と聞いて、首をかしげた。

アルフレッドは自分で言ったことを撤回するような人間ではない。自分で国外追放にした人間を、わざわざ捜すだなんて、面倒なことは絶対にしない。

棚の隙間から、テオと一緒にケイトたちのほうを覗き見る。

（一体、なんのために……？）

それに、もう一つ不思議なことがあった。

今、マシロは『ケイトさん』と呼んだのだ。僕の従者として学園に顔を出すこともあったから、ケイトの姿を見たことはあるかもしれないけれど、名乗ったことはあったのだろうか。

テオも一瞬だが眉間に皺を寄せていた。ケイトが自ら近づくとは考えづらいが、僕の知らないところでマシロと接点があったのかなと考え、なぜかお腹の中がもやっとするような変な感覚を覚えた。

というか、ケイトは王都にいたときのように従者の格好をしているわけではない。なのにマシロはよく気がついたな、とマシロの観察力に感心した。

だがそのとき、マシロがそっとケイトの腕に白い手を添えるのが見えた。

「そうなんですか。ね、ケイトさん。僕たちと一緒にエマニュエルさんを捜しに行きませんか？」

——途端、先ほど腹の中に感じたもやっとしたなにかが、僕のことを包むくらいに大きく膨れあがった。

それだけではなく、お腹の中が、なぜかマグマが沸き立つようなグツグツグラグラとした熱い感じがするのだ。

そもそもケイトは「どうして捜しているのか」と聞いたのに、なぜマシロはそれに対する答えではなく「一緒に捜しましょう」と言ったのだろう。

まるでケイトが、マシロたちの理由など関係なく、一緒に僕を捜しにいくような口ぶりではないか。

もしかして本当に、なにか接点があったのだろうか。ぎゅっと握りしめた手は大量の汗が滲んでいた。すごく嫌な気持ちを抱えながら、僕はケイトの反応を待った。

「先ほどもお話ししましたが、今は所用を果たしている最中ですので、それは難しいです。それに、たしかエマニュエル様は国外追放になられたはずですが……」

「エマニュエルさんを見つけないと、アルフレッドが王様に怒られちゃうんです！　エマニュエルさんが逃げちゃったせいで、僕たちすごく困ってて……。ケイトさんが一緒に来てくれたら安心ですし、協力しませんか？」

ケイトの返事はなかった。

僕はマシロの言っていたことを考えてみた。

どうやら陛下が僕のことを捜しているらしい。なぜ僕のことを捜すのだろう、と思ったとき、僕はハッとした。

僕は、幼いころから王妃教育を受けて育ってきたのだ。国家の膨大な情報を有している僕が国外をうろうろしているというのは、きっと国にとって恐ろしい事態である。

アルフレッドはそこまで考えずに、ただ僕を懲らしめたいと思って国外追放にしたのだろうが、陛下はお怒りになられたのかと思い至った。

それは一国の王として、当然のことだった。

陛下にはずっと優しくしていただいたけれど、こうしてアルフレッドが自ら追ってきているということは――

（そうか、見つかれば僕はもう……旅を続けることはできないのか……）

ケイトが背中で、頑なに人差し指を立たせているのが見える。ケイトはなんでもお見通しだ。

僕が今、棚の影から出て二人のもとへ行くべきだ、と思っていることを、ケイトはわかっているのだ。

テオもマシロに気がつかれないように、小さく首を振って僕を睨んだ。二人の優しさに、きゅうっと胸が締めつけられた。

（でも……）

ケイトと冒険を始める前なら、僕は大人しく首を差し出しただろう。

だけど、今の僕には出ていく勇気がなかった。本当にケイトの言う通り、僕はへっぽこで腰ぬけで、そのくせ図太くてがめついから、今の僕の幸せをすべて捨てるという判断が、すぐにできなかった。

――僕は、僕は……

（ケイトと一緒に……もっと）

胸が強く締めつけられた。心臓が縮むような感覚があって、僕は唇をぎゅっと結び、顔を顰めた。

ケイトの腕にこてんとマシロが頭を傾けて、ケイトを見上げているのが見えたのは、そのときだった。マシロは、まるで恋人に寄り添うかのように、ケイトの腕にかけた細指をきゅっと丸めた。

（……へ？）

その甘えるような仕草に、僕は今の今まで考えていたことをすっかり忘れ、ビクッと体を震わせた。マシロがすりっと頬をケイトの腕に寄せながら、妙に甘ったるい声で言った。

「あの……ケイトさん。僕のこと、守っていただけませんか。旅は怖くて」

その言葉の意味がわからずに、僕はぽかんと口を開けた。

マシロの周りにはアルフレッドだって、神官のセフィーラだって、騎士のウィリアムだって、たくさんの仲間が一緒にいるはずなのだ。

とくにセフィーラとウィリアムは、国内でも随一の魔力と剣の腕を持っている。そんな彼らと行動してもなお旅が怖いと言うのなら、従者が増えたところで怖さは変わらないはずだ。

僕の腕を掴んでいたテオの手に力が入り、思わず彼を振り返ると、テオも険しい顔をしていた。

僕の位置からは、ケイトが一体どんな顔をしているのかはわからない。だがケイトはしばらく顔をマシロに向けたあと、ぐっとマシロの顎を上に向けた。

そして、値踏みでもするかのようにマシロを見ると、ふっと笑った……ような気配がした。

（――え？）

マシロがうっとりとした顔をしているのだけが、棚の隙間から見える。柔らかそうな頬は上気して、美しい双眸は、まっすぐにケイトのことを見上げていた。

「お願い、ケイトさん……」

マシロの眉尻が下がりさらりと黒髪が揺れ、頼りなさげな雰囲気を醸し出す。ケイトはマシロのことをしばらく見下ろしていたが、妙に艶っぽい声で呟いた。

「……考えて、みるね」

「ぁッ……はい」

マシロは花が綻ぶように笑う。まるで恋しい人を見るかのような表情に、僕は震える手で、口を覆った。チッとテオの舌打ちが聞こえたような気がするが、僕はそれどころではなかった。

相変わらずケイトの背中には、しっかりと指が立てられたままだったが、目の前で繰り広げられるやりとりは、まるで恋人同士のようなそれだった。

しばらく恋人のように寄り添っていた二人だったが、どこからかアルフレッドの声が聞こえ、マシロはにこっと笑って足早に去って行った。

何度もケイトを振り返り、大きく手を振っているのを見て、テオが言った。

「やっぱり、あいつらなんかおかしい……」

「テオ、どういうこと？」

「一国の王子を手に入れておきながら、なんで他に色目を使うんだ。ケイトは一公爵家のただの従者だろ」

正直に言うと、イライラしていてそれどころではなかったが、たしかに今のやりとりは少しおかしかった。それにあのマシロの態度を見たあとの、ケイトの対応も不自然だと思った。

なにがと言われると難しい。だけど――

（なんだか、マシロはケイトのことをよく知ってるみたいに見えたな……）

もやもやした感情を腹の中で遊ばせていると、テオが話を続けた。

「あの神子も、ケイトも、変だ。エマ、なんかあったらすぐにオレに言って。これ、渡しておくから」

テオは僕の手のひらに、金色の小さな鳥の置物を握らせた。

幼いころから、何度もテオがその鳥を使っていることを見たことがある僕には、それが魔導具であることはすぐにわかった。

僕の屋敷に遊びにきていたテオがこの鳥を空に放つと、すぐに商会の迎えの馬車が僕の屋敷に来たことを思い出す。おそらく、指定した相手に対する通信手段なのだろう。テオは僕にそれを差し出して、真剣な表情を浮かべた。

「エマに助けが必要になったときは、絶対にこれでオレを呼んで」

「テオ……」

ケイトがいるから大丈夫、という言葉がすぐに出てこなかったのは、マシロとのやりとりを見てしまったからだと思う。

不安げな表情を隠せていないであろう僕に、テオは「会いたいときに飛ばしてくれてもいいよ？」とふわふわと笑いながら続けた。

沈んでしまった僕の心に、テオの優しさがじわっと染みた。

「……ありがとう」

テオに笑いかけたつもりだったのに、僕の声色は想像した以上に弱々しくて、自分でも驚いてしまった。これじゃあ余計にテオに心配をかけてしまう……

そう思った瞬間――ぐいっと手を引かれ、優しい温度が広がると同時に、テオの爽やかな香水の匂いに包まれた。ぎゅうっと大切な人にそうするように抱きしめられて、僕はパチパチと目を瞬かせた。母上が亡くなったときにも、こっそりそうしてくれたことを、ちょっとだけ思い出す。テオの甘い声が上から響いた。

「エマ……オレだってエマのこと、守ってあげられるよ」

「え？」

「あんな訳わからないやつといないで、オレと逃げたって……」

だけど、テオの声はそこで止まってしまった。

その直後、ぐいっと手を引かれた僕は、その勢いのまま、ドンッと背中に衝撃を受けた。そして、地を這うような声が聞こえた。

「……どういうことですか」

苛立っているような冷たい声を聞いて、掴まれた手がピクリと震えた。先ほどのケイトの囁くような甘い声色を思い出してしまい、その違いを認識して、腹の中がぎゅうっとつねられたみたいに痛んだ。

正直、ケイトのほうこそどういうつもりだと思いながら、僕はキッとケイトを睨んだ。口をとがらせている僕に一瞬驚いたようだったが、そのあとケイトは、はあぁと脱力するように息を吐いた。

「よかった……エマ様は出てきてしまうと、思って……って、エマ様は、なんで怒ってるんですか？」

「……べ、別に！」

ケイトが顔を覗き込んだので、僕はぷいっと横を向いた。

だけど、大したことを言えなかった僕とは違い、テオは厳しい口調でケイトに尋ねた。

「お前、あの神子となにか繋がりがあるのか？　神子がお前に向けて見せてたあの恋してるみたいな顔。一体どういうことなんだ」

自分がなにも言えなかったことを棚に上げて、僕は内心、そうだそうだと思いながら、ケイトを振り返った。

てっきりまた余裕のある顔で「それがどうした？」のような顔をしていると思ったのに、そこには想像と違うケイトの顔があった。片手を顔に当てながら、なにやら考えているような様子のケイトが、ぽつりと呟いた。

「……オレも、びっくりした……」

「は？」

テオは訝しげな顔でケイトを見ていたし、僕も振り返ったまま、言葉に詰まる。

そのとき、「テオドール、どこにいるのー？」と遠くからマシロの呼ぶ声が聞こえて、ハッとしたテオは悔しそうな顔をすると、僕にこそっと囁いた。

「ごめんエマ。さっきのこと、ちゃんと覚えてて」

それから、軽く手をあげると、颯爽と店から出て行った。取り残された僕は、ケイトのこともテオのこともわからないことだらけで、真っ白になった頭のまま思考を巡らすこともできず、呆然と立ち尽くした。

「な、なんでマシロがテオの名前を……？」

マシロは、テオのことも知っていたんだろうか。

テオが有名な商会の跡取り息子なことを考えれば知り合いであっても不思議ではない。

いや……まさか一緒に行動しているんだろうか。どういうことだろうと首をかしげていると、すごく嫌そうなケイトの声が聞こえた。

「あいつもあいつなりに、エマ様のこと守ろうとしてるんだと思いますよ」

ケイトはさもテオの事情を知ったような口調で、ぼそっと呟いた。それから険しい顔のまま、なにかを考え込んでいるようだった。

「あの神子(みこ)は……だとしたら——痛ッ!!」

だとしたら、なんだと言うんだろう。

わからないことだらけではあったが、まだマシロのことを考えているケイトになぜか苛立ちがつのり、僕は腹にまわっているケイトの手を、思いきりつねったのだった。

「エマ様、大丈夫ですか？」

気まずい雰囲気のまま夕飯を済ませたあと、ぼんやりと中庭を眺めていた僕に、ケイトが心配そうに声をかけた。

カポーンと、中庭の竹でできた仕掛けが軽快な音を鳴らした。

今までは、そこそこ上質な冒険者用の宿に泊まってきた僕たちだったが、このユフーイでは、ケイトがどうしても、さらに高級な宿に泊まろうと言うので、大昔に渡り人が作ったという伝統ある宿屋に泊まっていた。

部屋に外風呂があって贅沢だし、白い湯気の向こうには、湯町の景色が広がっているのだ。渡り人は、この世界の人間が考えつかないようなことをもたらしてくれるので、いつも驚かされてばかりだ。

共同の大風呂は危ないからといって、ケイトが行かせてくれない。別に走り回ったりしないのに、と僕は肩を落とした。

外風呂と反対側の中庭には、たくさんの魔法灯籠（とうろう）が配置され、辺りをぽわんと照らしている。今は暗くてあまり見えないが、その灯籠（とうろう）はおそらく池に浮いているのだろう。

幻想的な庭の佇（たたず）まいに、本来なら癒されるところだが、今の僕はまったく癒されなかった。

少しでも思考を巡らそうとすると、昼間のケイトとマシロの光景を思い出してしまい、むかむかと胃が不調を訴えるのだ。

ケイトの質問に対して僕はしばらく黙っていたが、あまりのむかつきようについ口を滑らせてしまった。

「なんで、あんなにマシロにベタベタしてたんだ」

「え？」

「なんだ」

「え――あ、いや。てっきりエマ様は今、王都に帰ることを考えて、悩んでるんだろうなと思ってたので」

驚いた顔をしているケイトを見て、僕はあんぐりと口をひらいた。

ケイトの言う通りだ。陛下が僕を捜していると聞いて、王都に帰らなくてはと思ったはずだったのに、僕の頭の中はケイトとマシロのことでいっぱいだった。急に恥ずかしさが胸を刺し抜く。ぶわわ、と顔にどんどん熱が集まってくるのがわかる。

その様子を見ていたケイトが、さらに驚いた顔をして、目を輝かせながら僕の近くに寄ってきた。

この旅行者用の宿は裸足で部屋に入り、床にクッションを敷いて座るのだ。

僕もさっきからそのクッションのついた脚のない椅子に座り、中庭を見ていたのだが、ケイトがずいっと僕の顔を覗き込むように乗り出してきた。

「え、うそ。嫉妬？」

「しッ⁉　ち、違う！　断じてそんなものではない」

「……うわ、どうしよ。嬉しい」

違うと否定しているのに、ケイトにはまったく聞こえてないようだ。

ふわっふわっと周りに小さな花でも飛んでいるかのように、嬉しそうな顔をするケイトに、僕の苛立ちは余計に刺激された。もはや取り繕うこともできずに、僕は怒りを爆発させてしまった。

「だ、だって！　あんなに、あんなにくっつく必要はなかっただろ」

「そうですよね。嫌な気持ちになっちゃいました？　エマ様。オレのこと取られちゃうってなりました？」

「なってない！　調子に乗るな」

くすくす笑いながら、ケイトが僕の座っている椅子に無理やり割り込んできた。湯あがりの石鹸の匂いが広がる。僕はケイトの股の間に挟まれたような体勢になってしまい、眉間に皺を寄せた。

「なんでそんなところに座るんだ」

「だって今……いえ、別に、なんとなくです」

するりと後ろから腹にまわってきたケイトの腕をつねりながらも、僕は意味がわからなくて、むうっと口をとがらせた。

それにまだイライラの収まっていない僕は、絶対に話してやるものかと口をつぐむ。

でもだんだんと、背中に感じるケイトの温度に絆(ほだ)されて、少しずつ、優しい気持ちが戻ってきた。

きっとケイトがなにかを考えて、ああいう態度でマシロを追い返したんだろうとは、思っていた。

ただあの手馴(てな)れた態度が嫌だったのだ。

はあ、とため息をつくと、ケイトがぐりぐりと頭をうなじに擦(こす)りつけた。その距離の近さにびっくりしていると、ケイトがぽつりと口をひらいた。

「オレも、エマ様とテオドールが一緒にいるのを見ると、そんな気持ちになります……」

「え？」

聞き返した僕に、ケイトはもう反応しなかった。

僕のことを抱きしめたまま黙ってしまったケイトを不思議に思いながらも、その静かな温もりの中で、僕はケイトのことをふわふわと考えた。

（ああ……ケイトとの旅は、楽しかったな……）

ケイトの無鉄砲な冒険に付き合わされて、いろんな場所に行って、いろんなものを見る。そしていつか冒険に疲れたときは、海沿いの家でメロン畑でも作ることができたら、僕の人生は、国外追放されてからの僕の人生は、本当に幸せなものだったと言うことができただろう。

だけどそんな未来は、僕がアルフレッドの婚約者として選出されたときからなかったことだったんだな、と弱気になった。

籠の中で王妃になるために育てられていた僕は、空を飛ぶということが、どんなことなのかも知らずにいたのだ。そのまま、籠の中にいることにも気づかずに、その豪奢な籠の中で一生を終えられれば、それはそれなりに幸せな人生になったはずだった。

だが、僕は知ってしまった。

突然ひらいた扉から一歩踏み出し、はじめは恐れながら転んで失敗しながら、それでも「大丈夫」と励ましてくれる声があって。

——そして、僕は外の世界を知ってしまった。

空を飛んでみたらやっぱり恐ろしくて、怖い思いもたくさんしたけれど、籠の中では感じることのできなかった、信じられないほどの幸せを噛みしめることができた。

そして、夢を見てしまった。

――ずっとこんな日々が続けばいいのに。

だけど、国外追放生活は、このままいくと逃亡生活になってしまう。

僕はこの先ずっと目立たないように変装して、なにをするのにもケイトに頼り、ケイトの帰りを待ち、ケイトにすべてを委（ゆだ）ねながらこそこそと生きるんだろうか。

それに、陛下は僕のことを野放しにしておきたくないだろう。

あんなに優しくしてくれた陛下のことを思うと、僕がどこぞの悪党に捕まってしまう前に、自分の首を差し出したほうがいい気がした。

（自分の足で立てるようになる、だなんて、悠長なことは言ってられないんだな……）

僕は、深いため息を漏らした。

もしもこのまま王城に連行されるなら、その前になにがしたいかなと考えてみた。

まずはメロンパフェをたくさん食べて、メロンアイスクリームとメロンプリンアラモードと、あと、普通にメロンもたくさん食べたい。

でもそれは一人じゃなくて、ケイトと一緒がいい。

それでケイトの無茶ぶりで、あと二、三匹くらいなら、びっくりするようなモンスターを見てみてもいいかもしれない。

あとケイトと海で生活もしてみたかった。

僕の『これから』の想像は、驚くほどケイトと一緒に過ごすことばかりだった。そこまで考えて、ケイトの恋人のことを思い出したのだ。

もし生活が落ちついて、ケイトに恋人にしたいほど好きな人ができたら、僕は多分邪魔な存在になってしまうだろう。

そのときが来ることを想像してみたら、僕は全身を引き裂かれるかのような痛みに襲われた。

その痛みを感じた僕は、もしかしたら今すぐにケイトと離れるのも一つの選択肢なのかもしれない、という考えに至った。

僕の肩の横にあるケイトの腕に、こてんと頭を預けながら思う。

（……離れたくないなぁ）

もし僕も平民に生まれていたら、普通に好きな人ができて、その人と普通の恋人関係になったりしただろうか。

もし恋人ができるなら、僕は、ケイトみたいな男がいいかもしれない。男がというか、ケイトみたいな女性でもいいかもしれない。

そこまで考えたとき、なにかが引っかかった。

（ケイトみたいな男でもケイトみたいな女性でもいいなら……それってなんだか――）

僕は首をかしげながら、ケイトに尋ねてみることにした。

「なあ、ケイト。恋人の好きって、どんな感じなんだ？」

「え……恋人の好き、ですか？　説明するのはちょっと、難しいですね」

僕は、婚約者はずっといたけれど、恋人がいたことはなかった。

アルフレッドのことを好きだと思っていた。でもそれは、親愛の好きとなにが違ったんだろう。

そんなことを考えていたとき、横にいたケイトがぽつりと呟いた。

「説明するのは難しいんで、してみてもいいですか?」

「――へ?」

「『恋人の好き』、知りたいんでしょ?」

その言葉の意味がわからず、僕はケイトの顔を覗こうとした。だけどすでに、ケイトの言う『恋人の好き』が、始まっていたようだった。

「まずはこうして、大切な人のことを、ぎゅっと抱きしめます」

そう言ってケイトは、股の間にいる僕の体をぎゅうっと抱きしめた。

あたたかい腕に包まれて、僕の心臓はドキッと音を立てる。

いつもとは違って、下ろされたケイトの前髪がさらりと揺れる。僕の心臓の鼓動は全速力で走っているときみたいに、一気に速くなった。

「手を握って綺麗な指先にこうやって唇を寄せて。この月色の美しい髪に、この柔らかな頬に、キス……します」

「け、けけけけけいと!? こ、恋人のって、そ、そういう!? 僕で想定してやらなくてもっ」

「エマ様のことを大好きな恋人がすることなんだから、これでいいんですよ」

焦って声が裏返ってしまった。

ケイトが説明しながら、その通りに僕の手や髪に唇を落としてきた。

僕は恥ずかしくて、恥ずかしすぎて、どうにかなってしまいそうだった。僕のことを大好きな恋人がすることだなんて、そんなの、こんなの――

(どうしよう。勘違いする。恥ずかしい……)

僕の焦りなんかまったく気づいていないようで、ケイトの言葉が続く。

「好きな人にこうして唇を寄せていたら、きっと想いがあふれちゃうから、それを伝えます。『好きだよ、エマニュエル』、『大好き』」

「ま、待て。ケイト、ちょっと待って」

それからケイトは、僕の制止の言葉なんて聞かず、僕の耳元に口を寄せたかと思うと、そっと囁いた。

「……『オレだけのものにしたい』」

「ふはぇ!?」

まずい。こんな甘い展開になるだなんて予想していなかった。

僕は、この突然の甘さに、耐えきる自信がない。一つ一つ、ゆっくりと、宝物みたいに口にするケイトの言葉に、胸がそわそわするような感覚が走る。

せめて名前を呼ばないでいてくれたら、勘違いしないで済むかもしれない。でも、名前を呼ばれて、こんなにも全身で愛してると伝えられたら、勘違いしてしまう……!!

僕の顔は火照っていたし、体中が汗ばみ始めていた。僕がなにも考えられなくなっている間にも、ケイトは後ろから、頬や髪にキスを降らせている。訳がわからなすぎて、僕はぎゅうっと目をつむって、身を固くした。

「それから、このかわいい唇に」

「……け、けいと。も、もうその辺で」

「本当には、しませんよ」

その言葉にほっとしたのも束の間、「しません」と言ったのに、ケイトは顎に指をかけ、僕の顔を後ろに向けた。すぐ近くにあるケイトの顔に、思わず小さく息を呑む。

ケイトは親指でゆっくりと僕の唇をなぞり、ふにっと数回押しつけた。その指はそのまま、僕の唇の中にするりと滑り込んで――

「優しくキスをしたあとは、舌を絡ませて、中を撫でます」

「えぁ、……んんッ」

「オレは、ゆっくりするのが好きです。動いてないくらい。舌を重ねたままじっとしてると、相手がじれてくるから」

「んぅッ……ん」

ケイトの指が、僕の舌を挟んだまま、動かないでじっとそこにある。

その体勢のままケイトの目がじっと僕を見つめた。そうしているうちに、僕の中で静かな快感が滲み出した。はあ、と熱い息が洩れてしまう。

「かわいい。気持ちよくなってきた?」

ふっと笑われて、僕はケイトのことを睨んだ。

「ゆっくりもいいでしょ？　こうやって、耳を触ったり、お腹を撫でたりしながら、エマ様の綺麗な目がとろっとするまで、ずっと、観察するんです」

ケイトの言ってることは、経験のない僕には難しかった。でも、自分の体の変化ぐらいはわかる。ひくひくと舌が震え、じんわりと洩れだした唾液が、ケイトの指を濡らしていった。

じらされているって……ことなんだと思う。

指、動かしてって、僕の口の中を撫でてって、自ら、体を差し出してしまう、そんな感覚が広がっていく。

ケイトは動いてないのに、僕の体が震えた。

「んぅ」と甘い声が出て、涙で視界がじわっと滲んだ。なにもされてないのに、体が勝手に期待して、快感を高めていく。

全身が性感帯に作りかえられていくみたいな、支配されていくみたいな、そんな気持ちになっていた。頭の中に「キスしてほしい」という欲求がたぷんと満ちていく。

背筋をじわじわと快感が這いあがる。僕の瞳はきっとケイトが言うみたいに、とろっとしてるだろう。

ケイトの嬉しそうな様子を見ていればわかる。ケイトはこれを観察するのが好きなんだ。獲物が、自分から堕ちてくるのを、じっと目を細めて見ているのだ。

「そうやって。オレのことを欲しがっちゃう顔が見たくて」

艶っぽい視線でケイトに見つめられて、僕は思った。

(……ケイトのほうが、やらしい顔をしてる)

僕はもう、このケイトの顔も知っていた。

僕のことを食べたそうにしてる顔だ。一言言っておかなくては、と思い、熱い顔のまま一生懸命睨みつけた。

「ぼ、ぼふははべはれないはらな」

「……は？」

僕は食べられないからな、と言ったつもりだったが、ケイトは僕がなにを言っているのか、わからなかったみたいだった。

僕がもう一度言おうと、口をひらいたとき、ケイトの股の上に向かいあうように抱え直されて、

「わっ」と声をあげてしまった。

膝を立てたケイトの股の上に座らされて、僕の尻がケイトのちょうど股間に当たって居心地が悪い。でもそんな僕の気も知らず、伸びてきたケイトの手に引き寄せられ、ぎゅっと抱きしめられた。

そして、ケイトは、僕の耳を撫でながら続けた。

「エマ様の目がとろけてきたら、耳に口づけながら、もう一度確認するんです。『エマのこと、オレのものにしていい？』」

「つっ！」

「……それから頬にキスをして、首筋を舐めたり、唇を這わせながら、少しずつ下におりていき

ます」

「え……？　ぁッ！　え？」

背中を這うケイトの大きな手に、ビクビクと体が震えた。

ケイトの指先がするすると僕の着ていたローブを割って、そして宣言されたとおりに、ケイトの唇が下がっていく。

むき出しの肌に唇を寄せられて、僕はもう、なにがなんだかわからなくなった。

「ぁ……ん……ッ」

休みなく洩れる甘い声が、自分のものだなんて思いたくない。ふるふると力なく首を振っていると、両方の乳首をさわられて「ひぅッ」と甲高い声をあげてしまった。うっとりした声でケイトが小さく僕の名前を呼んだ。

「エマ様……」

その切なげな声だけで、僕はなんだかとろけてしまいそうだった。

ゆっくりゆっくり下がってきたケイトの手が、僕のもっと下の下まで来て、そのころには僕は、くったりと床に転がされていた。はあはあ、と全身で息をしている僕を見て、ケイトは「えろすぎ」と呟いた。僕は、ぽやんと思考を放棄したまま、自分自身の状態を確認して、愕然とした。

ローブの上半分は肘まで脱げていて、下半分も乱れに乱れている。僕の太ももはあらわになり、そのローブはもはや腰紐にからまっているだけの布に成り下がっていた。

慌てて直そうとする僕の手をケイトがガシッと掴んだかと思うと、ちゅっと指先に優しく唇が触れた。

あらわになった僕の太ももを、彼の反対の手がするりと撫でる。そして、屈むように、ケイトの頭が下に下がっていった。

さすがに止めないと、と僕は焦った。だけど、焦る僕なんておかまいなしで、ケイトは僕の下着をぺろっと引っぱった。

「け、けいと！」

「気持ちよくなっちゃった？　それから、ここの先端を、くひにひれまふ」

「ひ！　ほ、ほんとにしなっ……あ……ッ」

「こんなに勃ってるのに、そのままはつらいでしょ」

つらいからって、こんなのは明らかにやりすぎだった。

キスは本当にしないって言ったのに、なぜその他はするつもりなんだ、と驚いた僕の呼吸は、どんどん浅く、速くなっていく。

どうにか逃れようと体をひねったら、ケイトの上顎に、自らの昂りをこすりつけてしまって、「ひぅッ」と高い声が出た。僕はあまりの羞恥に、ぷるぷると震えた。

ケイトの唇が、ペニスの先端をぷにぷにと弄び、大きな手のひらが、他の部分を優しく包んだ。

そして、れっと舌を動かしながら、手が上下し始めた。

「ああ……ッんぁ……やっ」

「ひもひい？」

そんなの、一目瞭然なはずだった。僕のペニスは、ケイトに咥えられ、大喜びで透明な液を滴らせた。

この前、ケイトに手でしてもらったとき、他人にされるのはこんなに気持ちがいいのかと、びっくりしたことを思い出す。

こんなに気持ちいいことなんて他にない、というくらいの快感だったのに、ケイトの口の中は、その快感をいともたやすく超えてきた。ビクビクと腰が震える。ちらっと見えた自分のペニスは、いつもよりもパンパンに張りつめているような気すらする。

「けい、けい……ッも、ゃ……で、でちゃう……からッ」

僕が切羽詰まった声でそう言うと、ケイトは、ちゅぽっとおかしな音をたてて口を離し、僕の顔の横に左手をついた。だけど、僕のペニスを上下している右手は、そのままで。ケイトは僕のことを見下ろし、うっとりと目を細めながら、言った。

「名前、呼んでください。恋人の名前。大好きな、恋人の」

僕のとろとろに溶けた頭は、とっくに思考をやめてしまっていて、思ったままの名前が、するりと口から出た。縋りつくようにケイトのローブを掴んだ。

「け、けいと……ッけいと……ぁあッ……も」

「……はい。『好きです』『大好きだよ、エマ』『ずっとオレと一緒にいて』」

「あ……っ僕も……けいとッ好き。大好きっ……あぁ」

目から涙がこぼれた。

僕の体は、信じられないくらい高められていた。

心臓は、どきどきをとっくに通り越して、ばくばくと音を立てていた。はあっはあっと肩で息をしながら、僕は必死にケイトの名前を呼び、譫言のように愛の言葉を口にした。

(ケイトの色に……染められてしまう)

訳のわからない思考が走る。がくがくと全身で震える僕の痴態を見ながら、最後に、ケイトは甘く、チョコレートが溶けるみたいな顔で、僕の心臓に、とどめを刺した。

「『愛してる、エマニュエル』」

「……ふ、あぁぁッ」

錯覚してしまう。本当に愛されていると思ってしまう。

……怖い。こんなのだめだ。

頭ではそれがわかっているのに、体はそうはいかない。ケイトにそう言われた僕の体は歓喜に震え、白濁を吐き出した。

(こんなの——)

はあはあ、と息を整えながら、僕は呆然とケイトのことを見る。ケイトが優しげに微笑みながら、ちゅっと僕の額に唇を落とした。

その包みこむような笑顔を見て、それは、ことり、と僕の中に落ちてきた。

——そうか、僕はケイトのことが……好きだったのか。

目の前の男のこの笑顔を、僕以外の誰にも見せたくない、僕だけのものにしたいと思った。

さっきのやらしい顔だって誰にも見せたくない。ケイトが「愛してる」と囁(ささや)くなら、その相手は僕じゃないと嫌だった。

そこで、ああ、と気がついた。

アルフレッドのことを、ずっと好きだったと思っていた。でも、こんな風に、浅ましい気持ちで思ったことなんて、一度もなかった。

（一体、僕はいつから……）

意識を手放そうとする僕をケイトは見下ろし、ぐっとなにかに耐えるような表情をした。それから夢見心地でぽやんとする僕に、なにかを話しかけたような気がした。

「――……オレが、守ります」

そのあと僕は眠ってしまったようで、ぼんやりと目を開けたときには、まだ辺りは暗かった。
きっちりローブを着ている自分の体が綺麗になっていることに気がつき、本当に僕は迷惑をかけてばかりだなと思いながら、寝ているケイトに目を向けた。
（ケイト……）
すうすうと穏やかな寝息を立てているケイトは、いつぞやに見たときのようにやっぱり少し幼く見える。さらりと垂れた前髪に指先で触れようとしてみて、ピタッと手を止めた。あんなに恥ずかしいことをしてしまったっていう気持ちもあったけど、寝る前に聞こえたケイトの言葉を思い出したからだった。

(オレが守ります……か)

旅のはじめに「オレがいます」と言われたけれど、「守ります」という言葉は、まったく違う響きをもって僕の心を震わせた。もしかしたら、まだ恋人ごっこをしてたという可能性も否めない。

(でも、嬉しかったな……)

そして、僕は気がついてしまった。今までずっと、アルフレッドの婚約者であるという枠の中でばかり考えて、ずっと見えていなかった自分の気持ちに。

この旅のはじめから、今の今まで、僕はずっとケイトに驚かされてばかりだった。それでもこの態度の悪い男が、僕のことを大切に思っていてくれていることを、僕はちゃんとわかっていた。

あんな真剣な声色で「守ります」だなんて言われたら、僕がどこぞの令嬢であれば、ドキッと胸を弾ませて、そのまま胸に飛び込んでしまうところだ。

でも、僕は、自分の運命にケイトを巻き込み、後ろめたいことをさせるのは嫌だった。

だって――

(僕だって、好きな人を守りたい)

僕はケイトに触れそうになっていた手を、ぎゅっと握りしめた。

僕はちゃんと、自分の誇れる道を歩きながら、ケイトの隣にいたかった。

陛下が僕を捜しているのであれば、僕は陛下のもとに行き、自分の過去にきちんと決着をつける必要がある。陛下は本当にお優しい方だから、なにも聞かずに僕を斬り捨てたりはしないだろう。

ついこの前見た、小さなワイルドボアたちのことを思い出した。あんなに小さい子たちでも一生懸命敵に向かって、諦めなかった。

僕だって、僕の走ってる姿がもしもワイルドボアみたいに見えるのなら、走る先は後ろではなく、前だ。

(そう。逃げない。逃げないで、前に進む……!)

僕は身支度を整え、テオにもらった小鳥を鞄から取り出すと、そっと窓から外へ放った。

自分で決めたことなのに、テオに頼ってしまって恥ずかしかったけど、テオと一緒ならケイトも安心すると思った。明け方の空に、きらめく小さな小鳥が飛び立っていった。

その小さな鳥はとても頼りなく見えたけど、それでも白みだした空を飛ぶ姿は、どこまでも自由に見えた。

(ケイト……待ってて。絶対に戻るから)

ぐっと唇を噛みしめて、気合を入れる。書き置きを残し、ケイトを起こさないように細心の注意をはかりながら、僕は宿をあとにしたのだった。

明け方の湯町は町全体が青白く、世界で僕一人だけになってしまったかのように見えた。ケイトが隣にいる世界といない世界では、まるで様相が違っていた。

僕はブンブンと首を横に振り、厩(うまや)まで歩き出した。この町まで馬車を引いていてくれていた馬に「ここまでありがとな」と一言お礼を言うと、馬が「やめとけよ」みたいな顔をした気がして、ムッとなった。

　パタパタと足音が近づいてきたのはそのときだった。振り返ると、そこには息を切らしたテオがいて、僕の姿を見つけると、はぁーと大きく安堵の息を吐いた。

「エマ……！」

「すまない、朝早くに。テオ、僕はやっぱり、一度陛下に会わないと……」

　しゅんとしたままテオに伝えると、テオはわかっていたような顔をしたあと、今度は嫌そうにため息をついた。

「ケイトには言わないの？」

「うん。絶対に反対するから」

「オレは、オレの都合のいいように進めるからね」

　ケイトにはちゃんと「必ず戻る」と書き置きをしてきた。テオに連絡をしたとも書いたから、そこまで心配することはないだろう。ムスッとしたような顔で僕の顔を窺（うかが）うテオに、僕は困ったように笑いながら頷いた。それから僕は真剣な声色でテオに伝えた。

「王都に戻りたい」

「……わかった。オレに任せておいて」

　そうして僕たちは、朝靄（あさもや）の中、テオの馬に乗り、ユフーイをあとにしたのだった。

「え？　聖泉を通らなかった……？」

ヴァールストレーム王国へ続く街道を駆け抜け、遠くに森が見えてきた辺りでのことだった。テオが森の入り口にある泉の話をし始めたので、行きは通らなかったから楽しみだと言ったところで、テオは不思議そうな声をあげた。

　商会の馬車が行き来するために石畳が敷かれた街道で、パカラッと響いていた軽快なテオの馬の蹄(ひづめ)の音がゆっくりになった。

　僕とケイトがたどってきた道筋を説明していると、テオはさらに眉間の皺を深めた。

「なんでだろう……ヴァールストレームから来たのに、あの聖なる泉を通らないなんて、わざと迂回(うかい)したとしか……」

　ペルケ王国の地理はもちろん僕の頭にも入っている。僕は頭の中に地図を思い浮かべた。

たしかに行きは気づかなかったが、よく考えてみると、最短ルートを通ったわけではなかった。

あんなに先を急いでいる様子だったのに、どうしてケイトは迂回(うかい)したんだろうか。

　ペルケ王国にあるオルレンヌ聖泉というのは、悪しき者の正体を見破るという伝承のある場所だ。魔王が復活してしまい、人を惑わす高位のモンスターが蔓延(はびこ)っていた時代に、その正体を暴き、災厄を遠ざけたと聞いたことがある。

　今は魔王も存在しないし、そんな恐ろしいモンスターが徘徊していることはないので、本当の効果はよくわからない。それでも縁起がいいところだからと、ペルケ王国を旅する者たちは必ず訪れる場所だという話だったはずだ。

　僕も顎に手をやり、うーんと首をひねった。

「たしかに。なんでだろう？　湖を通ったあとだったからかな」

「それは関係ないでしょ。だって、道なりだよ？」

ケイトの意図はわからないが、今、目の前にいるテオの顔がどんどん険しくなっていくのを見て、僕が余計なことを言って二人の関係が悪くなったらまずい……！　と、内心慌てていた。

なにか気の利いたことを言わねばと、視線をさまよわせていると、そんな僕には気がつかずに、低い声のままテオは続けた。

「旅の途中になんか気がついたことはある？」

「えーと、ケイトが高度な闇魔法を使えることくらいだな」

「……高度な闇魔法を？　平民が？」

そう言われてみて、あれ？　と、再び首をひねった。

闇魔法を使える人間が少ないのは前々から知っていたが、言われてみれば、平民なのに〝高度な〟闇魔法を使える人間はもっと少ないはずだ。以前、一度訊いてみたけど、本人もよくわかってない様子だったので、そのままにしてしまったのを思い出した。

僕たちがクラーケンやアイスドラゴンと戦ったなんて言ったら、きっとテオはもっと驚くだろうなと思って、こっそり笑みを漏らした。

だけど、うっかり和んでしまった僕とは対照的に、しんと黙り込んでしまったテオの様子を覗くと、テオが深刻そうな顔で訊いてきた。

「ねえ、エマ。ケイトって、エマんちで働き始める前はなにしてたの？」

「家族は？　出身は？」と、テオに立て続けに質問されて、僕は答えに困ってしまった。よく考えてみたら、そういったケイトの基本情報を僕は知らないことに気がついた。

答える様子のない僕を見て、テオはこめかみに手を押し当てながら、眉間に皺を寄せた。なにやらテオは僕のことを心配してくれているのに、なにも共有できる情報がなくて、申し訳ない気持ちにもなる。

でも、僕にとってケイトは頼りになる存在であって、テオの不安はよくわからない。

ぼんやりと、雪国出身だと話していたケイトを思い出し、それから一緒に過ごしたあたたかな夜のことも思い出した。それから、ケイトはもう目を覚ましただろうかと考えたら、チクッと胸が痛んだ。

（心配してるだろうな……）

ちゃんと書き置きをしたから、そんなに慌てていることもないと思うが、きっと心配はしてるだろう。もしかしたらすごく怒っているかもしれないと思ったら、ケイトのオーガのような顔が頭を過り、ゾワッと背筋に悪寒が走った。

（だ、大丈夫。戻るから。ちゃんと戻るから……大丈夫）

僕が肩を擦りながら、辺りを見渡していると、テオがため息をつく音が聞こえた。このまま、ケイトとテオの仲が悪くなってしまったらどうしようと、眉尻を下げながら振り返り、テオのことをじっと見つめた。

僕の視線に気がついたのか、テオが、くしゃみを我慢しているときのような、おかしな顔になって言った。

「……無防備すぎる」

「え？」

「ケイトが実はモンスターかなんかで、食べられちゃったらどうすんの」

テオが嫌そうな顔でそう言うのを聞いて、僕はぽかんと口を開けた。

ケイトがモンスターだなんて、考えたことがなかった。僕が「ケイト起きたかな」なんていう心配をしているときに、テオは突飛な心配をしているようだった。

その方向性で心配をするならば、僕はどちらかと言うと、人間であるケイトが、モンスターを全部食べてしまうほうが心配だった。

ゆっくりとテオの手が、僕の頬の高さまで上がってきた。だけど、触れるか触れないかのところで、なぜかテオは切なげな顔をしてぎゅっと口を結び、代わりに僕の頭を優しく撫でた。

「こんなに綺麗なんだから、もっと警戒しないと」

「……ケイトを？」

「〝誰でも〟だよ。そもそも、そんな経歴のわからないやつを雇うなよ！」

ぷいっと顔を逸らしたテオは、思案顔ながらも、どうやら質問攻めを諦めたようだった。パカパカとまた馬を進めだしたのがわかって、僕はほっと胸を撫で下ろした。

（でも本当だ……僕は、ケイトのことをよく知らないな……）

他の使用人よりは親密な関係だと思っていたけど、ケイトがあまり自分のことを語らないことを、少し寂しく感じていた。

しばらく行くと、青白い木々が近づいてきた。聖泉の影響なのか、オルレンヌの森は不思議な色の木々が立ち並んでいるのだ。葉の一枚一枚が、キラキラと聖なる輝きを湛えていて、とても幻想的だ。

森に一歩踏み入れると、ひんやりとした澄んだ空気が広がり、心を洗われたような気持ちになる。

「美しいな。それに、聖なる泉だっていうのがよくわかる」

「うん。だから旅人は、ここには絶対に立ち寄るし、安全を祈って、泉の水で手を流すんだよ」

そう教えてくれたテオを見ながら、僕はじりっと泉に近づいた。

別に悪いことなど、なにも考えていなかったが、「悪しき者の正体を見破る」という伝承を思い出して、ドキドキと心臓の音が速くなった。悪しき者とはどれくらいのあくどさを指すのだろうかと考えて、ケイトに言われた「がめつい」だの「へっぽこ」だのという悪口が頭の中をぐるぐると回り出す。

そして、あわよくば、ケイトとテオを抱き込んでメロン農家のライバルを減らそうと目論んでいたのは、もしかするとあくどいのではないか？　と、だんだん僕は焦りだした。

頭の中に、自分がしてきた悪戯や些細なことが頭を過る。

そして、よく考えてみたら、僕はマシロを困らせてやろうとミミズを忍ばせたことを思い出した。

そして、それは事実として国を危険に晒し、アルフレッドに婚約破棄されたのだ。

（し、しまった！　結構あくどいことしてた……！）

もしかしたら僕は悪しき者であったかもしれない、と僕は打ちひしがれていた。まさかケイトはそれを見越して、わざとこの泉を迂回したのではないだろうかという考えが浮かび、そんなところまで気を遣わせたのかと、僕の繊細な心はさらなる集中砲火を受けていた。

僕は震える声でテオに尋ねる。

「て、テオ。この泉は悪しき者が触れると、な、なにが起きるんだったかな……!?」

「えー？　たしかどこかへ弾かれちゃうんじゃなかった？」

まったく心配などしていない様子のテオの声色に、なにか余裕のあることを言おうとして口をひらいたが、なにも言葉が見つからなかった。テオは僕が悪しきものである可能性など、微塵も考えていないのだろう。どうしよう、と焦った僕は、中腰になったままの状態で、うろうろと視線をさまよわせた。

「え、どうしたの？　エマ」

動かない僕を見て、テオが不思議そうに声をかけた。

隣でサッとしゃがんだテオが、まったく躊躇することなく泉に手を差し入れるのを見て、僕は歴戦の猛者を見たような気持ちで、ごくっと喉を鳴らした。

妖精王のいた花畑とはまた違う、この世のものとは思えない幻想的な泉だった。

きっと僕が清らかな心でいたならば、なんて美しい泉だと感嘆の声をあげ、迷わず手を差し入れたはずだった。僕はぎゅっと目をつぶって、自分がした善行を思い出そうと必死になった。そして、つい最近褒めてもらったことを思い出した。

（いや、妖精王は僕の魂が綺麗だと言ってくれたんだから、きっと大丈夫なはずだ）

僕はうんうんと頷いた。そして、手を入れさえしてしまえば、悪しき者だったらどうしようという僕の不安なんて、すぐに消えてなくなるのだと思い、僕は勇んで泉に手を差し入れた。あの妖精王の慈愛あふれる笑顔を思い出し、清らかな気持ちで泉に触れた瞬間。

――僕は泉から姿を消したのだった。

「え……？　うそ……え、エマッ⁉」

忽然と消えてしまった僕のいた場所を見ながら、テオが呆然としていることなど、飛ばされてしまった僕はもう知る由もない。

朝の爽やかな聖泉に、テオの声だけが響いていた。

「――あれ、やはり馬が正しかったか……？」
僕は檻のついた馬車の中で、がたがたと揺られているところだった。チーンという残念な音が今にも聞こえそうだ。
あのあと、僕はまったく知らない町にしゃがんだ格好のまま現れた。この奇怪な事象から導かれる真実は一つだけだった。
（なッ⁉　ぼ、僕はやっぱり悪しき者だったのか……！　魂が綺麗だと言われたのに……！）

誰にそう判断されているのかはよくわからないが、僕はどうやら魂は綺麗なのに、育った過程で悪しき者に成り下がってしまったようだ。

そしてその衝撃の事実と、周りにテオもケイトもいない状況に焦った僕は、例のごとく路地裏ですっ転び、「大丈夫か」と優しく声をかけてくれた人たちに攫われた。

もう一度言おう。

優しく声をかけてくれた人たちに、攫われた。

転んだ僕に手を差し伸べてくれるなんて、なんていい人だと思っていたら、気がついたら檻のついた馬車の中なのである。つい最近、転んでいた僕に手を差し伸べてくれた従者が、本当に心の底から信用できる人間だったので、つい判断を間違ってしまった。

……まずい。

ケイトのことを助けなくちゃなどと、かっこいいことを考えていると思っていた上、テオにも無理を言ってしまったのに、この体たらくといったらなかった。

(どうしよう！　ものすごくかっこ悪い事態だ……！)

かっこ悪さで言ったら、好意のある女性の前でモンスターをやっつけようとしたあげく、自分で打ったサンダーが金属に跳ね返ってきたぐらいのかっこ悪さだった。その上でバナナの皮で滑り、パンツの尻の部分が破けていて、そのとき穿いていた下着が大きなブタの絵が描いてあるやつだった、をつけ足してもいいかもしれないほどのかっこ悪さだ。

……いや、もう、僕のかっこ悪さはどうでもよかった。とにかく、想像を絶するほどかっこ悪いということだ。

なぜだろう……荷馬車の馬が「ほらみろ」と言っているような気がする。くそう、馬め……と、うっかり馬に悪態をついてしまいそうなほど、僕は切羽詰まっていた。

唯一よかったと思えることは、馬車から見える景色を鑑みるに、僕はどこかの異世界に飛ばされたわけではなく、まだペルケ王国内にいるようだとわかることぐらいだった。

だが、それを差し引いたとしても、僕は完全に大失態の最中にいた。

この大失態を挽回するには、一刻も早くここから逃げ出して、もはや華麗にふわりと空でも飛んで、陛下の前に降り立つほかなかった。

僕はぎりっと奥歯を噛みしめる。

僕をこの檻つきの小さな馬車に乗せたやつらは、僕のことを「すごい上玉だ」と大騒ぎし、「間に合うか」と話し合っていたのだ。おそらく、彼らは人身売買を仲介している集団で、僕はなんらかの奴隷として、売られるための準備をされていると考えるのが妥当だ。

これは、陛下が危惧していた最悪の事態だった。

だが、焦る僕のことなどお構いなしで、馬車はガタガタと進んでいく。僕が檻のついた窓からそっと外を覗くと、見覚えのある黒い建物が夕闇の中、浮かびあがった。

王妃教育の一環で、各国の主要な建物の絵画を見せられたことを思い出す。黒く塗られた劇場のような造り、参加者は皆一様に、黒い仮面で目元を隠すのだ。

ふ、と僕は不敵に笑みを漏らした。

僕は、ありとあらゆる情報を頭に叩きこまれた、指折りの精鋭である。この建物のなんたるかはすぐにピンと来た。おそらく自分の人生の中で、一番縁遠いと思っていた場所だった。まさか僕がこんなところに連れてこられるはずがない。

「ふははは」

僕はついに声をあげて笑い出した。そしてゆっくりと、その堅牢な黒い劇場を、流麗な仕草で、二度見した。そして叫んだ。

「ここ……ペルケ王国の奴隷市場なんだけどおおおお」

「お前は、目玉商品になるから、競りの順番は最後だ。この部屋で待機していろ。そこのチビも一緒だ」

そう言われて僕が連れてこられたのは、従業員たちが待機するような部屋だった。端に設置された檻の中に入れられて、僕は呆然と立ち尽くした。

僕の手には魔封じの手枷がつけられていて、魔法には頼れそうもない。だが、人一人分くらいしかスペースのない簡易的な檻の床に、小さな鳥籠があることに気がつき、僕は首をかしげた。

よく見てみると、その鳥籠の底に小さな妖精が、ぐったりと横たわっていた。

「だ、大丈夫か!?」

僕は慌てて、鳥籠（かご）の前にしゃがみこんだ。

くるりと跳ねる薄緑色の猫っ毛。まるでなにかの葉っぱの精霊みたいな、薄い緑の服を着た小さな子は、僕が声をかけても、まったく目を覚ます気配はない。

僕が手枷（てかせ）のついた不自由な手を鳥籠（かご）の柵（さく）に伸ばすと、どうやら鍵はかかっていないようだった。おそらく、開けても逃げられないほど、なんらかの理由で弱らされているのだろう。

僕はそのぐったりとした小さな体を、そっと抱きあげ、僕の膝の上に寝かせてあげた。幼いころ、母上の膝の上に頭を乗せると落ち着いたから、そうしたほうがいいと思った。

本当は頭を撫（な）でてあげたいと思ったけど、妖精の体はあまりに小さくて、まったく加減に自信が持てなかった。具合が悪くて寝ているときに、ぐったりした自分の頭を、自分の頭と同じくらい大きな指にグキッと押されたら、恐怖でしかないからな。

妖精にとっては、僕たちは巨人のようなものだ。もしも、僕がなにかの間違いで、巨人に看病されるような事態になったら、こう思うはずだった。

頼むから、放っておいてくれ、……と。

だから僕は、膝の上に乗せるだけで、とにかくなにもせず、じっとしていようと思った。

細心の注意を払い、微動だにしないように、心を無にする。動いてはだめだ。具合悪いときにベッドがぐらぐら揺れたら恐ろしいからな。そう思い、僕は自分のことを石だと思うように心がけた。

——石。僕は石。

風に靡くことなく、川の水に流されても子どもに蹴られても、自ら動かない。

今までの人生で、こんなにも石になろうとしたことがなかったので不安だったが、その試みは功を奏しているように思えた。そうして、もしかして僕は本当に石だったんじゃないか、と思い始めたころだった。

次の瞬間、僕は石ではなく、自分が人間だったことを思い出した。

「ひぐ、ぶ、ぶえっくしょい！」

「うわあああああ!!」

くしゃみをしてしまった。膝の上で寝ていた妖精が、ころっと転がり、ビタッと床に落ちるのが見えて、僕は真っ青になった。

どうしてくしゃみというものは、今出たらまずいというときに限って、こうして僕の鼻をむずむずさせ、口から勢いよく、この世に顕現してしまうのか。

くしゃみで飛ばされてしまった妖精に、僕は言わねばならないことがあった。なぜなら、僕がもしもなにかの手違いで、巨人に看病されることになった場合、その巨人が真横でくしゃみをしたら、僕はものすごく怒るだろうと思うからだ。

「すまない。くしゃみが出てしまった」

「ほんとだよ！　ぼ、ぼく今、すごく……具合が悪……」

上半身を起こして文句を言おうとした妖精が、再びぺたんと床に倒れ込んだ。僕は申し訳ない気持ちでいっぱいだったが、床よりはやっぱり僕の膝のほうが、寝心地がいくらかいいのではないかと思い、そっとまた膝に戻した。

すると、僕の膝で寝ていた妖精が、ぱちぱちと瞬きをしながら言った。

「君から妖精王の気配がする。……あと、なにコレ。変なにおい。臭い」

「え!!」

変なにおい。臭い。

なんということだ。まさかこんなにかわいらしい妖精から「臭い」と言われる日が来るなんて、と僕の心臓は一瞬止まりそうになった。

そして、ケイトが鼻を擦りつけてきたのが、臭いせいだったらどうしようと、僕は真っ青になって硬直した。

どうしよう。あんな恋人まがいの真似までさせてしまったのに、ケイトが僕のことを内心、「すげー臭いな」と思いながらやっていたんだとしたら、僕はもう立ち直れる気がしなかった。

一体僕の体からどんなにおいがするというのだろう、と自分を抱きしめた。

だが、俯いて肩をさすっていた僕は、ハッとして顔を上げた。ただの希望でしかないが、もしかすると妖精たちには人間と違う感性があって、人間の体臭が苦手だとかといったことがある可能性もある。

香水の匂いを嫌いな人もいるではないかと、僕は、ぱあっと目を輝かせた。だが、僕は香水をつけていなかったということに気がつき、すぐに涙目になった。とにかく今は、情報を得ることが必要だった。

僕は自分が奴隷商に捕まってしまったことも、ここが奴隷市であることも、妖精の具合が悪いこともすっかり忘れて、自分のにおいについての情報を集めることにした。恋をしている僕にとっては、自分が奴隷として売られてしまう可能性よりも、それが一番の最重要事項だった。

「す、すまない。僕は、その、一体どんなにおいがするんだ？」

「腐った臓物を濃縮させたみたいなにおい」

「嘘ッ!?」

公爵家の人間として、王妃教育を施された人間として、滅多なことがなければ初対面の相手との会話中に叫ぶことのない僕が、思わず叫んでしまった。

腐った臓物を濃縮させたみたいなにおいだなんて、どう足掻いても救いようがなかった。

間違っても、恋をしている人間が纏っていていいにおいではない。せめて、埃っぽいだとか、土っぽいといったにおいであれば、もしかすると、僕が先ほど転んでしまったときについたものだという可能性もあった。僕は両手で顔を隠して項垂れた。

（――腐った臓物を濃縮だと！　信じられない！）

腐った臓物の時点で、かなりの異臭を発しているはずだった。それを濃縮したにおいということは、よくわからないが腐った臓物をかなりの数集めたあと、魔法で小さな箱に詰め込んだようなにおいということだ。

僕の頭は真っ白になった。ブンブンとなにかを振り払うかのように、首を横に振りながら、どうにか糸口を見つけようと躍起になる。

一つの可能性として、この小さな妖精が、もしかするとなにかの手違いで、そう、たとえば具合が悪いから、ちょっと鼻の調子が悪いんじゃないかとかそういうことが、なくはないはずであった。そんなかなり苦しい想像に縋りたくなるほど、僕は焦っていた。そして、一つの疑問に行き当たった。

そういえば、同じ妖精でも――

「で、でも妖精王は、な、なにも、そんなこと……」

「気を遣って言わなかっただけじゃない？　お優しい方だって聞くし」

僕はハッと思い当たった。

そういえば僕は、妖精王に「悲惨ね」と引かれるほどの状況にあったのだった。そして、哀れまれすぎて、妖精王の加護をもらったほど、まさに哀れな存在であった。

たしかに僕だって、引くほど悲惨な状況の人間を前に「おいお前、腐った臓物を濃縮させたみたいなにおいがするぞ」とは言わないだろう。もしもそんな引くほど悲惨な状況にある人間にそんなことを言ったら、その人間は心が折れて、もう生きる希望をなくしてしまうかもしれないから。

僕のことを慈しむような笑顔で見ていた、ケイトのことを思い出した。

僕は、自分がそんなに臭いだなんて、思ってもみなかった。むしろ、温泉でツルツルのピカピカになって、すごくいい匂いがしているはずだとまで思っていたのだ。

だって、同じ温泉に入ったケイトからはすごくいい匂いがしたから。だが、まさか自分が腐った臓物のにおいを発しているとは、考えもしなかった。

僕はあまりの恥ずかしさに、頬に燃えるような熱さを感じながら、頭を抱えた。

信じられない。

僕は、腐った臓物のにおいをさせながら、とろけるような笑顔で、ケイトに「愛してる」とまで言わせてしまった。ケイトは、とんだ災難だっただろう。

あのとき、僕がうっかり「恋人の好きってどんな感じだ」などと言い出さなければ、ケイトはあんなおぞましい目にあうことは、なかったはずだった。

あの言葉は、ケイトにとって、死刑宣告のように聞こえたことだろう。ケイトはさすがに気を遣って言わなかったかもしれない。だけど、内心こう思ったはずだった。

「エマ様は、こんな腐った臓物を濃縮させたようなにおいをさせてるくせに、恋人がほしいのか」と。

(どうしよう！　恥ずかしい!!)

僕はどうしていいかわからなくなり、とにかく両手の上に妖精を移動させ、手はできるだけ動かさないように、足をバタバタさせた。走り出してしまいたかったができなかったため、仕方なくそのような形となった。

そんなことも知らず、僕はケイトを守りたいなどと言って、王都を目指していたというのか。

もしかしたら、ケイトは今ごろ目を覚まして、ほっと胸を撫で下ろしているかもしれない。あの腐った臓物のようなにおいからやっと解放されたと、温泉に浸かりながらエールでも飲んでいるかもしれない。

それによく考えてみれば、僕はつい今朝も、聖泉に『悪しき者』だと判断されて飛ばされてしまったばかりだった。僕は臭い上に、悪しき者でもあった。

だとしたら、そうなんだとしたら――

「もう、僕は、……奴隷として売られてしまったほうがいいのかもしれない……」

「え。どうしたの」

もう国とか国の情報とか陛下とかも、どうでもいいや、という気持ちになった。

あんなにお世話になったのに、僕は意外と薄情なのかもしれない。それくらいの衝撃だった。

それなのに、僕を地獄のどん底につき落とした妖精が心配そうに「どうしたの」と訊いてきて、僕はもうなにがなんだかよくわからなくなった。

妖精は僕が臭いことを教えてくれただけなのに、混乱した僕は妖精のことをじとっと恨みがましい目で見てしまった。

だが、そのとき気づいた。

妖精が少し元気になっているような気がしたのだ。どうやら、へこたれている僕の周りで、ふよふよと軽く飛ぶくらいには、回復しているように見える。僕は両眉を上げた。

「……元気になったのか？」

「うん。君の中に、妖精王の気を感じたから。少し元気になった」

「そうか、それはよかった」

さっきよりも饒舌になった妖精は、その小さな胸を張る。どうやら妖精につけるほどの手枷や足枷は存在せず、捕まってしまった妖精はみんな、妖精が嫌いなにおいの薬草を飲まされ、動けなくなるらしい。

だが、自分のことで頭がいっぱいだった僕は、その薬草と僕だと、どちらのほうが臭いんだろうと思いながら、顔を引き攣らせた。

今、僕ほど匂いに敏感な男はいないというほどに、僕は「におい」という言葉に過剰な反応をしていた。今まで生きてきた中で、こんなにも、自分のにおいのことを気にする日がくるなんて、思ってもみなかった。

妖精も具合が悪いというのにそんなにおいを発している人間の膝に乗せられ、さぞかし不快な思いをしただろう。

妖精王が加護をくれていてよかった。

そんなに臭い人間の上にいながらも、妖精王の気配のおかげで、このかわいらしい妖精が元気になったのだ。あのとき、妖精王が食べ物や金を僕に渡さなくて、本当によかった。

僕が膝を抱えてしょんぼりしていることに気がつき、なにかしらのフォローをしなくてはと焦ったのか、妖精が、神のような言葉を口にした。

「大丈夫だよ。そのにおいは、普通の人間にはわからないから」

「本当かッ！」

僕のテンションは、ぐりんと一気に急上昇した。

だけど妖精には、全員から臭いと思われているのかもしれないと思い、少しテンションは元に戻った。ケイトが妖精ではなくてよかった。そうでなければ、僕はもう、ケイトに合わせる顔がないところだった。

悪しき者である可能性はいまだ払拭されていなかったが、最大の懸念は霧散したようだ。

ようやく僕も元気が出たところで、妖精に提案があった。

「元気が出たということは、もう普通に飛べるのか？」

「うん」

「その……こんなおぞましいにおいをした人間が頼むのは心苦しいのだが、あのテーブルに置いてある鍵を取ることはできるだろうか」

僕は柵の向こう側を指差しながら、妖精に言った。

奴隷市の人間は、妖精がすっかり弱っていたからもう動かないと思ったのだろう。あるいは、僕が捕まえられたことが偶然であったことを考えると、鳥籠に鍵がかかっていなかったのは、手違いだったのかもしれない。この小さな妖精は、自分で籠の柵を開けることはできなかっただろうから。

とにかく、僕たちが二人揃って、この部屋に入れられていたのは幸運であった。こうして僕は、魔封じの手枷と檻を、妖精――クルト、に解いてもらい、晴れて自由の身となったのだった。

僕たちは窓から庭に出て、草むらに隠れながら、劇場のような建物の出口へ向かった。

辺りはすっかり夜になっていて、暗かった。建物から漏れた魔導灯の光を頼りに、足速に進む。

かがんだ僕の背後から、ざわざわと、なにやら熱狂する声が聞こえていた。

奴隷の競りは通常、夕方から夜にかけて行われると習ったので、おそらく、もう競りははじまっているのだろう。手入れのされていない雑多な庭には人影がなく、僕たちは順調に建物をぐるりと回る形で、裏口へ近づいていた。

そして出口が見えてきたとき、裏口の門には二人の武装した兵士が立っていた。屈強そうな体格でふんぞり返り、腰には大きな剣をさげていて、簡単には通れそうにない。

「どうしよう」

「ふふふ、エマニュエル。君は、誰と一緒にいるのか、わかってる？」

え？　と思ったときには、クルトはくるくると僕の周りを飛び、僕の頭の上から小さな光の粒がぱらぱらと舞い落ちてきた。

どことなく、妖精王に加護をもらったときに似ているその美しい光の粒は、夜の中で僕とクルトだけを包んだ。もしかしてこれが、おとぎ話で聞く妖精の祝福なのか……と思った、次の瞬間――

「え！　わああ、うわあああ!!」

足が突然大地を離れ、びっくりしてバランスを崩した僕は、そのままひっくり返って、がんっと頭を地面にぶつけた。それでも僕の体は、地面に倒れ込むことはなく、そのままふわりふわりと風に流されるように浮かびあがった。

そのはじめての経験に驚いていた僕は、腰で吊られているみたいな変な格好のまま、手足をばたつかせて、空中を浮遊していた。

それを見たクルトが口に小さな手を当てて、ぶっと吹き出す。

「大丈夫だよ、エマニュエル。ちゃんと飛べるって思えばさ」

「ええ!? そ、そうなのか……?」

飛べると思えば、飛べる。それは素晴らしいことだ。

空を飛ぶということはかなり高度な魔法で、たとえ熟練の風魔法使いでも、そんなことができる人間は一握りだったはずだ。僕はぎゅっと目をつぶり、一度気合いを入れると、「飛ぶ」ということを考えてみたのだ。

青空の中、雲の間をふわふわと漂って小鳥に挨拶をしたり、風に運ばれてきた美しい花びらと一緒に身を任せて流れてみたりする。

そして、海や山の上を飛び、景色が朝焼けから夜に変わるまで、のんびりと泳ぐのだ。それはとても素敵なことのように思った。

そんなことができるなら、王都へだって、ケイトのところへだって、僕はいつだってどこにいたって、好きなようにふわふわと飛んでいけばいいのだ。

(飛んでみたい。本当に、飛べるのかな……いや、信じなければ)

クルトと一緒に、僕はどこへでも飛んでいけると信じて、もう一度ゆっくりと目をひらいた。

——途端。僕の体は奴隷市場の建物を超え、馬よりもなによりも速く、まるで稲妻のように地上から一気に勢いよく、とにかく上へと突きぬけた。

「ぎゃあああああああああ」

「あはは、そうそう」

下のほうから、「なんだ今の声は！　侵入者か！」「大変だ!!　メインの商品が逃げたぞ!!」と叫ぶ声が聞こえた……ような気がした。

「気がした」というのは、僕はそのとき、ものすごい速さで上空をぶんぶん飛び回っていたから、よく聞こえなかったのだ。

ビュオオオオと、激しい風の轟音が聞こえていた。

まるで足に紐でもつけて巨人に振りまわされているかのような、恐ろしい速さのぐるぐるの中、僕は思った。

（想像してたのと違ああああああう!!）

「「「くっさ」」」

「嘘ッ!!」

たくさんのかわいい妖精たちに囲まれた僕は、今、泣きそうになっていた。なぜなら、妖精たちがみんな顔をしかめて鼻をつまみ、僕のことを汚物でも見るかのように見てくるからだ。

想像してほしい。妖精たちのかわいらしさを。

この世の穢れなどなにも知らないかのような、かわいらしい存在なのだ。キラキラと光の粉を振りまきながら、その薄く透き通った美しい羽を羽ばたかせ、きゃっきゃと子どものように笑い、くるくるふわふわと飛び回っている。

そんな妖精たちが一様に、僕のことを見て、酒場裏のゴミ箱でも見るような顔をして鼻をつまんでいる。

普通に号泣する事態だ。

クルトが連れてきてくれたのは、『妖精の森』と呼ばれる、妖精しか入ることのできない秘密の森だった。

光る不思議なキノコの生えた薄暗い林を抜け、幾重にも重なった色とりどりの花のカーテンを抜けると、小さなかわいい村にたどり着いた。

入り口は一つではないようで、外に出る方法もいくつかあるのだとか。妖精王といい、妖精たちといい、みんな不思議なところに住んでいるようだ。でも、クルトが捕まったように、妖精を捕まえようとする悪い人間がたくさんいることを考えると、こうしてなかなかたどり着くことのできない不思議な場所に住むほうが、安全なのだろう。

クルトが捕まった経緯を訊いてみると、どうやら探し物があり、森を出たところを捕まってしまったということだった。僕もクルトがいてくれなかったら逃げることができなかったし、お互いに一緒に捕まったことは幸運だった。

妖精の森の村長ならヴァールストレーム王国に一番近い出口を知っているとクルトが言うので、今はその村長を待っているところだった。泉に置いてきてしまったテオのことが気になったが、テオがどう行動しているかわからない以上、とにかく僕は王都を目指したほうがいいと思ったのだ。

辺りの草むらには、まるでできているかのような小さな家々が並び、砂糖菓子のような花が咲き、ぽわぽわと浮かぶ妖精たちの光が揺れる、とても美しい光景が広がっている。クルトは会わないといけない女の子がいるからちょっと待ってて、と言って走り出した。

遠くから薄桃色の髪を靡(なび)かせて、女の子の妖精が走ってくるのが見えたのはそのときだった。

「クルト！」

「マイラ！」

二人のかわいらしい声が交差した。感動的な再会に……なりそうな雰囲気だった。

二人がどういう関係なのかは知らないが、どうやらあの女の子はクルトのことを待っていたようだ。

クルトは危うく奴隷市で売られてしまうところだったわけだし、帰ってこないクルトのことを、あのマイラと呼ばれた女の子はきっと心配していただろう。こうしてクルトの元気な姿を再び見ることができて、さぞかし安心しているはずだった。

よかった。僕とクルトが出会ったのは偶然だったけど、こうして無事に戻って来ることができて本当によかった。

僕はそんな二人を見て、微笑ましいなと思い、頬を緩めた。

走り寄った二人は笑顔を浮かべ……それから、マイラと呼ばれた女の子は、思いっきりクルトの頬をぐーでぶん殴った。

勢いよく頬を潰され、カハッという音とともに、口から唾を吐いたクルトの体は宙に浮き、ゆっくりと弧を描きながら、地面へと落下していく。

そして、肩口からドンッと着地したクルトは、ピクリとも動かなくなった。驚きの声が僕の口をついて出た。

「ええッ！」

「ま、仕方ないでしょ」

「あれはクルトが悪いよ」

驚いて慌てる僕の横で、さっきまでにこにこしていた妖精たちが「やれやれ」といった様子で首を振った。僕は、クルトのところに駆け寄ろうか、と意味もなくきょろきょろと視線をさまよわせ、完全に挙動不審である。

そうこうしているうちに、クルトがゆっくりと体を起こすのが見えた。そして、拳の跡がくっきりと赤く残っている頬を押さえながら、鼻血を出したまま、クルトが言った。

「ご、ごめんなさい……」

「なにが悪かったと思うのか言ってちょうだい」

「ま、マイラのためとはいえ、勝手に外に薬草を探しに行ってごめんなさい」

「ええ、そうね。たしかに私の病気には、人間が栽培している薬草が効くかもしれない。でも、あなたの命をかけてまで取ってきてほしいなんて、誰も思ってないのよ」

病身とは到底思えない、見事な右ストレートだった。

そして、クルトはこの子のために薬草を探しに外に出たのかと、僕はようやく理解した。たしかに、薬草は必要かもしれないが、クルトの命を犠牲にしてまで必要ではないという彼女の言い分には理があった。ぺこぺこと頭を下げるクルトに、マイラは追い打ちをかけた。

「そういうやつのこと、なんていうか知ってる？」

「……え？」

「相手を守るためにやってるんだ！　なんていうことを考えるやつは、独りよがりのエゴイスティック死にたがり自己中自己犠牲自己陶酔野郎っていうのよ！」

僕は雷に打たれたような衝撃を受けた。

なんということだ。彼女が言ったやつこそ、まさに、僕のことであった。

クルトとは内容が違うにしても、僕はケイトを守るため、自分の過去に決着をつけようと、王都を目指していたのだから。僕は確実に、紛（まご）うことなき、独りよがりのエゴイスティック死にたがり自己中自己犠牲自己陶酔野郎であった。

僕はちらりとマイラの顔を覗き見た。小さな顔についた水色の大きな目に涙をため、ぷるぷると震えているのがわかる。クルトを糾弾しているようでいて、本当につらかったのは彼女だったと僕は思い至った。

クルトはいいのだ。彼女のために前を向いてなにかをしているという、充実感のようなものがあったはずだから。たしかに、奴隷商に捕まってからは、後悔だってしたかもしれない。もしあのまま帰ることができなければ、クルトだってやりきれない思いにもなっただろう。でも、自分は彼女のためにやっているのだという実感は、それでもクルトの中にあったはずだった。

それこそが、自己陶酔そのものだった。

サァッと血の気が引く。

涙をためて怒るマイラの顔を見て、僕はよろめきそうになりながら、幼いころに読んで大嫌いだった絵本を思い出した。姫を守って死んでしまう王子が出てくる話だった。

悪い魔法使いを倒した王子は、深い傷を負って死んでしまうのだ。残された姫は助かったかもしれないけど、助けてくれた王子はもういない。その王子のいない世界を、これから一人で生きていかねばならない。

そんなのが「めでたしめでたし」なはずがないのだ。

僕はケイトを守りたかった。

でもそれは、僕が五体満足でちゃんと生きていて、きちんとケイトのそばに戻ることが前提であった。だというのに、一歩外に踏み出した僕は、テオにも心配をかけた上、すぐに奴隷商に捕まり、どこぞの変態に売られるところだったかもしれないのだ。

運よく逃げ出すことはできたが、もしあのまま僕が誰かに買われて、奴隷として生きていることを知ったら、ケイトは一体どう思っただろうか。

勝手に決意して、名目だけはケイトのためと立派に前に進んでいるつもりで、それは一番大切な人を蔑ろにしていることに他ならなかった。

僕はバッと両手で顔を覆った。

（ぼ、僕もケイトに謝らなくては……！）

ぺこぺこと謝るクルトのことを、マイラはそれでもひしっと抱きしめた。クルトの背中にまわった小さな手は小刻みに震えていて、クルトも、ただただ彼女のことを強く抱きしめていた。

それを見て、やっと僕は思い知った。守りたいからって、自分だけがよかれと行動しても、それが相手の幸せとは限らない。大切な人を守るということは、とても難しいことなんだ。

――オレが、守ります。

そう言ってくれたケイトの真剣な声色を思い出す。

ケイトは世間知らずの僕のように、生半可な覚悟で言ったわけではないんだろう。あの覚悟は、ちゃんと僕のことを守って、自分も生き延びるための覚悟であったのかと、僕はようやく知った。

ケイトが起きたのなら、すごく心配しているに違いない。それに、いなくなってしまった僕のことを、テオも心配しているだろう。

（そうか……人を守るためには、もっと、もっとたくさんのことを頑張らないと、いけないんだな……）

村長は外出しているらしく、頬を腫らしたクルトと草の上に座りながら、僕たちは自分のしでかしてしまったことを思い、深いため息をついた。

そんな中クルトが出してくれたお菓子は、とても小さかったけれど、金平糖（こんぺいとう）のような星形の菓子に天の川のような小さなゼリー、それに花の形のクッキーが並び、僕を夢みているような気持ちにさせてくれた。

が、先ほどから会う妖精会う妖精、みんなが口を揃えて「臭い」と言うので、僕の浮かれた気持ちはどんどんすり減り、いまや風前の灯(ともしび)であった。僕は膝をぎゅっと抱えながら、消え入りそうな声で呟いた。

「なんで僕は、そんなに臭いんだろうか……」

「まあ、これぱっかりはね。お風呂で取れるとか、そういうにおいじゃないから」

クルトが困ったように笑いながら言った。

なんということだ……風呂に浸かればいくらか改善するのかと思いきや、どうやらそうではないらしい。

クルトの話しぶりは、まるで僕の体に、においが染みついているかのような言い草だ。どうしてそんな腐った臓物のようなにおいが、僕の体には染みついているのだろうか、と僕は考えてみた。

そもそも、腐った臓物とは一体なんだというのだろう。

腐っているのだから、それはもう、死んでいるということだ。僕は死んでしまったんだっけ?と考えてみたが、そんな記憶は当然なかった。では僕は、肉屋のゴミ箱にでも近づいただろうか、と考えてみたが、そんな記憶もないのだった。

僕はこうして元気にピンピンしているというのに、僕の臓物は腐っているのだろうか。いや、僕の臓物が腐っているのなら、食事を摂(と)ることも、クルトのお菓子を食べることもできないだろう。

そこまで考えて、においの原因はもう考えても仕方ないのかもしれない、と思い至った。

大切なのは原因ではない。どうやったらこのにおいをやっつけることができるのか、ということと、ケイトにこのにおいが本当にバレていないのか、ということだ。

「その、このにおいはどうやったらとれるんだ？」

「うーん、まあ、死んだらとれるんじゃない？　さすがに」

……救いもなにもなかった。

たとえ僕が死んだときにそのにおいがなくなったとしても、僕は死んでいるのだから数日後には改めて腐った臓物のにおいが漂うはずである。だとすれば僕の輝きは、その数日間だけということになる。が、その輝いている数日も、僕はすでに死んでいる。

結局、救いはなにもなかった。

そのとき、一人の妖精が向こうからやってくるのが見えた。子どものように見えるクルトたちとは違い、サイズは同じくらいだが、老人のように見える。クルトが「村長！」と言った。

僕は立ち上がって、ぺこりと挨拶をした。どうしても大きさ的に、見下ろしてしまうことになって申し訳ない気持ちになる。僕が大丈夫だといいなと思っていると、村長は僕のことをちらりと見て、にっこりと優しそうに笑って、そして言った。

「ちと、臭いのう」

もう……泣いてもいいだろうか。

僕は涙目になりながら、妖精にはどうあがいても嫌われる運命だと悟った。

こんなにかわいらしい存在に、せっかくたくさん出会えたというのに、とても悲しい。だが現実として、腐った臓物を濃縮したようなにおいの人と仲よくなるには、僕自身も、かなりの勇気が必要な気がしたので仕方がないと思う。

僕ががっくりと肩を落としたそのとき、村長が言った。

「お前さんが来たものとは違う出口に、迎えが来ているようなのじゃが」

「え？」

妖精の村長が言うには、この妖精の森には、出口の辺りの様子が見えるように魔法の水鏡（みずかがみ）があり、それで森の周りの様子を確認しているらしい。

村長のあとに続き、妖精の森の中でも高い木の立ち並ぶ、鬱蒼（うっそう）とした道を進むと、前方にぽっかりと円形の空間が現れた。地面には、古（いにしえ）の文言の並べられた石造りの魔法陣が置かれており、そのところどころに青銅色の水盆が設置されていた。

村長は羽ばたくと、一つの水盆の縁に、ふわりと舞い降りた。コーンと音が響き渡り、ゆらゆらと水面が揺れた。するとどこかの洞窟のような場所が浮かぶように映った。

僕も促されて水鏡（みずかがみ）を見せてもらうと、そこに映っていたのは、ものすごく怖い顔をしたケイトの姿だった。眉間に皺を寄せ、歯を食いしばり、焦ったような顔で、馬に乗って走っている。

「えッ！　ケイト!?　どうしてここに？」

「そりゃあわからんけど。お前さんのにおいをたどってきたのかもしれんな」

「……へ!?　に、におい!?　えッ！　僕の臭いにおいですか!?」

「ほぉっほぉっほぉ。わからんよ。わしの憶測じゃよ」

サアッと血の気が引いた。だらだらと嫌な汗が背筋を伝うのを感じながら、僕はクルトの言葉を思い出した。

——大丈夫だよ。そのにおいは、普通の人間にはわからないから——

まさか。まさか、ケイトはクルトの言っていた『普通の人間』には含まれないのだろうか。僕は目を丸くしたまま、水鏡（みずかがみ）に映ったケイトを凝視した。

僕はごくっと喉を鳴らし、混乱する頭で考えてみる。

僕はテオと一緒にユフーイから街道を戻り、オルレンヌ聖泉で吹っ飛ばされて、路地裏ですっ転び、奴隷商の馬車で奴隷市を経由し、空を飛んで妖精の森までやってくるという、想像を絶する奇怪なルートをたどり、ここに行き着いたのだ。

それだというのに、なぜ。ケイトはなぜ、僕が妖精の森にいるのを知っているかのように、その出口付近で待機することができるのだろう。

内臓が凍りついたような嫌な感覚が広がり、体が震えた。

(まさか本当に僕のにおいをたどって……!?　この腐った臓物のにおいを!?)

ヒクッと顔を引き攣らせた僕の目から、今にも涙が滝のように流れ出しそうだった。

非常にまずい事態だ。もし本当にケイトがにおいをたどってきたのだとすれば、つい先ほどクルトと脱出する前に、杞憂であったかと安心した事柄が現実問題として浮上してくる。

恋する一人の男として、自分の体から臓物が腐ったようなにおいがしていることは、どう考えても死活問題であった。ケイトが、腐った臓物のにおいをたどってまで僕のことを捜してくれたとして、僕はどんな顔をしてケイトに「好きだ」なんて言えるんだろう。

ケイトだって、きっと困ってしまうに違いない。

「ど、どうしよう。もう、僕はケイトに合わせる顔がない！　そ、村長さん！　僕はどうしたら……」

「ほぉっほぉっほぉ。あの者がそのにおいを嫌いかどうかは、わからんではないか」

そう、村長が話すのを聞いた僕は、不敵な笑みを浮かべながら、そっと目を閉じた。

香水の匂いに好き嫌いがあるというのならば、話はわかる。柑橘系がいいとか、ローズ系がいいとか、もっとスパイシーな匂いがいいだとか、いろいろな好みがあるだろう。

だが、僕の体から滲み出ているにおいは、柑橘系でもローズ系でもスパイシーな匂いでもなく――腐った臓物のにおいである。そんな匂いが好きな人間がいるとは思えなかった。

僕は思わず頭を抱えてうずくまった。そんな僕を横目で見た村長が、片眉を上げた。

「あんなに必死な顔でお前さんを捜しているというのに、出て行ってやらんのか？」

ちらっと水鏡に目をやって、ケイトの顔を見てみる。

顔色は真っ青で、いつも涼しげに流している髪も乱れ、汗をかき、それでも必死に僕のことを捜している姿があった。僕はさっき自分が思ったことを再度思い出す。

今、この水鏡に映っている愛おしい人は、僕が守りたいと思っている男なのだ。

だが現状、自分がしていることはどうだろうか。

ケイトのことを守りたいと勝手に奮い立ち、自己陶酔して出て行ったあげく、自分が臭いかもしれないからと、あんなに必死に僕のことを捜してくれているケイトを見て、出て行くこともしないのだろうか。

（僕は最低だな……。とにかくにおいのことは、あとで考えよう）

僕は村長に挨拶をし、クルトたちによろしく伝えてくれとお願いして、走り出した。

僕は間違ってたんだ。

ワイルドボアのように前に走って進んでいると思っていたけれども、前に進むのなら、守りたい人だってちゃんと守りながら、進まなくてはいけなかった。

そのために僕の力が足りないのなら、ケイトが反対したとしても、ちゃんと話せばよかったのだ。

あんなに心配をかけるのが、前に進むことだなんて、どうして思ったんだろう。

早く謝らなくてはいけなかった。僕の足がだんだん速くなる。

（会いたい。ケイトに会いたい）

僕の中にわき起こる、その素直な気持ちがすべてだった。僕は前へ前へと足を踏み出す。

教えてもらった出口が見えてきた。月闇の洞窟の近くの森につながっている出口だと、村長が言っていた。

僕は間違えてしまったけど、間違えたときはちゃんと謝る。そして、どうしても王都に戻りたいのだと、ケイトにちゃんと伝えよう。ケイトが絶対にだめだと言ったって、何度だって何度だって説明して、一緒に方法を考えればよかったんだ。

僕は再び、幾重にも重なった花のカーテンをくぐり、そして、外へ足を踏み出した。

「むしろ、この世界で唯一、そのにおいが好きな者だと思うがな」

という村長の呟きは、走っていた僕には、もう聞こえなかった。

「なかなかに面白いのぉ。あんなまっさらな心の人間に仕掛けをするとは、人間の王も小賢しい。だが……もしかするとこれからの世界は、明るいやもしれん」

ふふ、と村長は楽しげに呟く。

去っていく僕の背中を見て、村長は胸に手を当てる。その視線は慈愛に満ちていた。

「──妖精王のご加護があらんことを」

「ケイト!!」

馬から降りて森を走っていたケイトが、僕の声を聞いて振り返った。

そして、怒ったような、泣いてるような、安心したような、そのすべてを混ぜ合わせたようなすごく複雑な表情で僕のもとに走ってきて、ぎゅううっと骨が折れるかという強さで僕のことを抱きしめた。

そして、その腕が、指先が、さっき見たマイラのように小刻みに震えているのを感じ、僕はケイトの肩口に顔を埋(うず)めながら、泣きそうになるのを必死で堪えた。

だって泣いてしまう前に、僕はなによりも先に言わなくてはいけないことがあるから。

「すまなかった、ケイト。僕が間違っていた。心配をかけて本当にすまない」

「……」

強く抱きしめられていて、ケイトの顔は見えない。

僕はケイトの背中に手をまわし、その大きな背中をさすさすと撫で、同じようにぎゅっと抱きしめた。そして、ケイトの顔が見たくて、不自由な体勢からそっとケイトの頬に手を伸ばす。

夜空色の瞳が僕を見た。

「話したいことはたくさんあります。でも、ここはすごく嫌な予感がするんで、とにかく離れましょう」

先ほどまでの複雑な表情から一転して、なにかに怯えるような声色のケイトは、僕の伸ばした手をぎゅっと掴み、それから背後を確認しながら僕の手を離した。ケイトの温もりが離れていくのを、少しだけ寂しく思った。

――と、そのとき。

「エマ!!」

少し離れた茂みから、「よかった、無事だったか」と言いながら、泣きそうな顔でテオが駆けてくるのがわかった。どうしてテオまでもが、この場にいるのかはわからない。でも、その心底安心したような顔を見て、僕はテオにもなんという心配をかけてしまったんだろうと、ぐっと唇を噛みしめた。

近くに来たテオに「心配かけてごめん」と震える声で言う。近くで僕の顔を確認したテオは、大きく息を吐いた。

「お前も……ほんとに余計なことを……」

地を這うようなケイトの声が聞こえてきたが、僕は二人に会えてよかったと安心して、涙を浮かべた。いろいろ心配をかけてしまったけど、これからは、二人にあんな顔をさせることがないように、ちゃんと一緒に前に進もう。だけど、テオはすぐに厳しい顔になりケイトに尋ねた。

「なんでエマの居場所がわかったんだ」

「その話はあとだ。今はとにかく、ここを離れるぞ」

「お前……エマに会えたっていうのに、その顔色なに。ここになんかあるわけ？」

テオがそう言うのを聞いて、たしかに僕のことを心配してたにしては、ケイトの顔色が悪すぎるなと思い、僕は首をかしげた。

僕たちはケイトに促されて、疑問に思いながら足早に歩き出す。辺りは、見たこともないような大木が根を張っていて、フクロウの鳴く声が不気味に響き渡っていた。

僕は、先ほどのテオの質問を思い出し振り返った。

「そういえば、テオはどうしてここがわかったんだ？」

「そうだッ！　エマを捜してるときに、マシロたちを見つけて。それで——」

その言葉を聞いたケイトの体がビクッと大きく震えた。

そして、その怯えた様子に「え？」と僕が首をかしげた瞬間——森の中でなにかが光ったような気がした。

キラッと光るそれは、魔法学園の実践演習で見た光魔法の矢に似ているようだ。その光は、ケイトの後ろからまっすぐに、僕たちの方向へ進んでいた。僕は咄嗟に、ケイトに向かって手を伸ばした。

「ケイト……危ない！」

必死だった。ハッとして振り返ったケイトの後ろには、もうすでに放たれた光の一閃が差しかかろうとしている。

僕に押されてバランスを崩したケイトが、闇魔法を繰り出したようだったが、光の矢のほうが早かった。

……僕はケイトに守られてばかりだった。

王都にいたときも、国外追放になったあとも、僕が勝手に一人で王都に戻ろうとしたときでさえ、こうして迎えに来てくれて、結局、僕はケイトに守られてばかりだった。

――でも。

僕は手を限界まで伸ばし、渾身の力でケイトを突きとばした。

旅をしているとき、僕がもっと強ければと、僕がもっとしっかりしていればと、何度も思った。

僕だって守りたいと、大切な人を守りたいと、ずっとそう思っていたのだ。

……それが失敗してしまったから、こうしてケイトに心配をかけ、謝ることになったのだけれど。

僕の胸に衝撃が走ったのは、一瞬だった。

夜闇を切り裂くように、煌々と放たれたその光の矢は、僕の胸を貫き、地面に突き刺さった。

僕の口から、ごぶっと嫌な音が出た。胸の辺りから焼けるような熱さが広がり、痛いというよりもとにかく熱く、焼き尽くされるような感覚が体中を支配する。

そして、こんなに胸の中は熱いというのに、指の先から氷づけにされたような、恐ろしい寒さを同時に感じた。

「エマ様!!」

僕に追いついたケイトが、聞いたこともないような大声で絶叫するのが聞こえた。

膝から崩れ落ちた僕が地面につく前に、力強いケイトの腕に支えられた。そのまま、跪いたケイトの腕の中に、ゆっくりと横たえられた。

どこから出したのか、回復薬をケイトが傷口に振りかけているのがわかる。ひっくり返された瓶からビシャビシャと、これでもかというほどの青い液体が、僕の胸を濡らしていった。だが、その効果は薄いようだった。

(これは……まずいやつだな)

かひゅっと、すり切れたような音が口から洩れる。

焦点が定まらない視線で、一心不乱にその液体をかけ続けるケイトを見て、本当に申し訳ない気持ちになった。

横をちらっと見ると、膝立ちになったテオが、声を発することもできずに呆然としていた。二人が無事だったことにほっとしつつも、僕はやるせない気持ちでいっぱいになる。なぜか時間がゆっくりと流れているような気がして、ああ、これが本物の走馬灯なのかもしれないと思った。

さっき思い出した絵本の王子のことが頭に浮かんだ。

王子だって死にたくはなかっただろう。姫を守って、一緒にそのあとも仲よく生きたかっただろう。

僕もケイトを守りたかった。

だけど、僕はまた、失敗してしまったみたいだった。

「……エマ様……やだ。死なないで……」

「……け、いと」

「お願い……死なないで」

泣きそうな顔のケイトを見て思う。

僕は王子でもないし、ケイトは姫でもないけれど、最後に見る大切な人の顔がこれだなんて、これが「めでたしめでたし」なわけなんてなかった。

体が鉛のように重い。それでも懸命にケイトの顔に手を伸ばした。

「けいと、な……かな……で」

「エマ様！　エマニュエル様！」

「えま……うそ……」

二人の悲愴な声がする。どうしてケイトが狙われたんだろう。このあとケイトは大丈夫だろうかと、僕は朦朧とする意識の中で考えた。

ケイトはなにか嫌な予感がすると言っていた。これのことだったんだろうか。僕が一人で王都に行こうとしなければ、こんなことにはならなかったのだろうか……

元気いっぱいの晴れやかな声が聞こえてきたのは、そのときだった。

「あ～！　エマニュエルさんのほうに当たっちゃった」

「ま、マシロ!!　な、なぜ、エマニュエルを!?」

いつも通りのマシロと、驚いたアルフレッドの声だった。

聴覚が上手く機能していなくて、内容はよく聞こえなかったが、言い争っている様子だ。

でも、「ああ」と僕は思った。光魔法の使い手であるマシロが放った矢なんだとすれば、僕は結局、始末されてしまったのかもしれない。

国にとって厄介な存在だ。それも仕方がなかったのだろうか。それよりも今は――

僕がここで死ぬのならば、ケイトはここから逃げることができるだろうし、もう追われることもないだろう。そう思ったら、ほんの少しだけ、ほっとした。

(ずっと目に焼きつけておきたい人がいる……)

真っ青な顔のケイトを見ながら、思う。

だけどそのとき、泣きそうな顔のケイトがぐっと唇を噛みしめると、覚悟を決めたみたいな顔になったのを、僕は見た。

(――え？)

ケイトの唇が重なった。

ふにっと弾力のあるケイトの唇が、もう感覚のない唇に当たったような気がした。

哀しみを湛(たた)えた瞳の奥に、深い怒りの色を感じて、ピクッと体が震えてしまった。だけど、なにかが流れ込んでくるような、なにかが吸い取られていくような、よくわからない不思議な感覚があった。

耐えるように歪んだケイトのまなじりから、ただ静かに、涙が流れた。僕が目を瞬いていると、ケイトが絞りだすような声で、僕に言った。

「……エマ様、好きです……愛しています。出会ったときから、ずっと……ずっと、お慕いしていました」

(え……)

震える声で伝えられた言葉は、僕が思いもよらないものだった。

そして、だんだんと、その言葉の温度が、冷たくなった僕の体に伝わった。ドクンッと心臓が鳴る。

僕の目から、ゆっくりと涙がこぼれた。

死にゆく僕には過ぎた最後の手向けだった。

「お願い……エマ様……お願いだから」

そう、子どものように繰り返しながら震えるケイトに、僕はなんて声をかけたらいいのかわからなかった。ついさっきまであふれていた精気は、僕の体から、みるみる流れ落ちていく。

「僕も好きだよ」と言おうとして、もう声が出せないことに気がついた。

最後の力を振り絞って、愛おしいケイトの男らしい頬を撫(な)でる。

そして、幸せなことが伝わるといいな、と思いながら笑った。

ケイトと共に過ごしたこの数週間は、国のためにすべてを捧げてきた僕の人生の中で、一番、幸せだった。

だから、それが大好きな人に伝わることを願う。

それから、僕は、ゆっくりと意識を手放した。

「おつかれさまでーす」

「ああ、小谷野くん、おつかれー」

オレ、小谷野景十（こやのけいと）は、ゲーム会社に入社したばかりの新入社員だった。

オレが就職した会社は、さまざまなハードの、さまざまなジャンルのゲームを手がけるそこそこ大きなゲーム制作会社で、オレが一番に希望していた就職先であった。

研修期間が終わり、どのチームに配属されるのかと心踊らせていたオレは、女性向けの恋愛シミュレーションを手がけるチームに配属されることになった。

告知された直後はかなり焦った。だけど実際に配属先に行ってみると、男性社員のほうが多くて、ほっとしたのを覚えている。

「はー、小谷野くんの顔、癒される。徹夜明けのスッピン眼鏡姿ばかり見せなきゃいけない職場での華やぎ」

「オレだって、徹夜明けのスッピン眼鏡ですよ。それに奥野さんはいつも素敵ですよ」

「はぁぁ、気遣いのできる悪いイケメン最高かよ。ありがとうございます」

「ひどい言われようですね」

帰りの身支度を済ませ、黒いバックパックを背負うと、オフィスのトイレに向かった。

鏡に映るもっさりとした自分を見て、眼鏡にぼさぼさの頭にずっと同じパーカで、華やぎと言ってもらえるほど輝いているとは思えなかった。

たしかに、研修中のときは睡眠も取れていたし、身なりも小綺麗にしようと心がけていたから、それなりに見えたかもしれない。

（まさか、キャラクターになるほどとは、思わなかったけど……）


『クロスレギア―光の神子の物語―』

このBLゲームは、オレがこのゲーム制作会社に勤めて、はじめて携わることになったゲームである。正確には、オレがこのチームに配属されたのは、人気を博した第一作目が終わり、二作目を作ろうと、いくつもの草案が検討されているときだった。

まだ企画の段階ではあったが二作目の制作は確定だったため、オレはそのチームに配属されたまま、一作目から引き継いだ諸々の細かい作業をしながら待機となった。

どうやら、一作目の企画を構成したシナリオライターが、行き詰まっているという話だった。

だが、そこに書類を届けに行ったオレの顔を見たそのシナリオライターの女性――先ほどの奥野さんは、雷に撃たれたかのような顔をして、「じゅ、従者！」と、叫んだ。

オレが首をかしげる中、怒濤の勢いで、一気に二作目の軸となるストーリーを書きあげたのだ。

そして、できたのが『クロスレギアⅡ―新たなる冒険のはじまり―』だった。

恋愛の舞台が王立魔法学園であった一作目とは違い、二作目は神子である『マシロ』がRPG的な冒険をしながら、ヒーローたちと絆を深めていく、という内容になっている。

攻略対象は、前作から引き継いだ『第一王子・アルフレッド』『神官・セフィーラ』『騎士・ウィリアム』に、新たに『商人・テオドール』と『従者・ケイト』が追加された。

一作目で攻略キャラと結ばれたはずのマシロが、冒険の旅に出るのには理由があった。

その直接の原因となる人物、二作目のキーキャラクターになるのが、『公爵令息・エマニュエル』である。

一作目の悪役である『エマニュエル』は、月色の長い髪に、透き通った海のような瞳の、美しいキャラクターで、その一分の隙もない見た目の割に、主人公にする嫌がらせが、どうも小学生レベルの幼稚なもので、憎めないキャラクターに仕上がっていた。

プライドの高そうなツンとした感じがとてもかわいくて、女性向けの、しかもBLというジャンルのゲームでありながら、オレはそれなりに楽しみながら、制作することができた。

正直、女性の気持ちの勉強にもなった。

彼は可哀想なことに、一作目の最後にアルフレッド王子に国外追放を言い渡されてしまう。二作目では、国外追放された彼を捜す冒険の旅に出ることになる。

どうして追放した人間を捜さなくてはいけないのかというと、実は彼には、本人も知らない秘密があった。その秘密を知る国王に、アルフレッドが「捜してこい」と命令され、物語が始まるというわけだ。

その秘密は、マシロが冒険を進める中で、少しずつ明らかになっていく。

爽やかな朝の日差しの中、きっちりしたスーツに身を包み、しゃきっとした顔で出勤するサラリーマンたちとすれ違いながら、オレはだらだらと駅に向かって歩いていた。そのとき、中学生か高校生か、といったぐらいの男子学生が、狭い路地に入っていくのが見えた。

オレは、ふああと、大きく欠伸（あくび）をしながら、オフィスを出た。

大通りの横道から、ちらっと覗いてしまったのがよくなかった。朝だしなにも起きないだろうと、放っておけばよかったかもしれない。でも暗がりでもしもなにかあったら、と思ってしまった。

袋小路になっているはずのその角に、ひょいと頭を出してみたら、そこには恐ろしい光景が広がっていた。男子学生が、光の中に引きずり込まれているところだったからだ。不意に彼と目が合い、オレは慌てて手を伸ばし、掴んでしまった。

今思い返すと、あれは明らかに『召喚陣』だった。

そして、オレは、その男子学生と一緒に、光の中に吸い込まれてしまったのだった。

「おお、光の神子様。ようこそ、ヴァールストレーム王国へ」

目を開けたオレの前に、明らかになんらかの宗教の、なんらかの神殿の、なんらかの偉い司祭的な人間が、両手を広げて待っていた。それを視認したとき、オレは襟足を思わずかいてしまった。困ったときに、わしゃわしゃとツーブロックの襟足の部分を触るのは、オレの癖だ。今も、もれなくそうしていた。

徹夜続きで、ついに頭がおかしくなったのかと思った。

なぜなら、その司祭っぽいと思ったおっさんの隣に、長い銀髪の美丈夫が一緒にいるのを見つけたからだ。そして、聞き覚えのある言葉が聞こえたからだった。

(あれ、神官・セフィーラだ。ていうか、光の神子。ヴァールストレーム王国……)

クロスレギアの二作目が公開されたあとも、一作目のアプリ版も出すという話になり、オレの意識は毎日のように、この世界観の中にあった。その開発のためにクロスレギアをやりすぎて、ついにオレは、ゲームの中の王国に入り込むほど病んでしまったのかと、正直思った。

が、隣にいた男子学生の言葉を聞いて、オレは愕然とした。

「……ヴァールストレーム王国、セフィーラ……ぼ、僕、『マシロ』です！　マシロと言います！」

「マシロ様。なんと清らかな響きでしょう。セフィーラ、ご案内なさい」

「はい、マシロ様。こちらへ」

そのやり取りを聞いて、オレは首をかしげた。

(――は？　異世界召喚？　冗談だろ)

その男子学生が、本当に『マシロ』という名前であるのか、オレに確認する暇はなかった。セフィーラにマシロが連れて行かれたあと、その司祭っぽいおっさんに「お前はなんだ」と、ゴミを見るような目で言われ、そして、なけなしの金を渡され、神殿からすぐに追い出されたのだから。

「どうしよう……」

オレは自分の人生史上、最高に困っていた。

まさか徹夜明けで家に帰ろうとして、作っていたゲームの中に入ってしまうだなんて、誰が想像するだろう。この時点で、オレはまださっき『マシロ』が言った『異世界召喚』という線を、信じていなかった。

もちろん、異世界召喚のゲームに携わっていたくらいだ。そういうジャンルに人気があることも、そういう漫画やアニメがたくさんあることも、「異世界で無双したい」と思う人間が多いことも、知っている。

それだけいろんな話が横行しているのだから、もしかすると、本当にそういう神隠し的な事実があったりもするのかな、と思ったこともあった。

だが、まさか自分が作っていたゲームとまったく同じような世界が、本当に存在するだなんて思う訳がないだろう。

自分の頭がおかしくなったとしか思えない。

そして、そのおかしくなった頭で、異世界召喚よりはＶＲＭＭＯの中に取り込まれたみたいなほうが、まだあるかな、などと思っていたのだ。

今思えば、そんなのは、異世界召喚とまったく同等にありえないことだった。とにかく、そんなことを考え出すくらい、オレは大混乱の中にあった。

見渡すかぎり、そういったジャンルのゲームでよくある、中世風の景色。

開発するときに吐くほど大量にチェックした王都のビジュアルが、目の前に広がっている。

ゲームでは使用されていないが、王都内の主要施設の、詳細な位置すら頭に入っていた。

その大混乱の頭で考え続けて、一つの疑問に行き当たった。

(オレは――『ケイト』なのか?)

いや、勘違いしないでほしい。

二十二年間、共に生きてきた、自分の名前を忘れてしまったわけではないのだ。オレの名前が『景十』という名前であることは重々承知している。

だが、奥野さんがオレを『従者』としてキャラクターにしたとき、名前もそのままでいいかと確認されたのを思い出す。オレはよく考えずに「どうぞ」と返事をしたわけだが、オレはそのキャラクターの『ケイト』なのか、ということだ。

『ケイト』は、一作目のゲームには登場しない、二作目からのキャラクターだ。

一作目の中でも、たまに『エマニュエル』の背後に、従者っぽい黒髪の男がぼやっと描かれている場面がある。だが、顔の詳細までは描かれていない。

それを、奥野さんが二作目のストーリーを書き起こすときに、引っぱり出してきたのだ。オレを見て、その従者のビジュアルと二作目での『エマニュエル』の役割が、ぴったり当てはまったのだそうだ。

　二作目の攻略キャラである『ケイト』は、二次元のビジュアルであるし、オレと本当に似ているのかは、本人としてはよくわからない。すでにこの世界には『ケイト』がいるのかもしれないし、それはそれで、なんだか恐ろしかった。ドクドクと心臓が脈打つ音が響き、呼吸が浅くなる。そしてその、恐ろしいなと思った感覚に連動するように、このときようやく思った。

（どうしよう、怖い……）

　その瞬間まで、オレは、自分の置かれた状況をきちんと把握していなかった。

　いや、そのときだって、別に把握できていたわけではない。ただ、いろんなことが起きすぎて、オレの徹夜明けの頭は、もう限界だったのだ。

　だけど、気がついた。自分は今、知らない国の知らない場所で、なぜか言葉は通じるが、ゲームのお金でおおよそ十万円程度の所持金を渡され、見知った人は誰もおらず、寝る場所も食べる場所も仕事もなく、さまよい歩いているのだった。オレは凍りついた。

　オレの頭を支配しているのは、ただの恐怖だった。

　ゲームや漫画のキャラクターのように、「やってやるぜ！」のような前向きなことは、なに一つ浮かばない。先ほどの、神子（みこ）と呼ばれた『マシロ』がパッと状況を理解したのに対して、オレの頭はまったく現実についていけなかったのだ。

　そして、恐怖に取り憑かれたオレは、無意識のうちに、とある屋敷の方向へ足を向けていた。

◇　◇　◇

「そこのお前、僕の屋敷になにか用か？」

声に対してこんなことを言うのはおかしいけれど、透明な海を思わせるような美しい声がして、オレは顔をあげた。きょろきょろと辺りを見渡すと、見知ったビジュアル。

レーフクヴィスト公爵家の門の前に、オレは立っていた。

レーフクヴィスト公爵家の紋章である百合をモチーフにした、ロココ調の繊細な金色の門。画像が重いのかなんなのか、出てくるたびにアプリが強制終了されるので、この門をスムーズに開閉させるために、何度もコードを書き直したつらい経験を思い出した。

実際の門を目にするなんて思ってもみなかったけど、どれだけスムーズにひらくのかチェックしてたいくらいだった。

が、そんな奇行を起こしてしまうには至らなかった。

なぜならオレの目の前には、白百合のように美しい少年が立っていたからだ。

ゲーム二作目のビジュアルより少し若い。あと、当てられた声優の声よりも、ずっとずっと綺麗な声だった。

オレはその、豪奢な馬車の前に立っている少年のことを、よく知っていた。本人が知らないことすら、オレは知っていた。

亡くなった母親を深く愛していることも、いまだに宝物箱をベッドの下に隠していることも、好物がメロンとプリンであることも、なぜアルフレッド王子と仲たがいすることになったのかも。

だが、オレはなんて言っていいのかわからず、とにかく焦って、よくわからないことを口走った。

「あ、えっと……いえ、美しい門だと思って……」

「ほう。この門の美しさがわかるなんて、ずいぶんと見所のある男だな」

そう言いながら、その少年――『エマニュエル』がふっと頬を緩めた。

なんて優しげな、美しい笑顔なんだろうと思った。そして、それを見て、オレは思い出した。

『エマニュエル』の亡くなった母親が、花をこよなく愛していて、中でも紋章になっている百合はとても大好きな花で、庭にもたくさん植えてあるのだった。その『エマニュエル』の笑顔を見ながら、オレは突如、込みあげる衝動のままに、勢いよく頭を下げ、叫んだ。

「すみません！　ご迷惑だとは承知しているのですが、仕事をなくしてしまったんです。掃除夫でも厨房の雑用でもなんでも構いません！　なにか、仕事をいただけませんでしょうか！」

馬車の前で、『エマニュエル』は、ぽかんと口を開けて目を丸くした。が、またふっと笑って、言ったのだ。

「そうだったのか。それは災難だったな。では僕の屋敷で働くといい。詳しくは爺に聞いてくれ」

「あ、ありがとうございます！」

得体の知れない男を雇うだなんて、本当はよくないはずだった。

だけど、その『エマニュエル』の優しさは、恐怖で染まっていたオレの心に、ぽたん、と水滴が垂れるように、じんわりと、あたたかく広がっていった。オレは、咄嗟（とっさ）に前髪を撫（な）でつけ、潤みそうな目を隠した。

そうしてオレは、『エマニュエル』――そう、エマ様の屋敷で働くことになったのだった。

「エマ様、やめておいたほうがいいですよ」

オレは、庭の花壇の端で、土を掘り起こすエマ様を見て、大きくため息をついた。

オレに声をかけられ、ビクウッと肩を震わせたエマ様は、「まずい」みたいな顔をして振り返った。だが、オレはエマ様がミミズを探していることも、マシロの靴の中に入れるつもりなことも、すでに知っていた。

まったく、と思う。十七歳にもなって、恋敵にしようとする嫌がらせが、靴にミミズを入れることだなんて、どうかしている。

エマ様の屋敷で、本当に従者として過ごすことになったオレは、一作目のストーリーをなぞるように行動するエマ様を見て、はじめは少し怖かった。

物語にあまりにも忠実にイベントが起こるから、奥野さんはなにかしらの魔法を使ったのではないか、とすら思った。その謎はいまだに解けない。

だけど、実際に生きているエマ様を見ていたら、はじめの出会いがそうだったように、オレの中の不安が少しずつ和らいでいった。なぜなら、たしかにイベントやエマ様の行動は物語に忠実だったが、実際にミミズを探しているエマ様は、あらかじめ決められた物語をなぞっているようには見えなかったからだ。

（なにしろ本人は、本気で、必死に、やってるんだから……）

主人がミミズを掘り起こしている姿を見た従者が、こんなに安堵しているだなんて、エマ様は夢にも思わないだろう。必死にミミズを掘り起こすエマ様が、決められた物語を歩んでいるとは、オレには到底思えなかった。

（この人は、一生懸命、生きているだけだ）

エマ様のひたむきなまでの愚直さは、オレに、現実と物語の区別をつけさせてくれた。

エマ様の必死さが、エマ様の本気さが、エマ様の笑顔が、オレに、これが現実であることを、毎日教えてくれた。

気づくとオレは、いつの間にか、エマ様のことを好きになっていた。

元から好きなキャラクターではあったのだ。でも違う。キャラクターである『エマニュエル』ではなく、実際に、オレの目の前で生きているエマ様のことを好きになったのだ。

はじめは兄のような気持ちで、見守っていたはずだった。これから先、もしものことがあったときには、オレが守ってあげなくてはという使命感みたいなものだ。エマ様が健やかに過ごしてくれたらいいと願っていた。

でも、はじめて会ったときに感じたエマ様の優しさは、エマ様と過ごす毎日の中で、本当に、オレの全身に染み渡っていった。

今まで男を好きになったことは一度もなかったが、エマ様と過ごしていて、どうしてこの人を好きにならずにいられるんだろう、とすら思ってしまう。そして、そのたびに、どうしてこんなに清らかな人が、悪役にされなくてはいけないのかと、オレは毎日憤っていた。

だが現状、オレは、あの王子の恋愛を応援しなくてはいけない立場にあった。

（……あの男は、絶対に排除してやる）

オレは、エマ様のことを悪者にする王族も貴族も、エマ様にあんな役割を押しつけた国王も、神殿も、当たり前だが大嫌いだった。その中でも、国王とアルフレッドは、名前を呼ぶことすら、おぞましい。

あの男に、エマ様を幸せにする甲斐性があるとは思えなかった。

エマ様という婚約者がありながら、神子のことを好きになり、卒業舞踏会を楽しみにしていたエマ様に婚約破棄を叩きつけるのだ。

そんなこと、万死に値する。

それなら神子と結ばれてくれたほうがいい。

（絶対にエマ様を、あんな男と結婚させるわけにはいかない！）

そして神子と呼ばれたあの男子学生だ。

冷静になったあと、神殿での男子学生の様子を思い出して、オレは気づいた。

あの神子は、どういうわけだか『クロスレギア』の内容を知っているようだったから。女性向けのゲームではあったが、なんらかの形で、プレイしたことがあったんだろう。

(それにあの喜びよう……これから攻略をしてやろう、という雰囲気だった)

それに、オレみたいに狼狽えた様子もなく、すぐに気持ちが切り替わったかのようだった。

神子が順調に『クロスレギア』の一作目を攻略していくのだとすれば、その先はどう転んでも……


――国外追放。


『クロスレギア』の一作目の中で、悪役である『エマニュエル』は、最終的に『国外追放』になる。

それは、どの攻略キャラのエンドを迎えたときも、なにかしらの罪がバレて、国外追放になるのだ。

まあ『罪』と言っても、小学生レベルなわけだから、『エマニュエル』が処刑されたり、怪我をしたり、といった描写がなかったことは、オレにいくばくかの安堵を与えていた。

だが、その小学生レベルの罪にあの男は、国外追放を言い渡すのだ。

許せない。

というか、一国の王子として頭が弱すぎる。

そうしてイライラしながらも、どれくらい物語に忠実なのかということもまた、オレは毎日確認を怠らなかった。なぜなら、二作目の期間に突入したら、その物語の軸は、国外追放されたエマ様とオレのことを、助けてくれるはずだったから。

しかし、いくつか心配なこともあった。

とある日、二作目で出てくるはずだった『テオドール』が、ひょっこりと屋敷に現れ、エマ様と親しげに話しているのを見たときは驚いた。そんな設定があったなんて、オレはまったく知らなかった。

二作目でマシロの仲間になる、追加攻略対象の『テオドール』は、マシロの旅の途中から、道案内をするために登場する。いわゆるチャラ男系攻略対象で、甘い顔立ちでふわふわと笑っているキャラクターだ。

はじめのうちは、あの男の仲間だから大したやつじゃないだろう、と、たかを括っていた。

だが、エマ様がすっかり気を許している様子を見て、ものすごく焦った。秘密の幼なじみなんだと教えてもらったときは、嘘だろ……と、運んでいた食器を落としてしまいそうだった。

その上、思っていたよりもテオドールは鋭い感性を持っているようで、常にオレのことを怪しんでいた。だから正直に言うと、テオドールが屋敷に現れたときは、オレはそわそわして落ち着かなかった。

そして、もう一つ気になっていたのは、国外追放後のエマ様の家族のこと。

エマ様の肉親は父親だけである。奥野さんがなにを考えていたのか、あるいは、エマ様の父親である公爵がなにを考えているのかは、よくわからなかった。ゲーム内でも、疎遠であるという描写しかされていないため、実際はわからない。

だが、現状として、こんなに心優しい息子がいるというのに、ろくに屋敷では見かけなかった。

疎遠というのはおそらく本当で、エマ様も、母親の話はよくしても、父親の話はあまりしないのだ。

だから、国外追放になっても、悲しむのは使用人たちばかりのはずだと、オレは思った。しかし使用人たちは、国外追放になった元公爵令息に、なにかできるような立場ではない。

（でも、オレは準備ができる。猶予がある）

オレは、エマ様のように、清らかな心を持っているわけではない。

エマ様が貴族でなくなり国外追放になったら、平民のオレにもチャンスが生まれると思ったのも、本当だった。オレが、心の底から愛おしいと思う人がこの世界で公爵令息である以上、オレの恋が成就する可能性はゼロだったのだから。

そんないろんな思惑がありながら、オレは一作目の三年間を、過ごしてきたのだった。


「ずぎだったんだよおおおお」

だが、路地裏で、倒れてそう叫ぶエマ様を見つけたとき、オレは身を裂かれるような痛みを感じた。

エマ様があの男を好きだったという現実と、その男に傷つけられているエマ様の苦しみと、オレの最愛の人が傷つけられたんだという怒りで、頭がおかしくなってしまうかと思った。

オレは知っていて、エマ様がこうなることを知っていて、それでいて国外追放になるまでろくに止めなかった。その罪悪感は、オレがエマ様の完璧な味方ではないという事実をオレに知らしめ、それも少し、オレの心を暗くした。

だがそれは、エマ様がオレのことを見て、へにゃっていう言葉がぴったりなほど安心した顔をするまでの、ほんの少しの間だった。

（オレが守る。絶対に、守る）

やっぱり、あんな男に、あんなやつらに、エマ様のことを幸せにできるわけがない。そう思った。

そうして、オレとエマ様の、国外追放生活が始まった。

あの神子たちが、二作目のストーリーを始めてしまう前に、オレはなんとしても、神子より先にいろいろなモンスターを倒し、さらにレベルを上げる必要があった。そして、それは同時に、神子のレベルを上げさせないという意味も兼ねていた。

外の世界に出たエマ様は、毎日本当に楽しそうにしていたし、オレたちの旅は順調に進んでいたと思う。

考えてみれば当たり前のことだったが、一緒に旅をしていく中で、オレはエマ様のことをもっと好きになってしまった。

だけど、オレには絶対にエマ様と〝結ばれてはいけない理由〟があった。

「忘れさせてあげる」なんて冗談で言うだけじゃなくて、本当はそうしてしまいたかった。好きな人には優しくしたいし、傷ついているなら甘やかしてあげたかった。

でも――オレは、そうしてはいけない存在である可能性が高かった。

エマ様の輝くような笑顔も、包みこむような優しさも、しょうもなさも、かわいさも、うっかりなところも、無邪気さも、毎日、毎時間、毎分、毎秒、オレの中で更新されていった。

エマ様が、隣で自慰をしているのがわかったときは、その洩れでる声だけで、オレはもう暴発しそうでどうしようかと思った。

そして、だめだとわかっていたのに、毎日思った。

（オレのこと、好きになればいいのに……）

「エマ様……」

――だけど、守っているつもりでそばにいたのに、オレがいたせいで、今、オレの腕の中で冷たくなったエマ様がいた。

あの神子は、オレがあのとき一緒にこの世界に来た男だとは、気がつかなかったようだ。

オレが召喚されたとき、黒ぶち眼鏡に、徹夜明けのぼさぼさの頭で、髭も伸びていた。きっとゲームの『ケイト』とは似ても似つかなかったのだろう。眼鏡は疲れたときに使うくらいだったけど、今思えば、あのとき眼鏡をかけていたことは幸運だった。

だけど、あの神子は、湯町で会ったオレのことを、すぐに『ケイト』だと判断した。

二次元のキャラクターに、オレがどれだけ似ているのかってことは、よくわからなかったけど、そう判断したということは、あの神子が二作目までプレイ済みで、学園生活中にオレの容姿を確認していたということの証明でもあった。

オレは焦った。

まさかあの神子が公開されて間もない二作目を把握しているとは思っていなかったし、キャラクターとして自分が認識されていただなんて。

それに、ゴライアスも、ダンジョンも、クラーケンも、アイスドラゴンも、イベントの大半をオレはクリアしてきたというのに、まさかあのタイミングで温泉で遭遇するとは思わなかった。

温泉は物語の終盤であって、本当は『マシロ』が光魔法を極めるまで、あの町に来ることはないはず……。

でもそうか、と思い当たった。あの神子も、オレと同じように転移者なのだから、オレと同じように準備する期間があったのだ。

実際にどれだけの旅をして、あの湯町に行き着いたのかはわからない。それでも、強敵であることに、間違いなかった。

うっかりあの神子に出会ってしまったせいで、エマ様がどんなことを考え出すかということも、手に取るようにわかった。

(きっと、王都に帰らなくちゃと思ったはずだ……でも!)

どういう形にしろ、エマ様が王都に戻るというのなら、再び手の届かない存在になってしまうことは間違いない。もしかしたら、もう会うことすら叶わないかもしれない。

そんな焦燥感もあって、エマ様が温泉宿で恋人の話をしたときには、もうオレは止まれなくなっていた。

テオドールとエマ様の距離が近すぎることも、オレを冷静じゃいられなくさせた。

頭ではだめだとわかっているのに、少しでもエマ様にオレの想いが伝わればいいと思ってしまった。〝結ばれることはない〟とわかっていても、勘違いして意識してくれたりしたら、それも嬉しいと思った。

だけど、オレの気持ちが伝わるどころか、エマ様にとって重荷になってしまったのかもしれなかった。

そして、置いていかれた。

目を覚ましたとき、すっかり冷えた布団に気がついて、オレは凍りついた。マシロの話を聞いたエマ様が、どう思うかなんてわかっていたのに、体を触れ合わせることができて浮かれてしまったオレを殴りたかった。

物語の時系列で言えば、『マシロ』が温泉にいるころ、『エマニュエル』は奴隷市で売られそうになり、逃げ出す予定ではあった。だけど、本来はまだ、『マシロ』はダンジョンにいてもいいタイミングだったのだ。オレは混乱した。

エマ様はおそらく、ヴァールストレーム王国に向かったのだとオレは思った。だけど、物語では奴隷商人に捕まっているはずで、どちらに向かうか、頭を抱えた。ただ、奴隷市のある町が、ぎりぎり王都の方向でもあったから、確認しながら向かうことに決めた。

たどり着いた奴隷市では「メインの商品が逃げた」「妖精と、長い金髪に海色の瞳の男だ」と、大騒ぎだった。それを聞いて、オレはほっと胸を撫で下ろした。奴隷市だなんていう最悪な場所ではあったが、居場所がわかったからだ。

エマ様が無事に妖精と脱出したんだとすれば、向かう先は妖精の森のはずだった。

（いや、妖精の森は、まずい！　月闇の洞窟の入り口は、ラスボスの場面！）

物語は、すべての『マシロ』のイベントをすっとばして、ラストシーンに向かっているような気がした。なにがいけなかったのか、オレがモンスターを倒してしまったのがいけなかったのか、と思い、とにかく嫌な予感がしていた。

「ケイト‼」

森の中で、愛おしい声にそう呼ばれたとき、「助かった」と思った。

エマ様の様子を見て、オレの気持ちが重荷になって逃げられたわけではないとわかった。そして、とにかく月闇の洞窟の前から、一刻も早く立ち去らなくてはと、そう思った。

そう、思った……のに――

「けいと、な……かな……で」

傷ついたエマ様が一生懸命伝えたいことがオレへの心配で、オレはもっと泣きそうになった。必死で回復薬を振りかけながら、まったく塞がらない傷口に絶望した。

日本にいたとき、二作目を制作しながら考えていたことがある。

――どうして『ケイト』は最終場面で、裏切ってまで『マシロ』の前に立ちはだかるのか。

『エマニュエル』が失踪したあと、王都で『マシロ』は『エマニュエル』の屋敷に情報を集めに行く。その過程で『ケイト』は仲間になり、一緒に旅をすることになるのだ。

一緒に旅をする中で、『ケイト』は、仲間たちともそれなりに仲よくしているように見えた。

『アルフレッド』のことは毛嫌いしていて、従者という身分でありながらも、犬猿の仲という設定だったが、『ケイト』は攻略対象の一人なのである。

『ケイト』ルートでは、『マシロ』は『ケイト』と恋仲になり、共に生きる結末を迎えるのだから、仲よくなるのは自然な流れだった。

だけど、『ケイト』ルート以外のすべてのルートで、『ケイト』は『マシロ』を裏切る。それは、最終場面で明らかになるのだ。

――オレは、エマ様にキスをした。

愛おしい人とのはじめての口づけが、こんなに悲しく、血塗られたものになる未来を避けたかったために、頑張ってきた三年間だった。キスなんて、一生できなくてもいいと思ってた。

ただ、オレは――エマ様の側にいたかった。

でも、失敗してしまった。

エマ様の唇は柔らかくて、でもすごく冷たくて、血の味がした。

それでもオレの中に、確かな感覚として、力がみなぎっていくのを感じた。エマ様の中から流れ込んでくる、あたたかななにかが、オレの体に染み渡って、信じられないほどの力を与えた。

(魔王の心臓……)

それがエマ様が抱えている、本人も知らない、秘密だった。

あの男の婚約者として選出されたエマ様の体内に、国王は一つの仕掛けをした。

『魔王の心臓』と呼ばれる宝玉を魔法で埋め込んだのだ。その宝玉が発見されたのは、偶然だった。

だが、その宝玉をどこに隠すかという話し合いの末、次の王妃の体内に隠してしまおうということになったのだ。

宝玉が出現するということは、この世界は、近いうちに『魔王』を出現させる流れの中にある。

国はどうにかして魔王復活を阻止したかったのだ。

しかし、その宝玉の持ち主が王妃であった場合、魔王に誑かされてしまうかもしれない、という意見があり、あの男の婚約者には『男』を選出することになった。

しかしエマ様はそんなことは知らされずに、次期王妃として育てられ、一生、国から一歩も出ることのできない運命だったのだ。

その一連の流れの中で、救世の神子が神殿によって召喚された。魔王復活を阻止するために、そして、魔王を倒すために。だが、神殿は夢にも思わなかっただろう。

その魔王を倒すために召喚した神子と一緒にオレが……

『魔王』が――一緒に召喚されたなんて。

従者『ケイト』は、『エマニュエル』の持つ『魔王の心臓』と融合し、『魔王』として覚醒する。

そして、最終場面で、ラスボスとして『マシロ』の前に立ちはだかるのだ。

どうして立ちはだかるのかを、オレはずっと不思議に思っていた。

『エマニュエル』と融合することで力を得られるのならば、従者なんて回りくどいことをしないで、さっさと魔王として覚醒すればよかったはずだった。従者としてずっと仕えるだなんて、そんな面倒なことをする必要は、どこにもなかった。

ただ、キスをするだけなんだから。

だけど『ケイト』は従者を続け、そして、『エマニュエル』は失踪した。

『エマニュエル』を捜す旅の中、『ケイト』は『マシロ』を好きになる可能性もあったのだ。だけど、『ケイト』ルートは本当に難易度が高く、攻略を挫折したファンも多かったようだ。細心の注意を払って、よほど慎重にプレイしないと、『ケイト』は魔王として覚醒してしまう。

その答えが、ストンとオレの中に落ちてきた。

（……好きだったんだ。『ケイト』も『エマニュエル』のことが……）

だから、従者を続けていたんだ。自分が『魔王』であることも忘れてしまうほど、きっと、ずっと隣にいたかったのだ。

『ケイト』もキスなんてしなくていいと思ったはず。

そのままの姿で、魔王として覚醒する前の、ただの人間の『ケイト』のままで、そばにいたいと思っていたはず。

『アルフレッド』のことを毛嫌い？

当たり前だ。

難易度が高い？

当たり前だろ。

好きな人を追いやった恋敵を、どうやって好きになるんだ。

そして『マシロ』は、妖精の森へとつながると言われている月闇の洞窟の入り口で『エマニュエル』をようやく見つけ、光の矢で射るのだ。魔王がどこにいるかわからないのだから、そもそも復活の鍵である魔王の心臓を、消してしまおうと。

だけど、魔王の心臓は光の矢では消滅しない。器である『エマニュエル』が死んでしまうだけだ。『ケイト』はそのとき、最後の息のある『エマニュエル』とキスをして融合し、『魔王』として覚醒する。

どうして裏切るのか？

そんなの――

（ただの……当たり前のことだ！）

目の前で、冷たくなった『エマニュエル』を見て、『ケイト』はどう思った？

（大好きな人が殺されたんだ――『魔王』にだって、なるだろ!!）

◇

「そういうことかよ……」
『ケイト』の気持ちが、今になってようやくわかった。どこか掴みどころのないキャラクターだと思ってたけど、今はその気持ちが手に取るようにわかる。
（……こんなの、そのままオレのことだ。ていうか、ただの、オレだ！）
あまりの悔しさに、ぐっと拳を握りしめる。冷たくなったエマ様を抱いているオレに、正面から声がかかった。

「『テオドール』は裏切るし、『ケイト』様は仲間にならないし、結局『エマニュエル』のほうが死んじゃうし、もうめちゃくちゃだ。ほんと、面倒くさい……」

まるで家でくつろぎながら、ゲームの画面を見て、感想をこぼしているだけのような、つまらなそうな声。そして、その声の主は続けた。

「ケイト・アズライル・ヴァレンリード。お前が魔王であることはわかってる。攻撃されたくなければ、降伏して」

今まで聞いてきた明るく元気な声ではなく、冷めた目をした神子の姿があった。その現実感のなさに、オレの背筋をぞわりと悪寒が走り、喉が塞ったかのような感覚があった。

(ゲームに飽きた……子どもみたいだ……)

オレはこの神子のことを『マシロ』だと思ったことは一度もない。奥野さんが、なんでそんな名前にしたのかはわからないけど、オレが自分のことを『ケイト・アズライル・ヴァレンリード』だと思ったことがないのと、同じように。

(ていうか、ケイト・アズライル・ヴァレンリードって誰だよ、奥野さん!)

この神子はもはや、『魔王の心臓』を持つエマ様ではなく、オレを、『ケイト』を狙って攻撃してきた。ということは、オレの好感度が上がっておらず、攻略には失敗したということを理解した上で、覚醒前の魔王を狙ってきたのだ。

「……ま、魔王!? マシロ? い、一体どうしたんだ!?」

アルフレッドが、どこか間の抜けた声でそう叫ぶのが聞こえた。その後ろで、セフィーラとウィリアムが慌てているのが見える。

「あ～あ。僕、『ケイト』様推しだったのに、どこで失敗しちゃったかな～」

失敗――どうしてそんなゲームで間違えたみたいな言い方ができるのか、オレには理解ができなかった。ぎりっと顎が痛くなるほど奥歯を噛みしめる。オレの隣で、がっくりとうなだれているテオドールに目をやる。その顔は真っ青だ。

一作目のゲーム通りに攻略をしていく神子の、はたから見た不自然さに気がついてから、『テオドール』がどうして神子と一緒に旅をするのかってことにも、途中で気がついた。

ゲームの中ではなにも語られなかったから、『テオドール』の事情はわからない。でも、おそらくこのテオドールは、神子の様子がおかしいと思ったのだろう。それできっと、神子たちを案内するフリをして、近くで動向を観察していたのだと思う。この男のエマ様への気持ちを思えば、違うルートに誘導しようとする意図もあったのかもしれない。

(こいつは……こいつなりに、エマ様のことを守ろうとしてた……)

そんな生きている人間のことも、この神子はゲームのキャラクターとしか思っていないのだ。こめかみに片手を押し当て、大げさにため息をつきながら神子が続けた。

「ほんと、残念すぎる。大人しく僕のこと好きになればよかったのに」

もう、動かなくなってしまった愛おしい人の肩に、つい指が食い込む。エマ様を手にかけておきながら、どうでもいいことのように吐き捨てられて、それこそ魔王みたいに世界ごと破壊してしまいたい欲望が胸に満ちていく。

もう――限界だった。

オレはゆらりと立ち上がり、呆然としたままのテオドールの腹を蹴っとばした。ふぐっと汚い音を出して、生気のないテオドールはオレを見た。エマ様の体をテオドールに預ける。「エマ様見とけ」とそれだけ言って、オレは神子（みこ）のほうへ向き直る。

許せるわけがなかった。

エマ様にこんな運命を背負わせた国も、神子（みこ）も、なによりも、絶対に守ると思っていたオレ自身のことも。

永遠に結ばれることがなかったとしても、守りたかった。

生きていてほしかった。

ずっと、笑っていてほしかった。

よほど、自分の実力に自信があるのか、焦るアルフレッドたちに向かってヘラヘラと笑っている神子（みこ）のことを、オレは睨みつける。ダンジョンも、クラーケンも、アイスドラゴンもちゃんと倒した。いくら転移者でも、まっすぐに温泉を目指したこいつなんかに負けるわけがない。

ぐっと拳を握りしめる。ゲームの『ケイト』とは、違う道を進んだ。

オレは神子（みこ）じゃなくて、ちゃんとエマ様と旅をした。

オレには、旅行好きのじーちゃんがつけてくれた、『小谷野景十』っていう名前がある。

（アズライルなんて名前、知るか……！）

オレの周りを黒い靄のようなものが漂い始めた。

闇魔法、というものがなんたるかはよくわかってない。それでも、モンスターを倒して経験を積むたびに、まるで体に染み入るように、いろんな魔法の使い方が、頭に浮かぶようになった。

左腕を広げ、黒い靄を左手の中に収束させる。シュウウウと、まるで風を切るような、本能的に不快だと思うような、そんな鋭い高音が響く。

オレの左手を中心に、まるですべてを呑み込みそうなほど、大きな黒い靄が渦巻いていた。

「な、なんだあれは！　お、お前まさか。本当に魔王なのか！」

アルフレッドが神子を守るように立ちはだかる。だが、神子は自信満々にその前に出ると、先ほどよりも大きな光の矢を再び出現させた。黒い靄に向けて、輝く光の矢が放たれる。だが、高速で飛んできた光の矢は、オレの左手の中にスッと音もなく吸い込まれていった。

ぽかんと口を開けて固まっていた神子が、眉を顰めながら、一歩、二歩、と後ずさっていく。

「なッ！　ど、どういうこと……!?　ゲームではこれで倒せるのに……！」

オレは血が滲むほど拳を握りしめ、慌てる神子を睨んだ。二作目のストーリーをなにもこなさなかったくせに、なんにも倒してこなかったくせに、オレに勝てるはずはないだろう。

「つざけんな!!　この世界は『ゲーム』なんかじゃないだろ!!」

オレは叫んだ。心からの、叫びだった。憤りだった。それから、愛する人を失った、惨めな男の嘆きだった。

「……なッ」

「エマ様は……エマ様だっただろうが。『エマニュエル』じゃなくて、エマ様だっただろ!! 生きてただろ！ 生きて、ちゃんと！ 笑ってただろ!!」

言葉にしたら、もうだめだった。目から涙があふれた。

失ったのは……命だった。

『ケイト』ルートの最後に、一文で記されるだけの『エマニュエルの最期』なんかじゃない。大切な人の、大切な命だった。

「みんな生きてる……ゲームじゃない。ゲームなんかじゃ、ないだろおおお!!」

オレが叫ぶのを聞いて、神子は目を見開いた。

もしかしたら、オレが召喚されたときにいた男だと気がついたのかもしれない。今のオレは、ちょうどあのときみたいに、髪もめちゃくちゃで、顔もひどいだろうから。

「だからあんなに速く……」と、神子が呟いたような気がした。でもそんなことは、どうでもいいことだった。

「お前が殺したんだ！ お前が奪ったんだ！ ボタン一つでやり直せるストーリーじゃない！ 人、一人の命だ！ エマ様だって、オレだって、みんな、生きてんだ!! ふざけんなよ……ふざけんなあああ!!」

自分がなにを言ってるのか、もう、よくわからなかった。

体に力はみなぎっているのに、心は空っぽだった。内臓から指先から、すべてが氷づけにでもなったかのようだった。オレは虚ろな気持ちのまま、続けた。

「オレは——お前を許すことなんてできない」

オレの手のひらを神子のほうに向けた。渦は、まるで口を開けて呑み込むかのように、神子の目の前で大きくなった。

「ま、マシロ！」

アルフレッドが神子に手を伸ばす。そして、ウィリアムも、セフィーラも、手を伸ばした。その様子を見た神子は、驚いた顔をした。今までキャラクターだと思ってバカにしていたのかもしれない。それでも、彼らの想いだって、きっと、そこにあるはずだった。

黒い渦が、神子を、神子の仲間たちを取り巻くのは一瞬だった。

渦巻く嵐の底には、暗いまっ黒な闇が広がっているのだ。そしてそれは、どこへ繋がっているのか、誰も知ることはない。オレも知らない。四人を包んだ暗闇がだんだんと収束していく。

一瞬、怯えた表情の神子と目があった。オレは最後に一言だけ、神子に伝えた。

「他の世界に……飛ばす、魔法。もう二度と、この世界には戻ってくんな」

シュウウンと小さな音を立てて、森は、元の静寂に戻っていった。オレはふらふらと、エマ様のほうへ歩きだした。エマ様のそばにいたかった。ただ、それだけだった。美しい顔で、目を閉じているエマ様は、死んでるだなんてとても思えなかった。

（……エマさま……）

テオドールの手から、エマ様をそっと奪い返す。テオドールの顔は、涙でぐちゃぐちゃだった。オレも同じようなもんだろうと思う。流れる涙は止まらなくて、自分という存在が、消えてなくなってしまったようだ。

テオドールが鼻水を垂らした顔でオレに縋りついてくる。

「け、ケイト……いいんだ。オレも、オレも一緒に飛ばしてくれ。オレのせいなんだ……オレが……」

正直、テオドールのことも、許せない気持ちがあった。でも、これだけは、オレにもわかってた。

「……バカ言えよ。お前までいなくなったら、エマ様が、悲しむだろ……」

「ケイト……」

テオドールは消え入りそうな小さな声そう言って、肩を震わせていた。

オレは、腕の中にいる愛おしい人の頬に、もう一度唇を落とした。

「エマ様……」

オレの悲しい呟きだけが、森の中に、ぽつりと響いた。とても冷たい頬だった。

◇　◇　◇

「——あれ？」

あたたかな木洩れ日に照らされて、そよそよと星の形の花が揺れた。

青々とした野原の匂いがして、僕は草むらに横たわっていることに気がついた。目に映った、花のような小さな家を見て、僕はぼんやりとしたまま、呟いた。

「……妖精の森だ」

手を動かそうとして、その手がガシッと力強く握られていることに気がついた。目をやると、ケイトが僕のほうを向いて眠っていた。

（……顔こっわ!!）

その額に汗をかき、眉間に皺を寄せ、ぎりぎりと奥歯を噛みしめながら、僕の手を強く握っていた。その様子を見て、ふっと笑ってしまう。こんな美しい場所にいるというのに、到底、幸せな夢を見ているとは思えなかった。体をゆっくりと起こし、汗で貼りついたケイトの前髪を、そっと寄せた。

僕の胸に手を当ててると、空いていたはずの穴がなかった。不思議に思い、着ていたシャツをくつろげて確認してみたら、傷一つ残っていなかった。

（どういうことだ……？）

首をかしげていると、遠くからふらふらと力なくクルトが飛んでくるのが見えた。そして、上半身を起こしている僕を見た途端、クルトは目を丸くして、信じられないほど大きな声で叫んだ。

「エマニュエルーーーーー!!」

その声で、ケイトがビクウッと体を震わせ、文字通り、飛び起きた。

あまりの慌てように、僕のほうがびっくりしてしまって、目を瞬かせた。ケイトはこんなに面白い動きをする人間だっただろうか。

「え、えまさま……ほ、本当に？　……よ、よかった……」

「ケイト」

ケイトはぎゅうっと力一杯僕のことを抱きしめて、そして、ハッとして、手を緩めた。それから、叱られた犬みたいな心配そうな顔で、僕の顔を覗いた。

ケイトの手は震えていた。「どこも痛くないよ」と言うと、ぱっとケイトの顔が明るくなり、少し柔らかな加減でもう一度抱きしめた。ケイトはそのまま動かなかった。僕の温度を確かめるみたいに、ずっと、動かなかった。

じんわりとケイトの温もりが伝わってくる。そして、どうしてかってことはわからなかったけど、僕はだんだんと状況を理解した。どうやら――

(僕は……助かったみたいだ……)

ケイトに抱きしめられて、ケイトの温度を感じて、僕はようやく、自分が助かったらしいという実感が湧いてきた。あのときは必死だった。必死で、なにも考えられなかった。でも、こうして、僕は生きていると実感してようやく、あの恐ろしさを感じた。

(もう二度と、ケイトには会えないところだったんだ……)

それは恐ろしいことだった。僕は、あんなに悲しい顔をしたケイトを、一人、残してしまうところだった。僕は今さらながら、遅れてやってきた恐怖に体を震わせ、そして、僕を抱きしめてくれている、愛おしい温度に感謝した。

(……よかった。戻ってこれたんだ)

僕の目からぽろりと涙がこぼれた。そして、それを皮切りに、ぽろぽろと涙が流れた。

あんなに血が出ていたのに、一体どうやって助かったんだろう。

ケイトの腕の中はあったかくて、僕はそのあたたかさに身を委ね、目を閉じそうになった。だが、僕はそのとき恐ろしい懸念に思い当たった。そして、ヒクッと身を固くした。

「――け、けいと。その、僕は……く、臭くないだろうか」

「臭くなんてありません。いつも百合の花のような香りがします」

「や、しかし――」

「大丈夫です。汚臭の原因はオレが引き取りました。今、その妖精たちに、汚物のように嫌われているのはオレです。エマ様じゃありません」

「お、おしゅ……!? と、というかやっぱり僕は臭かったのか!?」

衝撃のあまり、自分がなぜ生きているのかという不思議よりも、ケイトが僕の汚臭を知っていたのか、というほうが気になって仕方なかった。

僕が真っ青になって固まっているのを見て、ケイトが話しかけてくる。

「オレの体臭いですか？　大丈夫でしょ？　エマ様もずっと、はじめてお会いしたときからずっと、百合の花のような香りです」

「もうエマニュエルは臭くないよ！　ケイトは前のエマニュエルの、一万倍くらい臭いよ！」

「い、いちま……え!?」

「だって『魔王』なんだから。でも世界を滅ぼすはずの魔王が、こんな人間みたいなやつだなんて、思わなかったけど」

「へ？」

他の妖精たちを呼んで、戻ってきたクルトがそう言うのを聞き、僕は、目を丸くしてケイトのことを見た。

困った顔で笑ったケイトが、「こいつら、ついに鼻に洗濯バサミをつけて生活してるんですよ」と、クルトのことを見ながら、嫌そうにそう言った。

たしかによく見てみると、集まってきた妖精が、みんな洗濯バサミで鼻をつまんでいる。

僕はクルトが言った『魔王』発言をさらっと聞き流して、洗濯バサミのことがおかしくなってしまった。

「あははっ！　なんだそれは」

僕は大声で笑いながら、ぶわっと胸の奥が熱くなった。

だって、洗濯バサミをつけてでもクルトたちは、僕とケイトをこの森に迎え入れて、追い出さないでいてくれたんだな、と。

「ありがとう」と言うと、クルトが恥ずかしそうに笑って僕の肩に座る。その距離感に、本当にもう臭くないんだな、と僕は実感した。

妖精の村長が向こうから歩いてくるのが見えた。村長の鼻にまで洗濯バサミがついていて、危うく吹き出すところだった。その後ろには、目を丸くしたテオの姿もあって、僕を見るとテオも泣きそうな顔をして走ってきた。

「エマ……！　よかった。ごめん、本当に、よかった……！」

そう言って、テオが僕に抱きついたけど、ケイトはいつもみたいに怒らなかった。村長が僕を見て、笑いながら言った。

「ほぉっほぉっほぉっ、妖精王の加護があったようじゃな」

村長の話によると、『妖精王の加護』というのは、一度だけ生き返ることができるという効果があるのだそうだ。ケイトはまだつらそうな顔をしていて、そのまま黙っていた。

(きっと、すごく、すごく悲しませてしまった……ケイトも、テオも)

僕はあのとき本当に死んでいたのだから、加護がなかったら危ないところだった。妖精王の慈愛に満ちた表情を思い出し、落ち着いたらあのダンジョンまでお礼に行かなくてはいけないな、と思った。

だけど、なにかを忘れているような気がして、僕は首をかしげた。死にかけたとき、なにかすごいことがあったような気がした。もう少しで思い出せそうなときに、妖精のお菓子がたくさん運ばれてきて、考えていたことはどこかへ行ってしまった。

星形の砂糖菓子を口に入れると、優しい甘さが広がって、いろんな感情が一緒にあふれた。

(よかったな……本当に……)

テオは妖精のお菓子に興味津々で、楽しそうに談笑しているし、ケイトはクルトに絡まれて、いつも通りの嫌そうな顔をしている。そんな二人の姿が愛おしかった。でも、二人の目尻が赤く腫れていることに、僕は気がついていた。

きっとたくさん傷つけてしまったんだろう。

（もう……二人にこんな思いはさせない。強く、……強くなりたい）

キュッと唇を噛みしめてから、花の器に注がれた水を一気に飲み干した。

その様子を隣で見ていたケイトが、ぽつりぽつりと、自分が『魔王』であることと、僕の中にあったという『魔王の心臓』のことを教えてくれた。自分の中にそんなものが入っていたなんて知らなかった僕は、本当にびっくりした。ケイトが珍しく、頼りなさげな声で続けた。

「だから本当は、エマ様は、オレと一緒にいたら……だめだったんです」

その言葉を聞いて、僕はパチパチと目を瞬かせた。

もしかしてケイトは、自分のせいでこんなことになったと思っているのかもしれないと、僕は気がついた。今までの不遜な態度を思い出し、僕はその差に笑ってしまった。笑っている僕を見て、ケイトは訝しげな顔をした。

なんにもわかっていないらしいケイトに、僕の大切な従者に――僕は教えてあげた。

「大丈夫だ。ケイトは、ケイトのままだよ」

きっと大丈夫だという確信があった。

変わったのは、妖精たちの態度ぐらいで、僕たちの関係は、きっとなんにも変わってなんかいなかった。僕がくすくす笑っているのを見たケイトは驚いた顔をして、それからようやく安心したのか、目元を緩めた。

「妖精に囲まれてると、エマ様は妖精みたいですね」

出会ったころから、ケイトはたまに、わけのわからないことを言うのだ。それから、「でも妖精じゃなくて本当によかったです」と、いつものものすごく嫌そうな顔で、続けて言った。

ブッと思わず僕は吹き出してしまった。こんな風に自由に笑えるのも、ケイトのおかげだった。笑いの止まらなくなってしまった僕を見て、ケイトもつられて笑い出した。

そんな僕たちを見て、テオも、妖精たちも、思わず笑ってしまったみたいだった。

花の香りのする妖精の森には、笑い声だけが響いていた。

にこにことケイトがすごく嬉しそうだったから、僕もすごく幸せな気持ちでいっぱいになった。

「あ……っ、け、けいと。待ってくれ」

バルコニーで海を見ていた僕は、いつの間にか後ろにいたケイトの腕に囲われて、すっかり逃げられなくなっていた。うなじにそっと唇を落とされ、体が震えた。

「……待てるわけ、ないでしょ」

うなじに熱い息がかかり、ひくっと震えてしまう。

僕とケイトは今、海の見える宿に泊まっている。妖精の森の出口はさまざまなところにつながっているようで、ペルケ王国の海岸線にある保養地の近くを選んで出た。

貴族の別宅が立ち並ぶ中、いくつかの貴族の旅行者用の宿もあり、そのうちの一つにケイトが泊まろうと言い出したのだ。

「こんな宿に泊まったら、値段が高いのではないか……？」

「また金の話ですか？　大変な目に遭ったんですよ？　贅沢しましょ」

それを聞いた僕は、たしかに、と納得した。そうして、海岸沿いの宿のバルコニーで僕は、一面に広がる海を眺めていたのだった。

ちゅ、と唇を落としたケイトは「あ」と言って、僕をくるりとひっくり返すと、まっすぐに僕の瞳を見た。夜空色の瞳に、美しい空の青と、海の青と、そのまんなかに僕の姿が映っていた。

真剣な顔で見つめられて、僕の心臓がとくんと跳ねた。

それから、目の前の、愛おしい人とまたこうして言葉を交わすことのできる奇跡に感謝した。

(僕は、ケイトのもとに、帰ってくることができた。本当にただの運でしかなかったけど、妖精王に守られ、ケイトのことも守ることができた)

そして、僕は、そのケイトの真剣な瞳を見て、あのとき、僕が死にかけていたあのときのことをようやく思い出したのだ。

——……エマ様、好きです……愛しています——

突然浮かびあがってきた記憶に、僕は、ぽかんと口を開けて固まってしまった。

あれは死んでしまう僕へのサービスだったかなと考えてみたが、あんな顔でサービスができるんだとしたら、ケイトは詐欺師にでもなれるはずだ。

ケイトは詐欺師だったかなと考え、いやいや、僕の従者であったと思い直した。

それに、たとえケイトが詐欺師だったとしても、現状、財産もなく、国外追放され、しかも追われている身である僕を騙しても、なにもいいことなどないような気がした。

　ケイトは詐欺師ではなく、僕の従者であり、僕を騙しても得がなく、それでいてどうしてあんなに真剣な顔で、僕に愛の言葉を囁(ささや)いてくれたのだろう、と考えてみたら、もしかしてケイトは僕のことが好きなんじゃないか、という考えにたどり着いた。

(そうか、ケイトは僕のことが好きだったのか。それなら、僕と同じだな)

「へ……!?」

「なんですか、その顔。こんな場所で、この体勢で、よくそんなにムードのない顔ができますね。エマ様はほんと、ぽやんぽやんぽやんですよ」

　そ、そんな言い方しなくていいと思う。

　僕はその「ぽやんぽやん」というものが一体どういった様子なのかいまいちわからなかったが、その響きからあまり俊敏さを感じなかったので、なんとなく「鈍い」と言われた気がして、ムッとなった。

　ワイルドボアも驚くほど俊敏な僕にふさわしくない言葉だ、と一言文句を言おうとしたそのとき、ケイトは僕の左手を取り、そして、その指に、僕の目の前で唇を当てながら、言った。

「愛しています、エマ様」

　ケイトのほどよい厚みの唇が、僕の左手の指先にこすれ、熱い息がかかった。ピクッと僕の指先が震えたことは、唇を当てているケイトに、そのまま伝わってしまっただろう。

「……っ」

改めてそう告白されて、僕の頬はだんだん熱くなり、おそらく、僕は真っ赤になっていることが予想された。そんな僕に構うことなどなく、ケイトが熱っぽい目で「恋人の、好きです」と、補足した。胸を一杯にしていたあたたかな気持ちが、ぶわっと熱が全身に広がっていく。

（恋人の……好き）

湯町でのできごとが頭を過る。僕だってもう、それは、ちゃんとわかってるつもりだった。

あんな状況で、あんな風に告白されて、さすがに親愛の好きだとは混同する訳はない。

僕ももう、自分が浅ましい気持ちでケイトのことを『好き』であるという自覚があった。優しい気持ちもたしかにあるのだ。でも、優しい気持ちだけの『好き』ではなかった。

とくとくと心臓の音がする。ケイトの唇に触れられた指先から、ピリピリと雷でも流れているかのような、刺激が走った。なにも言わない僕のことを、それでもケイトはまっすぐに見て、そして、真剣な瞳で尋ねた。

「オレじゃ、だめですか？」

「け、けいと……」

「そういう顔しててほしい。オレのことで頭がいっぱいな顔」

そう言いながら、ケイトはちゅ、と僕の指先で音を立てた。

自分がどんな顔をしているのかは、わからなかった。僕はそのときになってようやく、ちゃんと『好き』を伝えていないことに気がついた。

どきどきと、心臓の鼓動がどんどん速くなる。僕は知っていた。ケイトに「頭がいっぱい」なんて言われなくたって……

「ケイト。僕の頭は、いつもケイトのことでいっぱいだ。僕のことをこんなに振りまわして、一緒に笑って、どきどきさせて、僕のことを一番幸せにしてくれるのは、いつだってケイトだよ」

ケイトの目が大きく見開いた。

「ケイトのことが好きだよ。僕もケイトのこと、一番幸せにしたい」

目を丸くしたまま動きを止めたケイトが、少しだけ、泣きそうな顔になった。

いつも驚かされてばかりの僕は、ケイトのそんな顔を見るのも好きだな、と思った。僕の気持ちは伝わったのだろうか。これから先、もっともっといろんなケイトの顔が見られるのかもしれない。

ケイトはちょっと恥ずかしそうに「エマ様のことで頭がいっぱいなのは、オレのほうでした」と言って、その顔を隠すみたいに、ぎゅっと僕のことを抱きしめた。それから「嬉しいです」と、噛みしめるように言った。

ふわっとケイトの柔らかな匂いが広がる。こんないい匂いなのに、妖精たちに嫌われてるなんて、かわいそうだ。それにしても――

「ケイトが魔王だなんてな」

「エマ様に万が一のことがあったら、世界は滅びますから。今後の行動にはくれぐれも気をつけてくださいね」

「……ええッ⁉」

突然、低い声で物騒なことを言われて、僕は縮みあがった。

……ずいぶんと厳重な注意だな……

たしかに、僕の好きになった人が、奇しくも『魔王』であったのだから、慎重にならないといけないかもしれなかった。ケイトは驚いている僕の膝の裏をすくいあげ、ふわりと横抱きにして、歩き出した。

「わ！　け、けいと」と、僕は焦って声をあげ、恥ずかしすぎてケイトの胸に顔を埋めた。そして僕は、ぽんと、ベッドに投げ出されたのだ。

まだ昼間だというのに、ケイトは寝たいのだろうか。もしかしたら、さっき風呂であたたまったから、眠くなってしまったのかもしれないな、と思った。僕も体がぽかぽかしていて、寝ようと思えば寝られそうだった。僕はケイトを見上げながら訊いた。

「昼寝をするのか？」

「……本気で言ってるんですか？　それ」

◇◇◇

ケイトが、片手で器用に僕のシャツのボタンを外していくのを、ぼんやりと見ていた。海の匂いのする風が、そよそよと僕の肌を撫でていく。揺れる麻のカーテンの隙間から、青い海と白いバルコニーが覗いていた。

昼寝くらいなら、わざわざ着替える必要ないのに、と思いながら、されるがままになっていた僕の頬に、ケイトの唇がふにっと当たった。

その優しい触れ方に、頬が火照り胸がそわそわするような感覚が走る。僕の顔の横にケイトが手をついて、ベッドがたゆんだ。まっすぐに見下ろされて、どき、どき、と心臓がざわめいた。ふっとケイトの目が細められる。

（そんな顔して、笑うんだな……）

まるで、大切なものをその瞳に閉じ込めようとしてるみたいな甘い視線。ゆっくりと、唇が重なり、柔らかく啄まれて、甘い息が鼻からぬける。そっと首筋を下りていくケイトの指先に、触れられたところから、少しずつ痺れていった。

ケイトの唇が、ゆっくりと、僕の肌を確かめるように、下りていく。ケイトの手が僕のシャツを割り、横腹を撫でる。まつ毛が弱々しく震えてしまう。シャツが、肩からはらりとすべり落ちた。首筋を熱い舌が這い、「ぁっ」と僕の口から、声がこぼれた。

さすがの僕も気がついた。

（これ。多分、昼寝じゃないな……！）

ケイトは、ぽかんと口を開けて呆然としている僕を見て、いつもの嫌そうな顔をしてから、そのままもう一度、唇に口づけた。

熱い舌がぺろりと僕の口の中に入ってきて、上に下に、ねっとり絡めるように甘く吸われる。戸惑いの呼吸ごと奪われて、じんと頭が痺れた。濡れた音が響くたび、もっと、深く繋がりたいっていう、欲望だけが満ちていく。自然と、僕の両手はケイトの肩にまわっていった。

指のときより柔らかくて、ぬるっと湿った感触がやらしい。呼吸をする器官を重ねている行為の浅ましさに、交わる舌の熱さに、僕は溺れた。

でも、あのときユフーイの宿屋で言われたとおり、ケイトは僕を見つめたまま、動きを止めた。ケイトの手が、優しく腹の上をなぞる。

(なんで？　もっと……)

僕のとろけた頭は、もっと絡まりあいたい気持ちでいっぱいになる。

口の中を撫でてほしくて、もっと深くつながりたくて、頭の先から、つま先まで、ケイトのことが好きみたいに痺れる。ほんの少しケイトの舌が動いただけで、僕の体はヒクッと震えた。

きっと、僕が焦れているのを観察してるんだろう。

でも、相手が焦れてくるのを見るのが好きというケイトの言葉が、他の誰かとの経験に基づくものだということを、『恋人の好き』を自覚した僕はもう、わかっていた。

どうしても反応してしまう体を、懸命に我慢しながら、思った。

(すごく、嫌な気持ちだ……)

ケイトは男前だし、僕みたいに貞操を守らなくちゃいけなかったわけではないし、そりゃあたくさん経験があるのだろう。ケイトが誰かと経験したことの中で、好きだなと思ったことを、僕にも試したいというのもわかる。でも、僕はそんな他の誰かみたいな反応をしたくなかった。

僕はぐっと一度口を離すと、ケイトの頬を両手で挟みながら、唇をとがらせた。

「ちゃんと、してよ」

そう言って、びっくりしているケイトの下唇を、ゆっくりと自分の唇で挟んだ。じっと見つめながら、ちゅ、と唇が音を鳴らすと、ケイトの瞳がじわっと欲望の色に染まるのがわかった。

期待に背筋が震えた瞬間に、あむっと食べられるように唇を奪われていた。濡れた感触に侵されて、激しく、もどかしく、絡まりあう舌の熱さに、僕は甘い声を洩らした。

僕のなけなしの虚勢は、そこまでだった。

僕の唇を吸っているのがケイトなんだと思ったら、それだけで胸がいっぱいだった。沸き起こる快感の大きさに、必死にケイトにしがみつく。息をつぐ間も離れたくなくて、はしたなく体を絡ませた。熱い息が洩れる。

「とけそう……」

「……っ、まだ、溶けないでいてください」

同じように息を洩らしたケイトの頬が、少し赤い。ケイトの手が肌の上を這いまわり、唇も下へ下へとさがって行った。

◇　◇　◇

「け、けいと……っ」

ベッドの上に転がされた僕は、お尻を高く突き出したような体勢をしていた。恥ずかしさのあまり、抗議の声をあげるが、まったく取り合ってもらえない。それどころか、中の指を増やされた。

「んぁ……ッ」

香油で濡れたケイトの綺麗な指が、僕の中をかきまわしているのかと思うと、もう、それだけで、僕はあまりの羞恥に消えてしまいたくなった。

後ろを振り返ると、ケイトの瞳はしっとりと情欲に濡れていて、一挙一動を見逃さないとばかりに、僕のことを見つめていた。

僕がヒクッと震え、縋りつくようにシーツをぎゅっと握りしめると、ケイトは尻を高くあげていた僕を仰向けにひっくり返した。そして、僕にちゅっと唇を落とし、自分のシャツをぱさりと脱いだ。ケイトの半裸をじっと見ながら、思う。

(本当に、一体いつ、そんなに鍛えたんだ……)

僕の白いお腹を、そっとブランケットで隠そうとした手を取られて、そのままベッドに縫いつけられた。ムッとしながら、ケイトを見ると、まっすぐに僕のことを見ている真剣な瞳と目があう。

切なげに目を細めたケイトが、はあ、と熱い息を吐き出した。

「好きです。エマニュエル様」

とくん、と胸が跳ねた。きゅうっと心臓を握られたみたいな痛みと、そして、じわっと広がるあたたかい気持ち。

僕も、どうしようもなく、ケイトが好きだと思った。言うだけで切なくなってしまうような、そんな気持ちを、愛しい人が僕に伝えてくれている。そんなの僕だって同じだ。

「僕も好きだよ、ケイト……」

僕だって、何度だって、言わずにはいられない。狂おしいまでの感情だった。

ケイトはぎゅっと目をつむり、僕のことをきつくきつく抱きしめた。

肌と肌が触れあう熱が、ケイトから伝わってくる愛情が、僕の心を痛いほどしめつけた。知識として知っていたことが、こんなに僕を緊張させ、全身を甘く痺れさせるものだとは知らなかった。

そして、以前宣言された通り、耳元で確認された。低く甘い、ケイトの声が響いた。

「オレのものに、しますからね」

僕の背中を、また『怖い気持ちいい』みたいな感覚が、しびびと走った。僕は真っ赤になって、きっと、耳まで、肩まで、全部真っ赤になって、ただ、こくこくと首を動かすことしかできなかった。尻に熱いなにかがぴとっと触れた。ちらっと見上げると、ケイトが切なげな顔で言った。

「愛してます。エマニュエル様」

「あ……ッ。け、けいと」

熱い、ケイトのペニスが、ゆっくりと僕の中に入ってくるのがわかった。

内壁を押し広げられる感覚に、ケイトの欲望の熱さに、僕はケイトの腕にしがみついて、ただただ「あ、あ、」と嬌声をあげた。僕の中にあるのがケイトの体の一部なんだと思ったら、やらしい気持ちが広がって、もう止まらなかった。

きゅうっとケイトのことを締めあげ、ひくりと腰が揺れてしまう。

「っっ」

ちょっと焦ったようなケイトが「動いてもいいですか」と確認して、ゆるゆると腰を動かし始めた。動きながら「はじめは変な感じだと思いますけど」と、ケイトが申しわけなさそうに言うのを聞いて、僕は思った。

（どうしよう……もうすでに気持ちがいい、気がする……）

ケイトのペニスが、僕の尻の中に、出し入れされているのだ。切なげな表情で、はあっと荒い息を吐いているケイトがいて、それを見ているだけで、体に熱が灯る。

ケイトの動きが少しずつ速くなっていき、熱が舐めるように中を滑り、奥を抉られるたび、信じられないほどの快感が僕の体中を巡った。気持ちいいとだめなのかな、と不安に思いながらも、僕の体は欲望に忠実だった。

（もっと……もっと深くまで……）

僕はケイトの首を引き寄せ、ぐっと自分の腰を突き出した。ケイトのペニスの張り出した部分が、僕のお腹の内側をぐりっとこすりあげた。

「ひっ……あッ」

「え、えまさま……っ」

「ど、どうしよ……あっ、ぁッ、きもちっ」

「……ッ！」

そこからは、堰を切ったようにケイトの動きが速くなった。

好きです、愛してます、と唇を落とされ、全身を揺さぶられ、僕はケイトの愛に溺れそうだった。

今まであんなに、嫌そうな顔ばかりしていたのに、ケイトはどこにこんな量の愛を隠し持っていたんだろう。大放出の愛で、ケイトは僕をとろとろに甘やかした。

絡みあったケイトの手をぎゅっと握りしめる。

「あっ……んッ、けい、と……けいと」

お互いの湿った息が響く中、ケイトは、また僕のことを食べてしまいそうな顔をして、僕のことを見ていた。僕の張りつめたペニスを、ケイトの手が這うと同時に、じゅぷじゅぷと濡れた音に耳から頭の中を侵されていく。

内側も外側も愛されて、おかしくなりそうだった。目の前がちかちかして、とろっと僕の口からよだれが顎を伝った。

「……んんッ。あっ……きす、してほし」

自分の口から出たのが、ずいぶんと舌たらずな声で驚く。

それでも伸ばした手でケイトの首を引き寄せ、唇を重ねた。ゆっくりキスするのが好きって言ってたのに、余裕がないみたいなケイトの舌の熱さが、僕の胸をきゅうっと締めつけた。ぴったりと隙間なく体がつながって、ケイトの熱が僕の最奥にぐぐっと押しつけられた。

「ひ、あぁ……ッ」

僕の体は歓喜に打ち震えた。自分の中が、ぴったりとケイトの形になっているのがわかる。気持ちいいところを執拗(しつよう)にこすられ、奥まで突きあげられる。体中がびりびりと快感に痺れ、ピンと脚が張る。僕の内側が、強く強くケイトのペニスを締めあげた。

「けいと、もッ……いっ……」

「オレも、もう」

そう言ったケイトに、もう一度、唇を奪われる。ケイトの滾(たぎ)ったペニスが、僕の中を下から上まで一気にこすり、最奥を突きあげた。

「んん……ッ！　ん、んー！」

「……ッ」

僕のペニスから、勢いよく白濁があふれ出る。

僕のお腹に湿った感触がぱたぱたと伝わるのと同時に、じわっと僕の中に、熱いなにかが広がるのを感じた。多分それがケイトの精子なんだと思ったら、それにすら感じてしまって、体はビクビクと震えた。

頭の中はとっくにとろとろに溶けだして、思考なんてできなかった。はあ、はあ、とお互いの息が交わる。手をまわし、ケイトの上下する背中を抱きしめた。幸せで、胸がいっぱいだった。それから、僕のことをもっと幸せにする言葉をケイトが噛みしめるように呟くのが聞こえた。

「愛してます、エマ様……」

◇　◇　◇

「エマ様……あれ、なんだったんですか」

ぱちぱちとゆっくり瞬きをしながら目を開けると、外は夕暮れ色に染まっていた。僕がぼんやりと、その薄桃色から夜に変わっていく空に見惚れていると、焦燥したような様子のケイトが問いただしてきた。

ケイトと愛しあったあと、眠ってしまった僕は、一体なんのことだっけ？　と、目をこすりながら考えた。そして、自分が眠ってしまう前に口走ったおかしなことを思い出した。

「あ……『まおへーか』って言ったな、僕は」

「ど、どういうことですか。魔王陛下ってことですか？」

目を瞬かせているケイトを見ながら、僕は顎に手を当てて、首をかしげた。眠りにつく前だったので、ぼんやりしていて記憶が定かではないが、僕は褥(しとね)の作法として、そう言えと教わったことをつい口走ってしまったようだった。

王妃教育の一環で、男娼の仕事を何回か見せてもらったことがあったのだ。そして、なぜか、自分が達するときに、とにかくたくさん「まおへーかと言え」と教わったことを思い出した。

その言葉はなにも脈絡がなかったので、そのときは「魔王陛下」という意味だとは、まったく思わなかった。でもたしかに、僕は「まおへーか」と言ってしまい、それは「魔王陛下」と聞こえるなと思った。

ケイトの眉がピクッと震え、額には青筋が浮き出ていた。上半身を起こした僕の肩をガシッと掴みながら、ケイトが訊いた。

「ねえ、エマ様は一体誰の妃になるための教育を受けてたんですか!?　まさか魔王(オレ)じゃないですよね！　……それならそれで大歓迎なんですけど。いや、待って。他にどんなこと習ったんですか？」

僕は、うーんと考えながら、宙を仰いだ。

大したことを習った覚えはなかった。実践があったわけでもない。初夜が来たときに、僕が恐ろしくならないように、知識として頭に入れておくとのことだったのだ。

男娼の人はすごく気持ちよさそうにしていたから、僕の中で、気持ちいいことなんだなっていう認識があったのかもしれない。そして、本当に気持ちがよかった。赤くなりながら、他に習ったことはなんだったかな、と考えていたら、一つだけ思い出した。

「あ、そういえば、アレはなんだったんだろう。人参を舐める練習があったな。おいしそうに舐めろと言われたけど、あれは行儀が悪くて苦手だったたな」

「あのクソ王国、今すぐ滅ぼしましょう」

「え！」

ケイトはものすごく怒っているようで、しばらくぶつぶつと低い声でなにかを呟いていて怖かった。

でも、そんなケイトを横目で見ながら僕は、「そうか」と、自分の中にじわっとあたたかい気持ちが広がっていくのを感じていた。

ずっとアルフレッドのために勉強をしているんだと思っていた。

だけど、僕の中には『魔王の心臓』と呼ばれる宝玉があって、それは『ケイトの心臓』のことだったのだ。本物の心臓なわけではないけど、ケイトに力を与えるための宝玉で、それはずっと僕の中にあったらしい。

『魔王の心臓』という宝玉は、魔王が復活してしまう流れにあるときにどこかで見つかるものだと、文献に書いてあったのを思い出す。

ということは、魔王の心臓を見つけてしまったヴァールストレーム王国は、なんとしてでも魔王復活を阻止したかったはずである。考えうるすべての布石を、打っておきたかったはずだ。陛下が僕にその宝玉を埋めると決めたのなら、それは、僕を生け贄(いけにえ)にしようとしたわけではないのだ。

僕は幼いころから、陛下のことを知っている。陛下も、僕がもっと幼いころから、僕のことを知っている。それどころか、父上と母上は陛下と仲のいい学友でもあったのだ。陛下と父上は、僕のことを信じてくれていたんじゃないかと、僕は思った。

アルフレッドの婚約者として選ばれたのは、宝玉を宿す僕を守るためだったはずだ。

魔王からは隠したいけど、手元に置いて管理したいという国としての希望もあっただろう。それは国王として当然の判断だった。それに僕は、王妃として国を支えるための勉強もしていたのだから、王妃となる未来を想定していたことも、きっと間違ってはいない。

だけど陛下と父上は、僕なら魔王に立ち向かえるのではないかと、宝玉が見つかってしまっても阻止してくれるのではないかと、信じてくださっていたんだと思った。

(そして、魔王はケイトだった、と……)

僕と共に三年間過ごし、いつだって嫌そうな顔をして、僕をからかって、それでいて僕のことを決して見放さない僕の従者が——魔王だったのだ。

僕の中にあったケイトの心臓はケイトのものとなり、僕も、ケイトのものになった。僕のことを見て、いつからか優しそうに笑うようになったケイトが、世界を滅ぼすわけなんてなかった。

(信じられないな。ほんとにすごい……)

ぶわっと幸せな気持ちが花ひらくように全身を巡っていく。僕はその幸せを噛みしめた。

「そうか、僕は、ケイトのために教育を受けていたのか」

「そんなばかな……」

「僕は、ケイトのために生きてきたんだな。信じられない。すごいな、ケイト。僕は、はじめからケイトのものだったんだ。それにケイトも最初から僕のものだった」

ケイトは僕を見て、口をぽかんと開けた。

王妃教育は大変だった。いろいろ悩んだこともあったし、アルフレッドとケンカをしたあともつらかった。婚約破棄のときも、今までのすべてを否定された気がして、悲しくて悲しくて、逃げ出してしまった。

でも、逃げ出した僕を救ってくれたのは、ケイトだった。

そして、そのケイトが、僕が今まで生きてきた目的の相手だったのだと、今、わかった。

これを運命を言わずして、なんと言うのだろう。

(すごい……)

僕は、隣に座ったケイトの手をぎゅっと握った。ケイトはしばらく黙っていたが、ぽつりと僕に尋ねた。

「……次は、どんな冒険の旅に出ましょうか?」

その言葉に、その自由に、僕は震えた。もう僕を縛るものはなにもなかった。

魔王は復活してしまった。だけど、その魔王は、平和なままのこの世界を、僕と一緒に冒険してくれるらしい。

僕はもう、国に追われることもなく、魔王に守られて、どこへでも飛んでいける。

ケイトと旅をしている中で、僕は自分がいろんなところへ行きたかったことに気がついた。

世界にはいろいろな不思議があって、そして、世界は信じられないほど、美しいのだ。僕はまた、どきどきと胸が高鳴るのを感じていた。隣にいる愛おしい人の顔を覗く。

「……なんでもいいのか？」

「はい、なんでも。どこでも。メロン食い倒れの旅ですか？」

それは、非常に魅力的だ。

メロンパフェとメロンプリンアラモードと、あと普通のメロンと……僕には食べたいメロンがたくさんあった。ケイトと一緒に食べたいと思ったことを思い出す。

それからいつかは、おいしいメロンを育ててみたいと思い、僕はうっとりとした顔になった。

それを見たケイトが、困ったように笑って言った。

「オレ、知ってるんです。昔エマ様が、あの男に『メロンと俺とどっちのほうが好きなんだ！』と聞かれて、『メロン』って即答したこと。それから仲が悪くなったんでしょ」

それを聞いて、そういえばそんなこともあったような気がした。ケイトはどうしてそんなことを知っているんだろう、と一瞬考えたが、多分、魔王だからなんだろうなと思った。

どんな旅に出ようかと考えていた僕に、一ついいアイデアが浮かんだ。もう、僕たちになにも心配がないと言うのなら……

◇　◇　◇

その日、ヴァールストレーム王国に一通の手紙が届いたという。

王族用の魔法鳩が届けたその手紙には、王族しか知らないはずの暗号で、こう書かれていた。


国王陛下、ご無沙汰しております。いろいろお伝えしたいこともありますが、火急の用件のみ。

魔王は復活してしまいましたが、本人は「世界を滅ぼすつもりはない」と言っておりますので、どうぞ平和をご享受ください。僕が教育された情報については、隣に魔王がいるので安全に守ることができそうです。また報告に伺います。

追伸　魔王が「行きたくない」と言っているので、説得に時間がかかるかもしれません。あと、アルフレッド殿下はどこかに飛ばされてしまいました。行方がわかることがあれば、連絡します。

僕は幸せにやってます。

エマニュエルより

その手紙を持っていた国王は、ちらりと目の前の怖い顔の男を見た。

「――とのことだよ、シリウス。一時はどうなることかと思ったが、魔王が覚醒するまでは人間だっていう伝承は本当だったんだな。さすがは、君と彼女の息子だな。上手くやったようだぞ」

「あなたのバカ息子はどこかに飛ばされたみたいですよ」

ヴァールストレーム王国の王城の中、人払いをした静かな玉座の間には、二人の人影があった。

黄金色の短髪の男は、この国王であるギルバート・ヴァールストレーム。自信たっぷりに男らしい眉を片方上げている姿は、息子であるアルフレッドによく似ている。

そして、眉間に神経質そうな深い皺を寄せた、シリウス・レーフクヴィスト公爵。硬質な銀色の長い髪は、見る者に近寄り難い印象を与えるが、片方だけかけた眼鏡の奥の瞳は、揺蕩う海のような優しい光を宿していた。

二人は学生時代からの仲で、たまにこうして友として語るのだ。

「そうだな……どこに飛ばされてしまったんだろうな。しかし、シリウス。お前に対する言葉が書かれていないな。魔王に差し出さなくてはいけないかもしれない息子を見るのがつらいと言って、ろくに構わなかったのだろう？」

「しょうがないだろ！　ユーリアに瓜二つの心優しい息子だというのに、バカ王子か魔王かの二択だったんだぞ!?　くそッ！　あのとき、老害どもが王妃を男にしようだなんて、とち狂ったことを言い出さなければ！　でもエマニュエルほど、綺麗な心の持ち主じゃなければ、万が一にもこんな結末は望めなかっただろうがな！　さすがはユーリアの息子だ。こんな国、魔王じゃなくても、何度自分で滅ぼそうと思ったか。エマニュエルの顔を見るたびに胃痛がして、吐き気が止まらなかったんだ……。最愛の息子の顔を見るたびに吐かなくちゃいけない私の気持ちがわかるか！　くそ国王！」

そう言いながら、シリウスは地の底から這い出たオーガのような顔で、腹をさすった。もはや敬語もなにもなく、くそ国王と罵られて、ギルバートは困ったように「お前のほうが魔王みたいだな」と笑った。

「そういえば、逆に魔王を誑かすための教育もあったらしいぞ。幸せだと書いてあるし、エマニュエルのことだ。手玉に取ってるんじゃないか？　魔王が平和主義っぽくてよかったではないか」

「平和主義の魔王ってなんですか。バカ王子よりは百万倍よかったですけど」

「もう胃痛はしないだろう？　顔を見に行ってやればいいだろ」

シリウスは、はたと動きを止めた。そして、目を瞬かせながら、シリウスは考えた。

過去の文献の中には、魔王が人間と結ばれた時代もあったと書かれていた。魔王とは角や羽が生えていて、言葉も通じない恐ろしい存在だと信じてきたが、実際のところはどうなんだろうか。

「いや、魔王が相手だと思うと……まだ。いや……でも、エマニュエルが幸せなら？」

「エマニュエルがそうだと言ってるんだから、大丈夫なんだろ」

「……いや、たしかに！　そうですね!?　いってきます！」

ハッと目を見開いたシリウスは、公爵という身分を忘れて、走って玉座の間をあとにした。その姿は、前に向かって一生懸命走る、ワイルドボアに似ているかもしれなかった。

どこにいるのか場所はわかっているのだろうかと思いながら、ギルバートはその後ろ姿を見送り、それから、深い深いため息をついた。

そして、「ほんとにどこに行ってしまったんだか、俺の息子は」と、がっくりと肩を落とした。

この世界には、変わり者の魔王がいる。

大陸の最西端の海沿いにある、青い屋根の白い家。

見るからに平和そうなその家に、月色の髪をした、美しい青年と二人で住んでいる。

庭に小さな荷馬車が置いてあり、妙に人間くさい馬がいる。その横にいくつかのメロンの蔓が伸びている。

魔王は毎日、大好きな魚を食べて、なにやら、失くしたブタの置物を捜しに、青年と冒険に出かけているらしい。

その付近で妖精を見たという子どもたちの間で、洗濯バサミで鼻をつまむのが流行っている。そして、たまに、泣き腫らした目の銀髪の貴族紳士と、不思議な色の目をした商人が訪れるのが目撃されている。

魔王は、今のところ、世界を滅ぼす気はないらしい。

広がる海は青く広く、そして穏やかに今日も波打っている。

――世界は今日も平和だった。

番外編①　「妖精王からの手紙」

誰もいないはずだった。

そこは――何人(なんぴと)たりとも足を踏み入れることなどできないはずの場所だった。永遠に続くかのように見える幻想的な花畑も、今日はいつもと様子が違っていた。

普段は穏やかに咲いている花々に向かって、ヒュオオオと強い風が吹き荒れ、花びらが勢いよく舞いあがった。

突如現れたその存在を見て、稲穂のような色の美しい瞳をした妖精は、ごくっと唾を呑み込んだ。

その突風に抗うように、バタバタバタバタと大きな羽音を立て、それは翼をはためかせた。そして、瞬時に体勢を整えると、まるで矢のように速く地上へと降下する。

そして――クリスタルでできた小さな灯籠(とうろう)の屋根に、音一つ立てることなく、ふわりと着地した。

まるで人形のようなかわいらしい外見とは裏腹に、顔を歪めた妖精は、大きな舌打ちの音を響かせる。

そして、目の前に現れたそれをじっと観察した。

どこを見ているんだかわからない翡翠(ひすい)色の瞳。

どこまで回るんだかわからない薄紫色の首元。

グラデーションのかかった長い羽は、それが持つ肢体を隠し、紅葉のようにひらかれた細い脚がどこまで続いているのかも、よくわからない。

首には小さな金色の筒が下がっていて、キラリと輝いていた。

ギリッと妖精は奥歯を噛みしめ、そして小さな手をスッと前に差し出すと、まるでかかってこいとでも言わんばかりにクイッと手首を動かした。

グルッと低く喉を鳴らしたそれは羽を前後に広げ、臨戦態勢へと移行する。

ここに——戦いの火蓋が切って落とされた。

その妖精——この世界の妖精王はフッと不敵な笑みをこぼした。

そして、天に向かって吠えた。

「って……違あああう！　なんで、なんでこんなところに、鳩がいるのよおおお！」

妖精王さま
ご無沙汰している。エマニュエルだ。妖精王にちょっと相談したいことがあったのだが、連絡先がわからない。妖精の森の村長にも尋ねてみたのだが、妖精王の居どころは秘匿されているので、誰も知らないという話だった。
どうしたらいいかわからなかったので、とりあえずヴァールストレーム王国の王族専用の伝書鳩に託してみた。

この子の名前はゼリコルデ・ハクレール三世。女の子だ。

訓練された魔法鳩で、透明になることができるという特性を持っている。村長ですら知らない秘匿された場所に届くのかはよくわからないが、とりあえず送ってみた。

おやつの時間にクッキーをあげると、手紙を運んでくれるので、もし届いたらクッキーをあげてくれ。チョコレートはだめだ。腹を壊すからな。ではまた。

エマニュエルより

鳩が手渡してきた手紙を……いや、鳩が羽渡してきた手紙を読みながら、妖精王の小さな手は震えた。そして、そのまったく内容のない手紙を見て、愕然とした。

「いや、どうやってここに来たのよ……！」

ぷるぷると震えながら、妖精王は真っ青になった。

古い文献の中で『妖精王の花園』と称されるこの場所は、千年に一度、人が訪れることがあるかどうかといった幻の場所である。

だというのに、たかだかクッキーを報酬にした鳩がこんな中身のない内容の手紙一つ届けるために居場所がバレたというのだ。

妖精王はキッとゼリコルデ・ハクレール三世♀を睨んだ。

仕方ないからクッキーを恵んでやったが、妖精王はげっそりとしてしまう。脳裏に浮かぶのは、あの美しすぎる魂を持ったぽやんとした男のことであった。

あまりにも身の上が不憫で、加護を与えたものの、その身に宿している宝玉はおぞましいものであったし、その上一緒にいたのはなんと魔王本人だ。

エマニュエルは魔王のことにまったく気がついていないようだったし、さらに魔王の瞳が明らかにエマニュエルに執着しているのにも気づいてなかっただろう。

一見すると魔王は普通の平民だったし、邪悪な心があるようにも見えなかった。

だが、つい先日、魔王が復活した気配を察知したのだ。

この中身がすっからかんの手紙なんて捨ててしまえ、とも思うが、なんせ相手は魔王と行動を共にしているぽやんぽやんである。

妖精王は長年生きてきたせいで、お世辞にも性格がいいとは言い難いが、心配性であった。

(あの子……ほんと、大丈夫なのかしら)

そうして、クッキーをもらったゼリコルデ・ハクレール三世♀は、妖精王の手紙を託された。エマニュエルのもとへと飛び立つ彼女を、妖精王は死んだ魚のような目で見送った。

数日後、妖精王のもとに、再び一通の手紙が届いた。

妖精王さま

エマニュエルだ。まさか手紙が届くとは思ってなかったから驚いた。

さすがは王国の機密を守る魔法鳩だ。そうそう、ケイトのことなら大丈夫だ。

ところで、もうすぐケイトの誕生日なのだが、なにをあげたらいいだろうか。

あと、鳩にクッキーをあげてください。

エマニュエルより

「どうでもいいわッ!!」

手紙を読み終わった妖精王は、そのままそれを花畑に叩きつけた。

花畑の花びらがふわりと舞う。

はあはあと、走ったあとのように肩を上下させながら、内容を理解しようとして、余計に苛立ちが募った。

自分が心配していた魔王復活の件に関しての返答が「大丈夫だ」の四文字で片づけられていたのだ。どうやら元気にしているようでそれはなによりだが、正直、魔王の誕生日など来なければいいだろうと思うほど、魔王という存在はこの世界の敵である。

というか、さすがは機密を守る魔法鳩――などと書かれているが、妖精王には言いたいことがあった。

「妖精王の機密がダダ漏れてんのよ。この鳩に」

妖精王はキッと鳩を睨んだ。

この中身がすっからかんの手紙なんて、もう返事をしなくてもいいと思うが、なんせ相手は魔王と行動を共にしているぽやんぽやんで、相談内容は「魔王の誕生日」についてだ。

なんというか「魔王の誕生日」という字面が、もうすでに不穏だ。なにか恐ろしいことが起きる気しかしない、おどろおどろしい字面である。

妖精王は長年生きてきたせいで、お世辞にも性格がいいとは言い難いが、心配性であった。

(魔王の機嫌を損ねると、なんかあんのかしら？　大丈夫よね、あの子……？)

そうして、クッキーをもらったゼリコルデ・ハクレール三世♀は、妖精王の手紙を託された。

エマニュエルのもとへと飛び立つ彼女を、妖精王は死んだ魚のような目で見送った。

数日後、妖精王のもとに、再び一通の手紙が届いた。

妖精王さま

エマニュエルだ。

先日相談した件だが、日頃から観察をして、欲しがっているものを調べておくといい、とのアドバイスありがとう。

ケイトは洗剤が足りないと言っている。

エマニュエルより

「だから……なんだッ！」

手紙を読み終わった妖精王は、そのままそれを花畑に叩きつけた。

その勢いで、花畑の花びらがぶわっと舞いあがる。

妖精王はぜえぜえと体全体で息をしながら、このまったく意味のない手紙を燃やしてしまいたい気持ちでいっぱいだった。

誕生日プレゼントを考えているのに、洗剤ってなんだ。喜ぶものを考えているのであって、足りてない物を「あっよかったらどうぞ」と言ってあげる日ではないのだ。

妖精王は混乱していた。

でも、このどうでもいい文面からは平和の匂いしかしなかったことで、いくばくか安堵しているのもたしかだった。そして、新しい知識も増えた。

「魔王って、洗濯するのね……」

なんだろう。もうなにも心配することなどない気がするな、と妖精王は思った。

誕生日が来て、たとえ変なものを渡されたとしても、自分で洗濯をするような魔王は怒らないし、世界も滅びないような気がした。

勇者でも出現しなければ大丈夫だろう……と遠い目になった妖精王は、もう返事を書かなかった。

クッキーをもらったゼリコルデ・ハクレール三世♀は、手紙を持たずに飛び立つことになった。

エマニュエルのもとへと飛び立つ彼女を、妖精王は死んだ魚のような目で見送った。

数日後、妖精王のもとに、再び一通の手紙が届いた。


エマニュエルだ。

正直なところ、僕は友達が少ない。

人間では、唯一の友達であるテオは、ケイトの誕生日には関わりたくないと言うんだ。

どうか返事をください。


「……友達が、一人……！」

あんなに綺麗な魂の持ち主なのに、どう生きてきたら友達がいないなんてことが起こるんだろう、と妖精王は不思議だった。

だが、エマニュエルが王子に婚約破棄されたことを思い出し、そりゃあ周りも敬遠するかと気づいた。いつもとは違い、焦った様子で走り書かれている手紙が、事の深刻さを物語っているような気がした。

だが、わざわざ『人間では』……と書いてあるところに不穏な空気を感じる。まさか、モンスターの友達がいるとかそういうことではなかろうな、と妖精王は青ざめた。

たしかにあの人間は、ぽやんぽやんであるけれども、一緒に行動をしているのは魔王なのだ。

洗濯している魔王を想像して、うっかり平和な気持ちになっていたが、なにはどうあれ相手は世界の敵である魔王。警戒を緩めるべきではないのだろうか。

とにかく議題は「魔王の誕生日」である。要するに、あのぽやんぽやんは、魔王がなにを欲しがっているのかがわからずにいるのである。こうして長年生きてきた妖精王であったが、まさか魔王の誕生日プレゼントを考えなくてはいけない日が来るとは思いもしなかった。世も末である。

（誕生日プレゼントって言われてもね……）

人間の恋人同士ならアクセサリーとか、花を贈るのが定番のような気はする。だが、あの魔王が花を喜ぶだろうか。

というか魔王へのプレゼントというのは、要するに魔王への貢ぎ物である。「魔王への貢ぎ物」という字面の物騒な雰囲気に、妖精王は不安を募らせた。

魔王が喜ぶものはなんだろうと考えながら、顎に手を当て、やっぱり生贄かな、と思っていたときだった。

（待って。なんで魔王サイドで考えた……！　私！）

妖精王が生贄を進言してはまずい。それこそ世も末である。

だが、断腸の思いで魔王サイドの思考を継続するとすれば、生贄はもう手に入っているのだ。

――エマニュエルである。

魔王の、あのねっとりした執着に塗れた瞳を見れば、エマニュエル以外に生贄が必要だとは思えなかった。だとすれば、他に生贄を用意する必要がないのだから、今いる生贄を活用すればいいのである。

（ついに、生贄の活用までも考え出してしまった……大丈夫か、私！）

だが、エマニュエルを犠牲にすれば、世界平和が持続する可能性は高い。

それに、この機会に魔王に恩を売っておくのも悪くはないかもしれない、と妖精王は思った。いや、それはどうなんだろう。よくわからないが、それでいい、と、とにかく自分を納得させた。

妖精王は、裁縫の得意な妖精たちに緊急で依頼のお触れをだし、とあるものを作らせ、簡単な説明とともに同封した。

クッキーをもらったゼリコルデ・ハクレール三世♀は、いつもよりもちょっと重い荷物を首から下げ、空に羽ばたいた。

エマニュエルのもとへと飛び立つ彼女を、妖精王は死んだ魚のような目で見送った。


数日後、妖精王のもとに、再び一通の手紙が届いた。

妖精王様
ケイトです。このたびは、エマ様にとんだ入れ知恵をしてくださったようですね。

一体どこで売ってるのかもわからないような、あんな性的な下着で誘惑される日が来るだなんて、思ってもみませんでした。

誰にもらったのかエマ様が口をつぐむので、てっきり商人の入れ知恵かと思って、ケンカになり、大変深刻な事態でした。

エマ様は一度そうだと思うと猪突猛進だし、頑固なところがあるので、あなたの存在を吐かせるまでオレがなにをしたかわかりますか？

でも、ああいうのは嫌いではなかったので、感謝している気持ちもあります。ありがとうございました。

ただ、相手はあのエマ様です。一筋縄ではいかないことを、今後はお含みおきいただけると、嬉しいです。

ケイト

怒ってるんだか、感謝してるんだかわからない手紙に、妖精王は死んだ魚のような目になった。

自分の存在を吐かせるまで「なにをしたかわかります？」と、問われても、そんなことは考えたくもない。楽しんだようなんだし、もうそれでいいじゃないか。

そして、妖精王は、もう世界の平和とかどうでもいいなと思った。

魔王に対する抑止力として、勇者と共にあるべき自分が、そんなことを思う日が来るなんて……と、妖精王は深い、深い、ため息をついた。本当に、世も末である。

魔王とか綺麗な魂とか、もうどうでもいいから、とにかくあんな二人に金輪際、関わるのはやめようと、妖精王は思ったのだった。

ゼリコルデ・ハクレール三世♀はつぶらな瞳で平和そうに、妖精王のことを見つめていた。

「……」

「クルッ」

番外編②「はちみつ」

「首を洗って待っていろよ～！　エマニュエルー！」

遠いどこかの異世界で――

飛ばされてしまったアルフレッド王子がそんなことを叫んだかもしれないし、叫ばなかったかもしれないころ。ペルケ王国にある小さな宿屋には、二人の男の姿があった。

「エマ様。そんなに首を洗ったら、首、取れちゃいますよ」

バシャバシャと音を立てて、僕は今、ものすごい勢いで首を洗っていた。

ケイトに手渡されたパンに、はちみつを塗ろうと思っただけだったのだ。ケイトが、りんごジュースがあったからと言って、取りに行くのを待っている間の出来事だった。

固い蓋を開けようとして、ぐうっと力を入れ、ぐぐっと力を入れても、びくともしない蓋に、ぐぐっと力を入れたときだった。

パコンと蓋が開いた拍子になぜか瓶が真上に飛び、上空で上下の方向を変えて、僕の後頭部に降り、そして嘘みたいに、スポッと僕のシャツの襟に瓶がはさまった。

「わ、え⁉」と僕が慌てている間に、はちみつはとろりと僕の首に流れ、いつも低めに一つに結んでいる僕の長い髪へと滴っていた。

そしてちょうどそのとき、りんごジュースの入った瓶を手にケイトが戻ってきた。僕の惨状を見たケイトは、一瞬ぽかんとして動きを止める。

そして、ゆっくりと、テーブルの前に座っている僕の後ろに近づき、僕を挟むように両手をテーブルにつくと、ナプキンを手に持って――ぺろりと僕の首を舐めた。

湿った感覚が首筋を這うのを感じて、僕は思った。

(手に持ってたナプキンは……⁉)

僕は、驚きすぎて固まってしまい、「ケイト、そんなに舐めないで、そのナプキンで拭いてくれて構わないのだよ」という、落ち着いた、紳士的な、大人な対応をすることはできなかった。

ケイトの熱い舌が、うなじから生え際までを舐めあげた瞬間、あられもない声をあげてしまった。

「ひ、ぁっ」

甲高い声をあげてしまったことに自分でもびっくりして、恥ずかしさに頬が燃えるように熱くなった。

どう挽回していいのかわからず、とりあえず、背後にいるケイトをどかそうとした。が、なぜかそれを察知したらしいケイトに両手をテーブルに縫いつけられ、僕は逃げられなくなってしまった。

首筋を舐められながら、僕は考えてみた。

ケイトはいつもパンになにも塗らずに食べる派なのだ――いや、僕はずっとそう思っていた。

『パンになにも塗らない派閥』というのは、僕の属している『パンにたっぷりはちみつを塗る派閥』と対極にあり、もしもその派閥同士の争いがあれば、それは血で血を洗う、激しい死闘になることが予想された。

それほどまでに、僕とケイトの派閥は敵対しており、その溝はとても深い。

この件に関しては、一緒に行動する上で、絶対に話題にしてはいけない。僕は「はちみつ塗るとおいしいよ」などと、迂闊にケイトに言わないように、いつもぐっと堪えて、パンをもしゃもしゃと食べていた。

だが現状として、ケイトははちみつを欲し、一滴もこぼすまいと、はちみつを舐めているように思う。

僕の頭はこの混乱した状況にもかかわらず、一つの仮説をはじき出した。

もしかして僕は、ケイトにはちみつを我慢させていたのではないか、という仮説を。

この状況を冷静に整理すると、その考えが正しいことを物語っているように思った。

もしかしたらいつも「本当ははちみつを塗りたいけど、エマ様の分がなくなってしまうから」と、泣く泣く諦めていたのかもしれない。

そんなまさか……そうとは知らずに僕はケイトの前で、これ見よがしに、とろとろとパンにたっぷりはちみつをかけて、おいしそうに食べていたというのか。

(僕は、な、なんという、非道なことを！)

その恐ろしさに、僕はくらりと気絶しそうになった。

だけど、ケイトの舌が僕の耳の後ろまでぺろっと舐めたところで、さすがにそんなところまではちみつはついていないのではないか、と我に返り、なんとか気絶は回避できた。

本来なら紳士的に「ケイト、そんなところまではちみつはついていないぞ」と、諭してあげなければならないところだ。それなのにケイトはただ僕のこぼしてしまったはちみつを、もったいないから処理しているだけだというのに、僕の中では大変な事態が起きていた。

（どうしよう……なんか、変な気持ちに……ッ）

耳の裏を舐められていると、ケイトの呼吸がすぐそこに聞こえ、湿ったぬくもりが這う。れっ、という舌の熱さがゆっくりと移動するのを、とてもリアルに感じてしまい、ドキドキと心臓が早鐘を打ち、ピクッと体が震えた。

ケイトが、れっ、という感じで舐めるたびに、自分の口からも、はあっと熱い息が洩れてしまう。

しかもケイトが舌で舐めたあとに、毎回ちゅっという音をさせるので、なんだか首にキスをされているような気になる。そしてついに、その気持ちよさは声になって顕現してしまった。

「ん……あッ」

僕が羞恥に震えていると、ケイトの声が聞こえた。

「――甘いですね」

そんなことは、僕でも知っていた。なぜなら、僕は、はちみつをパンに塗ろうとしていたのだから。

どうしてパンに、塩でもソースでもなく、はちみつを塗ろうと思ったのか。そう問われれば、胸を張って答えることができる。

(甘いからだ!)

甘いものをパンに塗るとおいしいからね。

だが、「そうだよ。はちみつは甘いよ」と、ケイトに説明してあげる余裕は、もはや僕にはない。

ケイトの熱い息が首筋にかかり、れっと舌で舐められるたびに、どうしようもない甘い痺れが体中を走る。押さえつけている彼の手を、さっきから振りほどこうとしているのに、ビクともしない。

この、快感から逃れようとしてるのに「逃げられない」という状況がまた、僕に快感として戻ってくるような、おかしな現象が起きていた。

それに加えて、ケイトがときおり見せる熱っぽい視線を思い出すと、余計に体が火照ってきてしまう。

とにかく、なにかを伝えなくては、と思い、僕は口をひらいた。

「……んッ、やめ……け、けいとっ」

「なんですか?」

だめだ、と僕は思った。

ケイトの声色から、嬉しさが伝わってくる。多分、はちみつを舐めることができて、喜んでいるのだ。

僕は日頃、知らなかったとはいえ、パンにたっぷりはちみつを塗るという至福を、ケイトに我慢させてきたのだ。ケイトはさぞかしつらい思いをしただろう。

ああ、なんということだ。

ケイトには僕が「ひひひ」と奇怪な笑い声を発し、両手にはちみつをたっぷりかけたパンを持っている、冷酷な悪魔に見えていたに違いない。

僕は、ケイトの今までの心労を慮（おもんぱか）って、くっと涙目になった。

おそらく、僕の首にこぼれてしまった大量のはちみつを見て、日頃抑えつけていたケイトの欲望が、弾けてしまったんだろう。

現に、まるで、はじめてその機会を得たとばかりに、ケイトは僕の首筋を舐め続けている。

僕は泣きそうだった。

ここまで我慢させてしまったのは僕なのだから、心ゆくまで舐めさせてあげたい、という考えと、このまま舐められてこれ以上気持ちよくなってしまったらどうしよう、という考えが、心の中でせめぎあう。

とりあえず、早くケイトに止（や）めてもらう方法があるはずだ。状況を伝えたら、賢いケイトのことだ、察してくれるかもしれない。

「け、けいと……ッ。そ、それ、ん……ッ。き、気持ちよくなっちゃう、からっ」

声が裏返ってしまったが、なんとか僕はケイトに自分の状況を伝えることができた。

ピクッとケイトの体が揺れて、動きが止まる。

（……と、止まってくれた？）

僕が安心して、ふっと体から力を抜いた途端。ケイトが、こともあろうに、僕のうなじにがぶっと噛みついたのだ。「ひっ」と思わず悲鳴をあげ、僕は固まってしまう。

僕は、ケイトが獣のような獰猛な瞳で僕のことを見ていることがあるのを思い出した。

それは大体、性的なことをしているときだが、ことあるごとにガブッと甘く噛みつかれていることも思い出した。それから、よく、くんと匂いを嗅がれていることにも気がついていた。

嫌な予感が頭を過り、僕は目の前のテーブルに置かれた皿やフォークに視線をさまよわせた。

(——もしかして、なにかしらの獲物だと思われているのでは……?)

ケイトが本当に僕のことを食べようとしているかどうかは定かではない。

だが、もしも……もしもその可能性があるとすれば、と僕は、恐ろしいことに気がついてしまった。

(はちみつがかかった僕は、もはや、カモがネギを背負っているみたいなことなのではないのか!?)

そのとき、かぱっとケイトの歯が、僕のうなじから離れて。僕はギクッと身体を強ばらせた。

よくは、わからない。

よくはわからないが、とにかく、自らにはちみつをかけ、カモがネギを背負うがごとき準備をしてしまったかもしれない僕は、ケイトに、きちんと確認しておかなければなるまい。

まずは聞いてみて、それから考えるべきだと判断した。

自分で考えてわからないのなら、一人で答えを出そうとせずに、人に尋ねてみることも大切だと、おじい様もおっしゃっていた。

ケイトの行動は、パンにはちみつをかけたかった欲求が爆発してしまったゆえのものだと、それは理解していた。

僕はこの身がパンでないことを、こんなに悔しく思ったことはなかった。

もしも、僕の体がパンでできていたのなら、今まで我慢させてしまった償(つぐな)いに、にこにこ笑いながら顔の一部を差し出すことができたかもしれない。

いや、顔はちょっと怖い。お腹かお尻くらいなら、少しくらいそのパンを分けてあげられたかもしれない。

だが、僕は、はちみつを舐めたいケイトに、「じゃあ僕の尻をお食べよ」と、自らの尻を差し出せるほど、人間ができていなかった。

そして前提として、僕はパンでもなかったし、僕のパンが欠けたときに、換えのパンを作ってくれそうな、優しそうなパン屋の知り合いもいなかった。

僕は僕の身を守るために、唯一自由になる首を後ろに向け、そこにいたケイトに言った。涙目になっているだろうが、致し方ない。

「ぼ、僕は、けいとに、食べられて……しまうのか？」

「！」

ケイトは目を瞬かせた。それから口元を片手で押さえて、ケイトは固まった。

しばらく動かないので、その間に片側が空いた腕の中から逃げようと、僕は体をよじらせる。そのとき、ふっと、ケイトが笑ったような気配がして、振り返った。

するとこっそりと目を細めたケイトは、逃げようとしていた僕の肩にゆっくりと顎を乗せ、低い声で囁いた。

「食べられちゃうかも、しれませんね」

なぜか、僕の背中をしびびと甘い痺れが走った。

ひぐっ、と、またわけのわからない声を出した僕は、なぜか青ではなく、真っ赤になりながら、誓ったのだ。

――これからはもう少し、節度を持って、はちみつを塗ろう、と。

あと、ケイトにもちゃんとはちみつを分けてあげよう。

それから、僕がパンではないことを、ことあるごとに、見せつけながら生活をしなくてはいけないな、とも思う。

そして現状ケイトが、僕を食べようとしている可能性があるかもしれないことを考えると、厳しい攻防になりそうだった。

そのあと、舐められてうっかり気持ちよくなってしまった僕は、その邪念を振り払うがごとく、山岳の国の修行僧のように、井戸水で首を洗っていたわけだった。

ようやく頭の冷えた僕は、ケイトに髪を拭いてもらいながら、目を閉じた。

丁寧に水気を取っていく手つきは優しく、僕はほっと胸を撫で下ろした。そして、その穏やかな時間に、うとうとしながら僕は思った。

（ケイトのために、新しいはちみつの瓶を買わないと……）

とにかくはちみつの瓶を買うことが急務であった。

そんな僕を見ながら、ケイトが「また変なことを考えてたんだろうな……」などと思っていることに、僕が気づくことはない。

今日も世界は平和だった。

番外編③「普通な悪役令息の僕と普通な従者の、世にも普通なおはなし」

『普通』

この、ごくごく普通に、普通の人が使う、普通という言葉には、実のところ、普通にめちゃくちゃ恐ろしいすれ違いの可能性が秘められている。

なぜって、それは僕が『普通』だと思っていることと、恋人が『普通』だと思っていることが、普通に同じだとは限らないからだ。

たとえば、僕が普通だと常々思っている『ベッドを見たら飛び込んでもいい』ということだって、ケイトにとっては別に普通なことではないのだ。それは見ていればわかる。ケイトがベッドに飛び込んでいるところを見たことがないからな。

ケイトが自然にやっている、食べる前に手を合わせるという仕草も、それはケイトの普通であって、僕の普通ではないのだ。

そう、普通の恐ろしさというのは、みんなその『普通』を常々『普通』だと思っているから、普通すぎて気がつかないところにある。

その死角に敵は身を潜めている……！

さらにそれは、相手と時間を共にするようになって、ようやく明るみに出るのだ。

——普通の毎日の中で。

「普通なことがしたい？　え、すみません。どういうことですか？」

「そうだ。普通なことがしたい」

ケイトが魔王だと判明してからも、僕たちは旅を続けていた。

ペルケ王国の海沿いの保養地を出発した僕たちは、美しいガラス細工が有名な町にたどり着いた。

昨日は遅くに到着したため、まだこの町のことはよくわかってない。だが、花の栽培に力を入れているリスティアーナ女王国との国境が近いせいか、それとも祭りでもあるのか、町のところどころに花を模した飾りがつけられていて、春の訪れを祝っているのかもしれない。

朝起きて、窓をひらいた僕は、花々の咲き乱れる、美しく穏やかな光景を見て思った。

（ああ……なんて、穏やかな朝だ……普通の……）

そして、ハッと動きを止めた。ケイトと旅をするようになってからというもの、とんでもないことになってしまった僕の日常を思い出したからだ。

平和なヴァールストレーム王国で、ぬくぬくと王城と学園を行き来する生活をしていたときには、想像もつかなかったような毎日を、僕は送っている。

一歩、国外に踏み出した途端——僕はゴライアスに遭遇し、そのゴライアスを食べ、妖精王に遭遇し、食べようとするケイトを阻止し、クラーケンに遭遇し、そのクラーケンを食べ、アイスドラゴンに遭遇し、食べようとするケイトを阻止するという、奇妙奇天烈な道中を過ごしてきた。

おかしな従者といるせいで摩訶不思議ことになっているのかと思いきや、なんと一人で行動をしても状況は変わらなかった。

僕がケイトを守りたいと思い立った矢先、聖なる泉に吹っ飛ばされ、奴隷市で売られそうになり、一度死んで、起きてみたら好きな人が魔王だった……という、誰も想像すらできないような恐ろしい経験をしたのだ。

——僕は、『普通』に飢えていた。

できることなら普通を取り戻したい……それが僕の切実な願いであった。

だがしかし、よく考えてみれば、僕の『普通』というものは、公爵令息として生まれ、王妃教育を受けて育ったという、貴族的な立ち位置から見た『普通』である。

なので、こうしてペルケ王国を旅して歩いている今の僕には、きっと取り戻せないだろうことは容易に想像がついた。

別に公爵令息だったときの『普通』を取り戻したいと思っているわけではない。(ベッドに飛び込むのがその立場の人間の普通かという疑問は、今は横に置いておいてほしい)

だが、僕は諦めない。なぜなら、僕は『普通』に飢えているからだ。そして思い立った。

(ないなら、作ればいいじゃないか……！　僕たちの新しい『普通』を！)

そんな熱い決意を胸に、僕はこうしてケイトに尋ねたのであった。

宿屋の部屋で朝食を食べ終えた僕は、颯爽と立ち上がる。向かいの椅子に座ったままのケイトはきょとんとした顔で僕を見上げながら、「ん？」と首をかしげた。

ケイトが旅の始めに言っていたとおり、この旅には目的地があるわけではなかった。けれど、僕はその「目的地がない」という自由さに心を躍らせていた。

平民の職業に『冒険者』というものがあるが、目的地以外の場所には行ったことがなかった貴族のころの僕とは違い、彼らは際限なく自由にどこへでも行けるのだ。

魔王が復活してしまった今、一ヶ所にとどまっているほうが、魔王の企みを心配する陛下たちにとって懸念材料になるだろう。

僕は目を輝かせて、ケイトをじっと見つめた。

ふーむ、と顎に手を当ててなにかを考えていたケイトは、ぽつりと言った。

「じゃあ……えーと、買い物でも行きますか？　普通に」

「行こうではないか！」

「ケイト、普通に買い物をするぞ」

あたたかな春の風に吹かれて、朝日に照らされた町中には花の香りが漂っていた。

ぽつぽつと、いろんな店が開き始めるのを横目に見ながら、僕とケイトは並んで石畳の道を歩く。

近くに市場でもあるのか、ざわざわと活気のあふれる声がどこからか聞こえていた。

辺りを見渡していた僕に、ケイトが不思議そうに言った。

「ところで……なにか買いたいものでもあるんですか？」

そう尋ねられて、僕はふと思った。

（特に買いたい物はないいな……！）

〝普通の買い物〟なるものをしてみたかったのだが、よく考えてみると、僕は昔から物欲があるほうではない。

いつも欲しくなるものといえば、テオが見せてくれる異国情緒のあふれる置き物ばかりだ。そもそも、家に商人がくる以外で、買い物なんてろくにしたこともなかった。

旅をはじめてからも、僕がぼうっとしている間に、ケイトがささっと目当ての物を見つけて、買ってきたから、実は貴族だったころも旅を始めたあとも、〝買い物〟と呼べるほどの買い物の経験はない。

僕はふうむと顎に手をやった。僕には特に欲しい物はないけれど、もしかしてケイトにはあるかもしれない。

「ケイトはなにか買いたい物があるのか」

「そうですね。一つ、あるにはあるんですけど……」

ケイトはチラッと僕のほうを見て、なにかを考えているようだった。

甘えるような女性の声が聞こえたのは、そのときだった。

「ダーリン！　エイミーあれが欲しい～！　おそろいがいいなあ！」

「なぁんてこったい！　最高のアイディアだ！　おそろいの首飾りをつければ、僕たちの愛のパワーは最強だ！」

ぱっちりした目の二つ結びの女性と、くるくるの巻き毛の男性が、軽快なステップを踏みながら僕たちの横を通りすぎ、ガラス細工の店に入っていった。

ちらりとそのガラス細工の店の中に目を向けると、美しいガラス細工のネックレスが飾られているのがわかった。

僕は目を瞬かせた。それから自分が『平民同士の恋人たち』をはじめて間近で見たことに気がつき、そして衝撃的なニューワードを聞いたことにも気がついた。

（お、おそろい！　愛のパワー……最強！）

雷に打たれたかのように固まっていた僕は、次の瞬間、バッと隣にいるケイトを見上げる。ケイトは相変わらず、なぜか死んだ魚のような目をしていたが、僕はこほんと咳払いをして、厳かな口調で言った。

「恋人同士は、普通どんな物を買うんだ。『恋人』同士とやらは！」

「……いや、それは、人それぞれですよ」

どうしてケイトはこんなにも虚ろな表情で僕を見ているのだろうか。

店の中では、先ほどの二人がキャッキャとはしゃぎながら、赤やピンクのチャームのついたネックレスを選んでいる。それを見ているとなんだかそわそわしてしまう。

なぜなら、僕は今の今まで『普通なこと』がしたいと思っていただけだったが、今になって『普通の恋人がすること』をしてみたいと思い始めたからだ。

貴族と平民の『恋人がすること』は違うかもしれない。それでも人を愛する気持ちは、きっと変わらないだろう。

ケイトとお揃いのピンク色のセーターを着ている自分を想像し、ふわっふわっと気分が浮かれだした。ケイトが、恋人同士が買う物は人それぞれ、と言うのであれば――

「ケイト！　僕たちもおそろいのネックレスを買おうではないか！」

「……いや、ええと……」

言い淀むケイトを見て、僕はきょとんとした。

人それぞれだと言ったのだから、もしかするとケイトの価値観では、そういったことはしないのだろうか。僕はしゅんと萎みかける。

だが、ケイトの声が聞こえて、俯きかけた顔をあげた。

「エマ様。恋人同士みたいなこと、したいの？」

「え？」

そう尋ねられてぽかんとしてしまったが、恋人同士みたいなことをしてみたかった僕は、素直に頷いた。

それを見たケイトがにこっと微笑んで、僕の心臓はきゅうっと変な動作をした。

一緒に旅をするようになってから見るようになったケイトの優しい笑顔は、いまだに慣れない。むずむずするような、幸せなような、変な感覚に戸惑っていると、スッと左手をすくいとられた。

「へ？」と、ケイトの顔を見ると、ケイトは先ほどの微笑みを湛えて口を開いた。

「じゃあ、しましょうか。デート」

にこにこしてるケイトが、きゅっと僕の手を優しく握る。

指先を絡められ、どき、どき、と心臓の音が速くなっていく。

「こうやって口にしてみると、ちょっと緊張しますね」

ケイトの頬に朱が差しているように見え、僕はぱちぱちと目を瞬かせた。

――デ、デート？


「み、見ろ、ケイト。あれは一体なんだろう？」

あれからしばらく、僕たちは手を繋いだまま歩いていた。

周りを観察した結果、平民たちの間ではそんなにおかしいことでもないらしい、ということには気がついていた。

誰が考えついたのかは知らない。だが、歩きながら好きな人と肌を触れ合わせることができる『手を繋ぐ』という行為は、信じられないほど画期的な発想に基づいているように思える。

この、町中を手を繋いだまま歩くということをはじめて体験して、僕は気がついてしまった。

（心臓に悪いな！）

たまにケイトの親指がすりっと僕の甲を撫(な)でるのも、それから、たまにきゅっと握ってくるのも、僕のことをそわそわさせ、ケイトのことしか考えられなくさせる。

うっかりしていると、「んッ」と声が洩れそうになる。

そして、どきどきしながら隣を見やると、まるで目に入れても痛くないかのように、柔らかく恋人が微笑むのだ。

……僕は気がついてしまった。

（心臓に悪いな！）

そもそも、今までケイトは微笑むというよりはニヤついてばかりいたし、いつだって死んだ魚のような目で僕のことを冷ややかに見ていたはずなのだ。

だというのに、自分の正体がバレて、それから僕もケイトのことが好きだとわかった途端、一体どこに隠し持っていたのかというほどの愛情を、僕に向けてくる。

嫌そうな顔をしているときももちろんあるが、そのあとに堰を切ったように愛情が押し寄せてくる。それは、下がったときの反動を利用して一気に上がってくるような、威力を増した状態で、ザバーンと僕に会心の一撃をかましてくるのだ。

そんなのきっと誰だってびっくりしてしまう。

いや、ケイトが愛情を注いでいるのは僕だけなのだから、びっくりするのは僕だけであるべきだけれども。そんなことを考えていると、子どもたちがなにか食べ物を持って嬉しそうに走っているのが見えた。

目をやると、店々の間にぽっかりと緑の部分が空いていて、小さな噴水と屋台があることに気がついた。

「ああ。あれは、ドーナツじゃないですか？　もしかしたら、春のお祝いだからなのかな。いろんな色のドーナツがありますね」

　子どもたちが手にしている食べ物に視線を向けながら、ケイトがそう教えてくれた。

　渡り人がもたらしたという『ドーナツ』という食べ物は、ヴァールストレーム王国ではただの茶色のパンのようなものに粉砂糖をまぶすのが主流だ。この国では砂糖は高級品であるため、市井ではあまり出回っていないと聞いたことがある。

　どうやらここでは、砂糖ではないなにかのペーストを上につけているようだ。カラフルなドーナツが並んでいるのが見えて、僕は目を輝かせた。

「ケイト、水色のドーナツなんてはじめて見た。綺麗だな」

「ほんとですね。なにで色をつけてるんだろ？」

　僕がぼんやりと固まってしまったのを見て、ケイトが「食べてみますか？」と尋ねてきたので、僕は目を輝かせながら頷いた。

　子ども用に楽しい色あいになってるのではないかと思ったが、僕と同じ年ごろの男性が二人でドーナツを待っているのが見えて、並んでいる大人がケイトだけじゃなくてよかったと安心した。子どもの列に紛れて、身長の高いケイトが並んでいたら、なんだかおかしな図になったに違いない。

　木影にベンチがあったので、そこに座りながら、目の前の屋台に並ぶケイトのことを待った。

　町民の憩いの場なのか、小さな噴水の周りを子どもたちが駆け回る楽しげな声が聞こえる。

　周りには緑の絨毯が広がり、その上に淡い色あいの花々が咲き乱れていた。花びらの一枚一枚がピンと張って、陽の光を全身で受けとめて、気持ちよさそうに見える。

（もう、すっかり春になったな……）

この噴水の周りだけではなく、町のそこここから花の香りがふわふわと漂ってくる。

戻ってきたケイトの艶やかな髪が風に揺れた。それから、どうやらペーストは花の汁を使って色づけをしたものなんだと教えてくれた。手渡されたドーナツを食べようとしていると、ケイトが風上に顔を向けながら「いい香りですね」と言った。

ふと、それを聞いて、僕は疑問を感じた。

「ケイトは、その、敬語をやめたりはしないのか？」

「え？」

「ずっと、エマ様って呼んでいるだろう。僕はもう貴族ではないんだし」

先ほどの恋人たちが、『ダーリン』と呼んでいたことも少し気になっていた。

僕もいつか、恋愛上級者になれば、ケイトのことをあんな風に、親しげに呼んだりする日がくるのかもしれない。そう思いながら尋ねてみたのだが、ケイトはどう思っているのだろう。

僕は、温泉宿に泊まったとき、ケイトに『エマニュエル』と呼ばれたことを思い出し、そわそわと意味もなく束ねた髪をさすってしまった。

「あー……はい。そう、ですね……」

「エマニュエルと呼んでもいい。エマでもいい」

ケイトにそう呼ばれることを考えて、どきどきと走り出したように心臓が鳴っていたが、とある事実に僕は気がついた。

よく考えると、ケイトは「魔王陛下」なのだ。むしろ僕のほうが敬語を使うべきなのでは……？

急になんだか不安になって視線をさまよわせていると、ケイトが僕の名前を静かに呼んだ。

「エマ……」

僕が勢いよく顔をあげると、そこには両手で顔を押さえたケイトがいて、どきどきしていた気持ちは一瞬で吹き飛んでしまった。大きな手の隙間から見えるケイトの耳が赤いような気がして、さらに驚いて、僕は目を瞬かせた。

「ケイト……？」

「あーオレ……こんな、幸せでいいのかな」

幸せだなんて、ケイトの口から聞いたこともない言葉が聞こえて、僕はもうこぼれ落ちそうなくらいカッと目をひらいた。

僕の名前を呼んだだけで、幸せだということなんだろうか。

顔を押さえたままのケイトにつられて、僕もなんだか体の中がかあっと熱くなったような気がする。ごまかすようにもぐもぐとドーナツを勢いよく食べ、うっかり喉に詰まらせそうになった。

「な、なんだ突然。名前を呼んだくらいで」

動揺しながら言葉を絞りだしたが、はじめて見るケイトの様子に、声が裏返ってしまった。

ただ敬称を外すよりも、普段はもっとすごいことをされているような気もするが、ケイトはなにがそんなに引っかかったんだろう。脚に肘をついて、ケイトが顔を隠したまま、恨めしそうな声で言った。

「はぁー……エマ様はわかってないですよ。つい先月まで国の頂点にいたお方ですよ？　オレ、平民だし」

その言葉を聞いて、たしかにケイトは平民だが……と思いかけて、僕は重大な事実を再び、思い出した。

いや――

「ケイトだって魔王じゃないか。世界を滅ぼす力を持った、闇の頂点に立つお方だろう」

「闇の頂点って……立ちませんから。それに滅ぼさないし」

魔王が僕の名前を呼ぶだけでこんなに照れているなんて。今まで文献で見てきた恐ろしい絵を思い出し、僕はふっと笑ってしまった。

大きな角が生えていて、血走った目をして、僕の三倍くらいの大きさがあり、人間の足をつまんで、そのままぺろりと丸呑みにするような存在だと思っていたのだ。

だが実際は丸呑みにするどころか、僕の名前一つでこんなことになっているのだ。それに、魔王どうこうもそうだが、普段のスンとしたケイトからは想像もできなくて、僕はだんだんと気が大きくなってきた。

(もしかして、僕が最強なのでは……!?)

いつもにやにやしたケイトに、散々からかわれてきた僕の中で、仕返しをしたいという気持ちがむくむくと大きくなり、僕はいつものケイトみたいな、やらしい笑みを浮かべて言った。

「陛下」

「ちょっとエマ様……いや、それはそれで、一度くらいそういうのもいいかもしれないですけど」

「んん？　どういうことだ？」

ケイトの言ってる意味はよくわからなかったけど、ケイトがいつものすごく嫌そうな顔に戻ったので、僕はくすくすと笑ってしまった。笑ってる僕を見て、ケイトはもっと嫌そうな顔になった。

ケイトは目を閉じて、それから、もう一度目を開けて立ち上がった。振り返りながら、僕に言った。

「じゃあ……エマ。行こっか」

「……あ、ああ」

綺麗な手を差し出されて、ぶわっと体が熱くなる。

僕は全身から火を噴くんじゃないかというほど、内心ドキドキしながらも、彼の手に自分の手を重ねた。

そのまま二人で無言で歩いていたが、恥ずかしくてずっと顔を逸らしていたせいで、ケイトがどんな顔をしているのかわからなかった。

でも、しばらく歩いていると、ケイトがぼそっと呟いた。

「やっぱり……もうちょっと敬語でもいいですか」

「……あ、ああ。す、少しずつな」

ケイトも僕と一緒で、気恥ずかしかったんだなと思ったら、ほっとした。そうして僕たちはまた、歩き出したのだった。

町中をうろうろしながら、僕たちはいろんなガラス細工のお店を見に行った。

工房の錆びた看板の下がった店が並び、窓から覗くと、年季の入った小さなテーブルや棚に作品が並べてある。ふいに汚れた作業着の青年と目が合い「こんにちは」と挨拶をされた。

お店の扉を開けるとむわっとした熱気が伝わってきたので、薄暗い店内の奥は、窯につながっているのかもしれない。

正直に言うと、僕はなにかおそろいにできるものはないかと思いながら、きょろきょろと視線をさまよわせていた。

そのとき、赤紫と緑が混じり合いながらどろっと垂れたようなペンダントトップを見つけ、僕は目をとめた。じっと観察すると、溶けた目玉がくっついているようにも見える。僕はふうむ、と顎に手を当てた。

（これはなんだか、ケイトに引きずられているときのクラーケンのようにも見えるな……）

そして、この混沌としたおどろおどろしい造形は、この短期間にいろんな出来事を経験した僕とケイトの旅路の過酷さを象徴しているようにも思えた。僕は目を閉じ、己が感じた恐怖を思い出しながら、それを乗り越えた奇跡に震えた。

ぜひこのペンダントトップをおそろいにして、首から下げよう！

そう僕が提案しようと口をひらきかけたとき、それを遮るようにケイトが言った。

「手頃な小瓶が欲しいなと思ってたんです。雰囲気のいい」

「……小瓶？　なにに使うんだ」

「この町のガラス細工は評判だし、香油とか入れとくのにいいかなと思ってて」

それを聞いた僕は、はて、と首をかしげた。

妖精たちのところで、匂いが問題になった一件があったけれども、そもそもケイトから香水や香油を使っているような匂いを感じたことはない。もちろん、変なにおいがしたこともない。僕は妖精のようだとケイトに言われるほどの存在ではあるが、妖精ではないからな。

だというのに、どうしてケイトは香油の入れ物なんて探しているのだろうと思ったとき、ふと、先日の夜にケイトが香油をこぼしそうになっていたことを思い出した。

それは、薄暗いベッドの縁に置かれた小瓶で――と、そこまで考え、ぶわっと一気に顔に熱が集まった。

僕がケイトと一緒に旅をするようになって、ケイトが香油を使ったのは数回しか見たことがないし、それがいつもなんのときだったのかを、僕は明確に思い出した。

僕は震える声を絞りだして、なんとか言葉を紡いだ。

「そ……そうか」

「すみません。本当は一人で見に行けばいいかと思ってたんですけど、せっかくなんで……」

僕の頭の中からは、赤紫と緑色の混じり合ったペンダントトップのことなんて、すっかり消えてしまった。カチンと氷のように固まってしまった僕を見て、ケイトがほっと胸を撫で下ろしていることになど、僕が気づくことはない。

ケイトは近くの棚にあった、手のひらサイズの繊細そうな小瓶を手に取りながら言った。

「片手で蓋が取れて、持ちやすくて、こぼれにくいのがいいな……」

「け、ケイ……」

つるりとしたシンプルな作りだが、蓋の部分と台座の部分に美しく繊細な切れこみが入っている。光が反射しているからか、ケイトの顔に光が当たってとても綺麗だ。それに持ちやすそうで、蓋も親指一つで開けられそうだとも思う。

だが、ケイトが一体どういう状況を考えながら、その繊細な小瓶を手に取っているのかと考えたら、小瓶を持つケイトの手つきにまでドキッとしてしまった。「これとかどうですか」と、同意を求められて、僕は、こくこくと頷くことしかできなかった。

ケイトの顔がにやっと意地悪そうに歪んだと思ったら、尋ねられた。

「想像しました？」

「……してない！」

声が大きくなってしまったことを自覚し、余計に恥ずかしくなってしまう。

まさか恋人にもなると、そんな物まで一緒に買ったりするのかと、僕は驚いていた。これが普通の恋人がすることなんだとすれば、僕は今まで『普通の恋人』がなんたるかを本当になにもわかっていなかったのだろう。

（普通って怖い……）

「はい、ダーリン。あーん！」

「エイミーの手から食べるブレッドは最高だよ！　王城のシェフもお手上げさ〜」

僕たちの入ったレストランでは、先ほどすれ違った平民の恋人がちょうど食事を取っているところだった。

平民の恋人同士は、食事も愛の行為に変えてしまうのかと、僕は目を輝かせた。一人寂しく食べていた王都での食卓を思い、僕の中に、ぱああっと光が差し込む。

なぜか一瞬、思案顔になったケイトが他のレストランを探そうとでも思ったのか、辺りを見渡していた。どうしたんだろうと思いながらも、彼らが食べているパンが焼きたてでおいしそうだなと思った僕は、「ここでいいよ」と言って、ケイトと一緒に腰を下ろした。

骨つき肉と、パンとスープを二つずつ頼むと、しばらくしてから運ばれてきた。湯気が立っているスープ皿からは、トマトの爽やかな匂いがする。きゅうっと腹が鳴るのを感じたが、僕にはしなくてはいけないことがあった。焼きたてのパンを一口サイズにちぎってから、こほんと咳払いをした僕は、勇んで口にした。

「……ケイト、あー……」

「しませんよ。大丈夫です」

最後まで言いきることもできなかったことに、僕は愕然とした。

僕は無表情のケイトが「いただきます」と手を合わせてから、スープを口にするのを見ながら、恋人っぽいことをやってみたかったのに……と顔を引き攣らせた。

そもそも、ケイトは僕がなにをしたいのかを察知しているようであるのに、断ってくるというのは、なにごとだ。

僕はもうケイトの主人ではないが、恋人である。そうだ、恋人であるはずなのだ。

僕は、旅の途中で「ケイトは恋人を大切にしそうだな」と思ったことを思い出す。だが、現実はどうだ。僕はおそろいのものも買えず、『あーん』もできない腰ぬけではないか。あんまり大切にされている感じもしない。

ちらりと平民の恋人たちに目をやると、彼らがテーブルの上で指先を絡めながら、お互いにパンを食べさせあっている光景が目に入ってきた。

僕の体に、雷魔法で打たれたような衝撃が走った。完全なる敗北であった。

(恋愛上級者までの道のりは、遠い……)

僕はがっくりと肩を落としながら、手にしたパンを仕方なく自分の口に入れた。もっもっとそのあたたかいパンを噛みしめていたら、目の前にスッとケイトの手が伸びてきた。

「はい。オレがやるなら……まだ、大丈夫……」

むっと唇を引き結びながら、にこりともしないで差し出された手には、一口サイズのパンの欠片(かけら)がつままれていた。僕は目を瞬かせながら、考えた。されるのは嫌だけど、するのはまだ許せるのだろうか。それでも、そのケイトの無表情っぷりを見て、僕は思うところがあった。

「ケイトはもしかして、恥ずかしがり屋さんなのか?」

「言い方」

別にそんなに悪い言い方をしたつもりはなかったし、なんならケイトのほうがいつも酷いことを言っている気がするが、僕はパンを差し出してもらったことが嬉しくて、そのまま、あむっとパンに食いついた。

さっきも同じパンを食べたはずなのに、香ばしいパンの味が口の中に広がって、僕の胸に嬉しさが込みあげる。ふふっと笑いながら、上目遣いでケイトをちらっと見た。

「……おいひい」

そのまま、にこにこしながら口を動かしていると、ケイトがさらにブスッとした表情になって言った。

「……もう、なんか、いろいろずるい」

「ん？　やっぱりやってみたくなったのか？」

「なってません」

じゃあそれは一体どういう表情で、一体なにがずるいんだ？　と首をかしげていると、ケイトが不機嫌そうな顔のまま言った。

「かわいいなって、思ってるだけです」

「……え？　あっ、えっと」

頬杖をついて、プイッと横を向いてしまったケイトを見て、表情と言葉がまったく合っていないな……と、僕は思った。じっとケイトを見ていると、ちらっと目線だけが僕に戻ってきて、ケイトが言った。

「かわいい」

ケイトの表情は不機嫌そうなままだったけど、なんだか表情では隠しきれずに内心が洩れてしまったみたいな言い方だったので、僕の顔にぶわっと熱が集まった。

どきどきと心臓の音が走り出す。また目の前に差し出されたパンを口に入れながら、自分がやってみたいと思っていた行為の恥ずかしさを、ようやく身に染みて知った。

そうこうして昼食を取り終わった僕たちは、そろそろ帰ろうかと話しながらさっきの噴水の前を通りかかった。さらさらと流れる水音を聴きながら、本当はおそろいの物も買ってみたかったなと少し残念に思う。ふと、噴水の横に目をやると、さきほどの平民の恋人たちが肩を並べてベンチに座っていた。

「マルタン！　エイミーもうおうちに帰りた～い」

「奇遇だね、エイミー。僕も帰って、君ともっとくっついていたいと思ってたんだ」

「マルタンッ！」

女性のほうが、感極まったようにそう叫ぶと、彼らはヒシッと抱き合った。そして、ゆっくりと唇が重なった。

「え……ッ!?」

僕は思わず声を上げてしまった。貴族たちは愛を堂々と語るし、口説(くど)くときは熱烈かもしれないが、ああいったことは忍んでやるものだとばかり思っていた。こんな往来で、あんなにも熱烈に愛を誓うだなんて、平民は随分と奔放(ほんぽう)なようだ。

見てしまった僕は恥ずかしくなって、そっと目を逸らした。だが、自分には関係のないことだな、なんて思っていた僕はハッと動きを止めた。

(僕も今は平民なんだった……!!)

もしかしたら、あんな破廉恥(はれんち)なこともできてしまうのでは？

ドキドキしながら、チラッとケイトの顔を覗き見る。

だが、ケイトは、僕のほうを見ることもなく首を横に振っていて、僕はしょんぼりした。とぼとぼと肩を落としながら歩いていたが、すりっとケイトの親指が僕の手を撫(な)でるのを感じて、胸がきゅうっと締めつけられた。そして、思い直した。

(それも……人それぞれなんだな)

彼らのように往来で誓いあいたくなってしまうような激しい愛情も、ケイトのようにこっそりと僕の手を撫(な)でてくるようなあたたかな愛情も。

「人それぞれ」の愛し方があって、愛したいように、相手のことを愛することができる。それは、僕もそうなのだ。

僕は、ケイトの手をぎゅっと握った。

「楽しかったな」

「……そうですか？　じゃあ、よかったです」

なんにも気にしてないみたいにそう言ったケイトの耳が、少し赤いことにも僕は気がついていた。

そのケイトの噛みしめるような愛し方を、僕はこれからの『普通』にしたいなと思ったのだった。

◇　◇　◇

エマ様がまた、いつもの突拍子もないことを考えついたんだろうなって、今朝思った。でも蓋を開けてみると、それはとても嬉しい一日になった。

滞在してる宿屋に戻ったあとも、市場で買った見たこともない果物を食べてみたり、今日の話をしながら、一緒にあたたかい飲み物を飲んだりして、こんな穏やかな日々がこれから続くのかと思うと、胸がいっぱいになる。

あんな大変なことがあったから、今でも悪夢にうなされるし、飛び起きたあとは、エマ様が隣で息をしてることを確認してしまう。

そのたびに苦しくて、だけど、幸せで。

これから先、絶対に大切にするって毎晩思ってる。今日みたいな穏やかな日々を、エマ様の笑顔を、これからはずっと守っていきたい。

そうして、オレたちの幸せな一日は終わりを迎えるはずだった。

だが、ここに来て、オレはエマ様の『普通』の異常さをひしひしと感じることになった。

シャワーを浴びたところまではよかったのだ。昼間に買った香油の小瓶には、とぷんと琥珀色の液体が満ちていた。それは魔導灯の光に照らされて、キラキラと机に影を落としていた。

ベッドで本を読んでいたオレの上に、愛しい人が乗りかかってきて、オレは目を瞬かせた。スッと取りあげられた本が、パタンと音を立てた。それからエマ様は、オレの腹の上に座ると、枕を立てていたオレの後ろの壁にペタリと手をついた。

「え、エマ様……？」

まだしっとりとしてる月色の髪の一筋が、オレの頬を撫（な）でた。

エマ様からこんなに積極的に求められたことがなくて、はじめて恋を知った中学生みたいに、オレの心臓が跳ねた。

ただでさえ、エマ様は、つい先月まで絶対に手を出してはいけない立場の人だった。その上、オレは魔王の可能性が高いと思っていたし、魔王の心臓のことを考えれば、オレがいくらエマ様のことを好きでも、結ばれるべきではないと思ってた。

そんな人が今はオレの恋人だなんて、いまだに信じられない。

今までもずっと一緒に旅してきたけど、今日はじめて「デート」と呼んでもいいような休日を過ごして、本当に夢でも見てるんじゃないかと思った。

珍しく、悪戯な笑顔でオレのことを見下ろす美しい人。

黙っていれば、凛と咲く白百合のようだと称される、エマ様だ。今だって彼に触れるたびに指が震えてしまう。今日なんて名前を呼んだだけで、心臓がまずいことになってた。

その恋焦がれていた人が、にやっと口角を上げて言った。

「僕の『普通』も、教えてあげよう」

「……え？」

エマ様の綺麗な顔が近づいてきたかと思うと、頬を包まれた。びっくりしたまま見ていると、ぷるんとした唇がゆっくりと重なり、海色の美しい瞳と目が合う。キスするたびに思う。

(こんな綺麗な瞳の中に、オレしか映ってない)

あたたかな魔導灯の光の中、じんわりと、いつも隠している劣情が溶けて出てくる。角度を変えながら、唇を何度も吸っていると、エマ様の体がピクッと震えた。

こんな小さな震え一つ、洩れる熱い息一つ、そんな些細なことも全部、オレだけのものなんだ……

海色の瞳が不安げにたぷんと揺れた。

流れるようにエマ様の薄いシャツの中に手を入れ、脇腹を撫でる。——とそこで、制止の声がかかった。

「待って、ケイト。今日は僕がしたい」

「え?」

赤くなってるエマ様の、美しい芸術品のような手が、ゆっくりとオレのシャツのボタンを外していく。

そっと肌を撫でられて、思わず目を細めてしまった。あれ、待って。今からなにが始まろうとしてるのかはわからないが、なにか始まってはいけないことが始まる予感しかない。

エマ様は今、なんて言った?「僕がしたい」ってなにを?

そう考えて、エマ様の『普通』というのはなんだったか、と思ったオレは、ハッと動きを止めた。

（――王妃教育！）

エマ様の『普通』という名のスタンダードは、王妃教育のはずだ。

だが、そんな『普通』を抱えている人間は、どこの国でもたかだか数名だろう。それはどう考えたって多くの人が言う『普通』ではない。

まずい。オレの背中を冷や汗が流れた。

だってエマ様は、本人の知識レベルはさておき、知らない間にあのクソ王国から変なことを吹き込まれているのだ。オレは凍りついた。

そうこうしてる間に、エマ様の手はオレのベルトにかかり、ぺろっと下穿き（したばき）をめくられてしまった。

「待って。エマ様、なに――」

「いいから」

そう言ったエマ様の手が、まだ力ないオレのペニスに、布ごしにそっと触れた。それから、じっとオレのことを上目遣いで見たまま、エマ様はそこに口づけた。

「うそ……」

思わず、バカみたいな言葉が口をついて出る。

慌てている間にも、布ごと唇でペニスを挟まれ、エマ様の湿った熱が伝わってきた。スマホ……録画……、と正直もう何年も触っていない電子機器のことを思い浮かべてしまうほど激しく動揺した。

エマ様の形のいい唇が、ゆっくりと這っていく。状況が理解できなくて、かあっと顔に熱が集まった。

オレはたしかに魔王かもしれないけど、その前に庶民である。貴族の頂点に立つべくして育てられ、ゆくゆくは国の頂点に立つはずだった美しい人が、こんなことオレにしていいわけない。

だが、慌ててる間に両手で下着を引き下げられ、オレはさらに混乱した。

(『普通』……?)

だって人参の話をしたときは、エマ様はなにもわかっていなかったはず。どういうことだ、と思っていると、れっと濡れた舌が覗いて、まずいと焦ってる間に、じわっと熱い粘膜に包まれた。

なんとかエマ様のことを引き離そうと、震える手を伸ばす。だけどその手がエマ様に到達する前に、下着をめくられ、そのぷるぷるの唇が、オレのペニスの先端に当たった。

「えッ、エマ様……!」

「んー?」

待って。おかしい。オレの目の前にある現実がまずいことになっていた。ちゅぷっとやらしい音を立て、自分のペニスがエマ様の口の中に吸い込まれていくのを凝視しながら、オレは真っ青になった。

「エマ様、そ、そんなことしなくていいです」

断腸(だんちょう)の思いで、ぐいっとエマ様の肩を押すと、不満そうな顔でエマ様が言った。

「なんだ? 嫌いか?」

オレのペニスを持ったまま、首をかしげながらそう尋ねられて、オレは思った。

(断じて嫌い……ではない!)

でも、エマ様にこんなことをさせる訳にはいかなかった。

「ケイト。僕はケイトの恋人なんだから、こういうこともする」

「え」

「お前はいつまでも、僕の従者でいる気なのか」

いつになく強い口調でそう問われて、オレは目を瞬かせた。

いいや、従者のつもりでいるわけではないけど、いまだに信じられない気持ちが大きいのだ。だけど、今日、はじめてデートらしいデートをして、エマ様がすごく幸せそうに「楽しかった」と言ってくれたことを思い出す。

それは、主人と従者という関係ではない、そんな一日を過ごしたからかもしれない。

(恋人……同士だったら……)

とく、とく、と自分の心臓の音が速くなっていくのがわかる。しかしすぐに「でも……」という気持ちが浮かぶ。

エマ様は、オレがずっと見守ってきた人だった。

本当にゲームのように婚約破棄になってしまったら、絶対に守ろうと思っていた人だった。

錯綜(さくそう)するオレの思考回路なんか気にもせず、エマ様は唇をオレの頬に近づけ、ちゅ、と音を立てる。それから目の前で、恥ずかしそうなエマ様がもごもごと「人参の意味がわかったから」と言った。

それから、むっと口をとがらせたエマ様に「いいな」と念を押されて、オレはつい、返事をしてしまった。

「あ……はい」

真っ赤な顔のエマ様が、オレの股のほうまで戻り、あーと口を開けるのを見て、オレは思わず手で口を押さえた。自分の中心が、熱い粘膜に包まれてるのがわかる。恥ずかしそうに口を動かしてるエマ様の頬が、ぽこっと膨らむのを見て、心臓が止まりそうになってる。

多分、オレの顔も赤くなってるはずだ。

舌が竿の部分を這いあがり、美しい指先で扱かれると、もうだめだった。ちらっと恥ずかしそうに様子を窺われて、本当にもう——だめだった。

はじめてこんなことをしたら、嫌悪感もあるんじゃないかと不安になる。だけど、まるでオレのいいところをわかってるように動く唇と、気持ちよさそうに舐めてるエマ様を見て、オレは思った。

（待って。なんかうまくない……？）

ん、ん、と一生懸命な声を洩らしながら、オレのペニスを咥えている姿は明らかにつたない様子なのに、動きがなんだか手馴れている。

そして、オレは、エマ様がいつだって斜め上どころか、雲の彼方からのぶっとび思考を連発するくせに、やたら能力が高いことを思い出した。先端を優しく舌で舐られて、ビクッと体が震える。

（まさか……人参で練習しただけで、こんな高度な技術を身につけたってこと？）

あのクソ王国を滅ぼしてやるという気持ちと、めちゃくちゃ気持ちがいいっていう現実の狭間で、オレはもうなにも考えたくなくなった。そして、とどめとばかりに、エマ様がオレのペニスに口をつけたまま、首をかしげた。

「へいと、ひもちい？」

「……」

オレの時は——止まった。

そして、もう無理だった。オレはエマ様の腕をつかんで引き上げると、エマ様の喉に噛みついた。ビクッとエマ様の体が震える。でも、止まれなかった。腕に力を入れて逃げようとするエマ様をベッドに押し倒すと、そのまま服を脱がしにかかる。

「なッけ、けいっ……んッ」

エマ様が焦ったような声をあげていたけど、押さえつけたまま、胸元に舌を滑らせる。白磁のような、というのはエマ様の肌のためにある言葉だと思う。

滑らかな白肌を指先でなぞりながら、胸の辺りで手を止める。つんと主張している乳首を、指先で掠めると、エマ様の甘い声が上がった。

「あ……んッ」

あの透きとおった海みたいな声が、夜色に艶めく。こんな官能を揺さぶられるみたいな声を、オレ以外には誰も聞いたことがないんだっていう優越感が、じわっと広がっていく。

エマ様の体に手を這わせながら、下に降りていく。柔らかな生地の下穿きを、下着ごと取り去ると、エマ様がびくっと身じろいだ。

勃っている綺麗な色のペニスを見て、思わず、はあっと吐息がこぼれた。

「あっ……けぃ……ッ」

自分に欲情してくれてるのだと思うと、ぶわっといろんな感情が込みあげる。彼のペニスを口に含み、舌で、唇で、エマ様の欲望を育てながら、さらに奥に手を伸ばした。

――が。ぬるっと湿った感触があって、思わずすべての動きを止めて顔を上げてしまった。そこには、真っ赤になって顔を隠してる美しい人の姿。

まさか――と思っていると、観念したかのように、エマ様が消え入りそうな声を発した。

「……ぁっ……だ、だって、今日は、し、したかったから」

「……!?」

――シタカッタカラ？

オレの思考は――完全に停止した。

まさか、オレとしたかったから、準備をしてくれた、というわけで。エマ様が自分で、オレのために。真っ白になった頭で、オレが思ったことが口をついてでた。

「うそ」

「な、なんだその反応は。べ、別に僕だって、け、ケイトとつ、繋がりたいって……」

目を大きく見開いたまま、オレの意識はスコーンと宇宙の果てまで吹っ飛ばされた。なんだって。エマ様はオレと繋がりたくて、準備をしたというのか。

「なんか言え」と言われたので、オレは真っ赤になってるエマ様の唇に、ゆっくりと、口づけた。

それから、もうなにがなんだかわからない頭で、素直に欲望を吐き出した。

「オレも……繋がりたいです」

「……っ、そ、そうだろうな」

オレは、前戯もそこそこに、ぬるぬるに解されているエマ様の後孔にペニスを当てた。ふわっとしたような感触が先端に当たり、そのまま、ぐっと腰を押し進める。

「……あッ……け、けいっ……んッ」

ちゅ、ちゅ、と角度を変えながら、愛しい人の唇をついばむ。自分のペニスが入口でゆっくりと扱かれていく。絞り取られそうだと思うほど、きつい内壁に自分の昂りを擦りつけていく。

エマ様の体がオレの形に馴染むまで、ゆっくりと奥に押しつけ、そして入口のぎりぎりまで引きぬく。肩まで真っ赤になってるエマ様の体を観察してると、とろけた海色の瞳と目があう。

ドンッと胸をつく衝動に押しだされて、愛しい人の名前が口からこぼれる。

「エマ様……」

「ぁ……あッぁっ」

オレの腕に、きゅっと縋るようにしがみつく愛しい人。

その体の中に、自分の欲望の楔を突きたてていると思うと、もう止まれない。

エマ様は感度がいいのか、想像力が豊かなのか、はじめてしたときからすごく感じてくれる。とろけた内壁が気持ちよすぎて、ぐりぐりと全体で擦りつけた。

「あっあっ、け、けぃッとっ」

体液と香油の混ざった、エマ様のやらしい匂いがする。

がくがくとオレの動きに合わせて揺れるエマ様の体は、すごく敏感で、オレのことを締めつけて離さないのだ。どこを擦(こす)っても甘やかな声があがるし、いつもは凛としてるエマ様が、だらしなく口をひらいて、溶けそうになってるのを見るのも好きだ。

「エマ様、好きです」

「ふッ……あっぁぁッ」

オレが気持ちを口にすると、ぎゅっと力を入れて締めつけてくるところも、好き。

快楽に弱いところも好き。

かわいい声も、のけ反る背中も、丸まる指先も……

全部好き。

(――ほんと、好き。どうしよ)

オレにすべてを委(ゆだ)ねているエマ様を見て、うっそりと目を細める。

こんなに安心した顔で、オレなんかに犯されちゃって、って思う。オレがどれだけ恋焦がれても、手に入るはずのない人だったってことを、エマ様はちゃんとわかってない。

「ぁあっ……きもちッ……ぁっあッ」

エマ様の体を揺さぶりながら、美しい瞳から流れる涙を舌ですくう。式典であの男と並ぶエマ様を見るたび、爽やかな日差しの中で笑うエマ様を見るたび、どれだけオレが攫(さら)ってしまいたいと思ってたかなんて、エマ様は知らない。

薄暗い部屋で、やらしく淫れる姿を見るだけで、達してしまいそうだ。

「っ……あッ……ぁ、けぃとッ」

自分の名前を呼ばれるだけで、体が震える。自分がケイトって名前なんだっていう、悦びを知る。

ピシッと貴族の正装をして舞踏会に出かけるエマ様のすべてを奪って、それこそ魔王みたいに清らかな人を汚してしまいたいと、思ったことだってある。

オレがそんなことを思ってたなんて、エマ様は考えもしなかっただろう。

オレは自分の浅ましい欲望をエマ様の中に刻みつけたい。本能のままに最奥を貫いて、嫌だと泣いても、もう離してなんてあげられない。無垢なエマ様を、オレの色に染めてしまいたいだなんて、こんな気持ちを伝えることはできないけど。

「ぁッ……あっ！　ぁッもっだめっ」

これからなんてわからない。

でも、今は——今は。この醜い気持ちを必死で隠して、表面の美しい部分だけで、この愛しい人を包んでいたい。こんなこと誰にも思ったことなかった。こんな深い感情を誰かに抱くことがあるだなんて、思わなかった。まるで縋るみたいな、掠れた声が出る。

「愛してます……エマ様」

「ぁっ……あぁぁッ」

叩きつけるみたいに、最奥を貫いた。

エマ様のペニスから、熱い液体が跳ねてオレの腹にかかる。

焦点の合わない瞳で、ヒクッヒクッとエマ様の体が震えるのを感じながら、その清らかな体の奥の奥に、オレも自分の証を塗りつけた。首を引き寄せられ、ふわりとエマ様の爽やかな百合のような香りが広がる。

オレはその香りが大好きで、くんっと鼻先をエマ様の髪に押しつけていたら、エマ様の声が聞こえた。

「僕も愛してるよ、ケイト」

体はとろけて、声もへにゃへにゃだけど、必死に愛の言葉を返してくる。そんな男前なところも、好きだ。

なんだか今日は、エマ様との関係がずっと近づいたような気がした。あたたかな腕に抱きしめられながら、思った。

(少しずつ……)

そして、ちゅ、とエマ様のまろい頬に唇を落とし、それから恋人への言葉を口にした。

「愛してる……エマ」

ピクッとしたエマ様の顔に、ふわっと、幸せそうな笑顔が広がる。

それから、さっきよりずっと柔らかな声が聞こえた。

「……ん、僕も。愛してる」

◇　◇　◇

そんな僕たちの『普通』の日は、こうして幕を閉じた。

『普通』の違いに、驚いてばかりの日だった。こうやってなんでもない『普通』な日が続いていくうちに、きっと、ケイトと僕の『普通』は重なっていくのだろう。

だけど、そんな日が訪れるまでは、実はお互いに同じことを思っている、ということには『普通』に気がつかないものなのだ。

——普通って……すごいな……

——普通って……すげー……

ハッピーエンドのその先へ ー
ファンタジックなボーイズラブ小説レーベル

&arche NOVELS
アンダルシュノベルズ

執着系幼馴染&一途な爆イケ獣人騎士団長の
愛の争奪戦勃発！

モフモフ異世界のモブ当主になったら側近騎士からの愛がすごい1～2

柿家猫緒／著

LINO／イラスト

目を覚ますとRPGゲームの世界に、公爵家の次期当主“リュカ”として転生していた琉夏（るか）。獣人だけの世界に困惑したが、「顔も映らない自分（モブ）に影響はない」と安穏としていた。しかし父が急逝し、リュカが当主になってしまう！　そしてふたつの騎士団を設立し、魔王討伐に奮闘することに。騎士団を率いるのは、厳格な性格で圧倒的な美貌のオオカミ・ヴァンと、規格外な強さを誇る爆イケなハイエナ・ピート。とある事件をきっかけに、ヴァンとピートから思いを告げられて——!?　正反対の騎士団長が、モフモフ当主をめぐり愛の火花を散らす！

詳しくは公式サイトにてご確認ください。
https://andarche.alphapolis.co.jp

異世界BLサイト“アンダルシュ”
新刊、既刊情報、投稿漫画、ツイッターなど、BL情報が満載！

ハッピーエンドのその先へ ―
ファンタジックなボーイズラブ小説レーベル

&arche NOVELS
アンダルシュノベルズ

前世の記憶が戻ったら
なぜか溺愛されて!?

嫌われてたはずなのに本読んでたらなんか美形伴侶に溺愛されてます
～執着の騎士団長と言語オタクの俺～

野良猫のらん／著

れの子／イラスト

誰もが憧れる男・エルムートと結婚し、人生の絶頂にいたフランソワ。そんな彼に、エルムートは一冊の本を渡し、言った。「オレに好かれたいのなら、少しは学を積むといい」と。渡されたのは、今では解読できる人間がほとんどいない「古代語」で書かれた本。伴侶の嫌がらせに絶望した次の瞬間、フランソワに前世の記憶がよみがえる。なんと彼は前世、あらゆる言語を嬉々として学ぶ言語オタクだったのだ。途端、目の前の本が貴重なお宝に大変身。しかも古代語の解読に熱中しているうちに、エルムートの態度が変わってきて――

詳しくは公式サイトにてご確認ください。
https://andarche.alphapolis.co.jp

異世界BLサイト“アンダルシュ”
新刊、既刊情報、投稿漫画、ツイッターなど、BL情報が満載!

この作品に対する皆様のご意見・ご感想をお待ちしております。

おハガキ・お手紙は以下の宛先にお送りください。

【宛先】

〒150-6008 東京都渋谷区恵比寿4-20-3 恵比寿ｶﾞｰﾃﾞﾝﾌﾟﾚｲｽﾀﾜｰ８F
（株）アルファポリス　書籍感想係

メールフォームでのご意見・ご感想は右のＱＲコードから、
あるいは以下のワードで検索をかけてください。

アルファポリス　書籍の感想

ご感想はこちらから

本書は、「アルファポリス」（https://www.alphapolis.co.jp/）に掲載されていたものを、
加筆・改稿・改題のうえ、書籍化したものです。

悪役令息(あくやくれいそく)の僕(ぼく)とツレない従者(じゅうしゃ)の、
愛(いと)しい世界(せかい)の歩(ある)き方(かた)

ばつ森（ばつもり）

2023年 2月 20日初版発行

編集－山田伊亮
編集長－倉持真理
発行者－梶本雄介
発行所－株式会社アルファポリス
〒150-6008 東京都渋谷区恵比寿4-20-3 恵比寿ｶﾞｰﾃﾞﾝﾌﾟﾚｲｽﾀﾜｰ8F
TEL 03-6277-1601（営業） 03-6277-1602（編集）
URL https://www.alphapolis.co.jp/
発売元－株式会社星雲社（共同出版社・流通責任出版社）
〒112-0005 東京都文京区水道1-3-30
TEL 03-3868-3275
装丁・本文イラスト－藤村ゆかこ
装丁デザイン－おおの蛍（ムシカゴグラフィクス）
（レーベルフォーマットデザイン—円と球）
印刷－図書印刷株式会社

価格はカバーに表示されてあります。

落丁乱丁の場合はアルファポリスまでご連絡ください。

送料は小社負担でお取り替えします。


ISBN978-4-434-31623-4 C0093